악플러들

악플러들

정상민 지음

아마존의나비

정상민

서울 출생으로 대학에서 미생물공학과 철학을 전공했다. 다양한 직업을 통한 사회 경험을 바탕으로 기업 소설 등 다양한 작품 쓰기에 몰두하고 있다.
2017년 첫 장편소설 『패션상인들』을 내놓고, 2018년 제6회 교보문고 스토리 공모전 중장편 부문 최종심에 오른 작품 〈나는 너의 댓글을 알고 있다〉를 『악플러들』로 제목을 변경하여 조심스레 세상에 선보인다.

악플러들

발행일 ¦ 2019년 12월 31일 초판 1쇄 발행

지은이 ¦ 정상민
펴낸곳 ¦ 아마존의 나비
펴낸이 ¦ 오성준
마케팅 ¦ 김현철

등록 ¦ 2014년 11월 19일 (제2018-000191호)
주소 ¦ 서울 마포구 양화로 56 동양한강트레벨 1022호
전화 ¦ 02-3144-8755   **팩스** ¦ 02-3144-8757
이메일 ¦ osjun@chaosbook.co.kr

디자인 ¦ 디자인콤마
인쇄처 ¦ 이산문화사
ISBN ¦ 979-11-90263-04-7 03810
정가 ¦ 14,800원

목차

1장

그들의 세계

#01
출소

거대한 철문이 열리고 사람들이 쏟아져 나오기 시작했다. 안양교도소 앞, 성탄절 특사였다.

석훈은 고개를 들어 하늘을 올려다봤다. 초범인데다 성탄절 특사를 목표로 악착같이 이 악물고 지냈던 지난 1년간의 모범수 생활이 한 조각 구름에 걸렸다.

쓰러진 어머니가 병원에 계시므로 찾아올 사람은 아무도 없었다. 친구라고는 필두가 있었지만, 재판 과정에서 서로 얼굴 볼 일이 없을 만큼 틀어졌다.

'아! 내가…잘못 살아왔나….'

석훈이 그렇게 느끼고 있을 때, 또각또각 분명 자신을 향해 일정하게 리듬을 타고 다가오는 발소리가 들렸다. 적당한 높이의 구두를 신은 다리가 낯익었다. 미래였다. 석훈의 눈을 마주한 그녀가 빠른 걸음으로 다가오더니 손에 든 검정 비닐봉지를 눈앞으로 들이밀었다.

"출소 날에는 이런 걸 먹어야 한다고 하더라고요."

"왜… 왔어요?"

속마음과는 달리 퉁명스러운 말이 먼저 튀어나왔다. 이 모든 일이 미래 때문에 벌어진 일이라 생각했기 때문이었다. 교도소에서 썩는 동안, 석훈은 매일 같이 어떻게 이런 일이 벌어졌는지를 복기하고 복기했다. 생각의 끝에 석훈은 BNT그룹의 장선호 이사가 계획적으로 자신을 위험에 빠뜨렸다는 결론을 내렸다.

장 이사의 제안으로 임도진의 폭행 동영상을 유출하지만 않았다면 사람들의 관심이 쏠리지 않았을 것이고, 그랬다면 여느때처럼 아슬아슬하긴 하지만 무사히 빠져나갔을 일이었다. 하지만 장 이사 쪽에서 일을 크게 만들었다. 어떻게 일처리를 한 건지는 모르지만 자신이 재직하던 우성고등학교의 학교 폭력이 인터넷을 몇 주간 뜨겁게 달궜고 하이에나 같은 언론들은 거기에 자극적인 이야기를 덧대 광고장사를 해댔다.

"누군가는 반겨줘야 할 것 같아서요."

"뭡니까? 없던 동정심이라도 생긴 겁니까?"

"그럴 리가요? 저흰 원래 그런 건 잘 모르는 족속들인 거 잘 알면서요."

그렇게 말하는 미래의 얼굴에 희미한 미소가 피었다. 석훈은 그런 미래를 바라보며 헛웃음을 지었다.

"전에 석훈 씨가 말했었잖아요. 우리 한탕 해먹자고. 그 말 아직도 유효해요?"

"사모한테 다시 돈이라도 뜯어내자는 겁니까?"

"아니요. 이번엔 장선호 이사한테 직접요…."

석훈은 미래가 건넨 담배를 입에 물고 연기를 길게 흡입했다.

"그래서 뭐 계획이라도 있는 건가요?"

"바이올렛을 우리가 직접 잡죠. 그리고 그걸로 장 이사를 압박해보는 거죠."

석훈과 미래는 바이올렛이라는 정체불명의 해커로부터 협박을 받았었다. 석훈은 바이올렛이 협박이 먹혀들지 않자 결국 자신에 대한 정보를 언론에 유출했다고 생각하고 있었다.

"그런다고 돈이 나오겠어요?"

"장 이사가 만들어둔 비자금이 있어요. 바이올렛을 잡으면 장 이사의 비자금에도 접근할 수 있겠죠."

출소하던 한 무리의 사람 중 한 명이 석훈에게 다가왔다.

"어이, 이 선생 잘 가라고, 그리고 다음에 한번 찾아와."

"고생 많으셨어요. 기회되면 뵙죠."

석훈이 역시 퉁명스럽게 인사했다. 인사를 건넨 사내는 거무튀튀한 피부에 어울리지 않게 둥근 뿔테 안경을 끼고 있었다. 석훈이 복역 중 그나마 자주 말을 섞던 인물이었다.

"누구예요?"

"흥신소 운영하다 걸렸대요. 사람 찾는 덴 도사라니, 혹시… 바이올렛을 찾는 일에 도움이 될지도 모르겠네요."

* * *

석훈이 출소 후 가장 먼저 찾은 곳은 노모가 있는 요양병원이었다. 아들의 구속으로 충격받은 노모는 구속이 확정된 재판정에서 쓰러지셨다. 그 상황을 그냥 지켜보기만 했을 뿐, 석훈이 할 수 있는 건 아무것도 없었다. 그렇게 석훈은 교도관에 양쪽 팔을 내맡긴 채 교도소로 끌려가야 했다.

"요즘 어머니는 좀 어떠세요?"

"뭐, 여기 계신 분들이 다들 그렇지만 회복되시긴 힘들어요. 특히, 뇌혈관 쪽 문제여서…."

요양병원의 간호사는 아무런 감정을 싣지 않고 말했다. 감정을 싣는 순간 자신에게 돌아올 불필요한 일들을 너무도 잘 알기 때문일 터였다. 석훈은 그런 간호사를 이해했다.

"참, 밀린 병원비는 원무과에 정산하면 되나요?"

"아! 어떤 여자분이 이달 치까지 결제하셨어요. 다음달부터는 다시 내셔야 하는데 자동 이체 신청하시겠어요?"

석훈은 간호사가 내민 자동 이체 계약서에 서명하고 노모가 있는 913호실로 향했다. 다행히 노모는 정신을 잃지는 않아서 아직은 석훈과 대화할 수 있었다.

"석훈아…, 고생 많았지?"

"별로요. 다 사람 사는 곳인데요, 뭘….."

말하지 않아도 석훈은 노모의 심정을 알 수 있었다. 노모의 표정에 안타까움과 아쉬움이 가득했다. 한때는 어머니의 모든 희망이었던 외아들 석훈이었다.

철학과로 진학한다고 했을 땐 걱정도 했지만, 교원 과정을 밟는 동안은 어머니의 기대를 느꼈었다. 석훈의 집안은 롤러코스터 같은 추락을 겪었다. 석훈이 고등학교 시절, 아버지의 회사가 부도났다. 바닥으로의 추락을 견디지 못한 아버지의 자살은 결국 집안을 완전 몰락시켰고, 석훈의 학창 시절도 더불어 망가졌다.

'주변에 있던 놈들이 전부 다 날 외면했었다.'

친구들의 크고 작은 배신들을 경험하며 석훈의 마음도 점점 딱딱해져 갔다. 그 와중에 대학에 진학한 것만으로도 어머니는 안도했을 것이었다.

'석훈아, 세상에 믿을 놈 하나 없다! 아무도 믿지 말고 너 스스로 강해져야 한다.' 아버지는 고향 친구에게 크게 배신을 당했고, 그런 자신을 자책했다. 하지만 한 번 무너진 인생은 쉽게 회복될 수 없었다. 그리고 석훈에게 내뱉곤 했던 말과 달리, 세상의 무게를 감당하지 못하고 스스로 세상을 뜨고 말았다.

"석훈아, 그 최미래라는 아가씨가 여길 가끔 찾았었어. 얼굴도 곱고…, 마음씨도 착할 것 같더라."

"네…, 그랬군요."

석훈은 별 달리 덧붙이지 않으면서 어머니의 말에 건성으로 답했다. 사실 미래는 석훈에게 천하의 원수였다. 지금의 이 꼴로 만든 장본인이자 자신을 이용해 BNT그룹의 실세가 되려고 했던 인간이었다.

"네가 알지 모르겠는데…, 내 병원비도 내줬어."

"어머니 병원비는 이제 제가 낼 테니 걱정하지 마시고 몸 회복하는 일에만 신경 쓰세요."

"네게 이제 무슨 돈이 있다고…?"

"그 정도 돈은 벌어놨습니다."

"그때 그…돈 말이냐?"

어머니가 조심스레 그 돈을 언급했다. 석훈이 감방에

다녀온 이유는 사기로 기부 프로젝트를 벌인 일 때문이었다. 사실 그 일은 학창 시절 마지막까지 자신을 떠나지 않았던 유일한 친구인 필두와 벌인 일이었다.

— 너 필리핀에 버려진 코피노가 몇 명이나 있는지 알아?

— 몇 명이나 되는데?

— 벌써 수천 명이다, 수천 명! 엄청나지 않아? 이거 사람들 움직이기 완전 딱이라고! 조금의 동정심이 있는 사람들에게 단돈 몇 푼 보태는 거…, 어렵지 않을 거다. 그리고 솔직히 너 이러저러한 기부금 받는 단체들, 실상이 어떤지 알아?

그때 필두의 꾐에 넘어가지 말았어야 했다. 아버지의 말이 옳았다. 누구도 믿어서는 안 됐다. 결론적으로 필두는 감옥에 가지 않았고, 석훈은 감옥에 갔다. 그건 석훈이 아버지의 말을 반만 따른 결과였다.

— 거봐라! 내가 뭐라 그랬냐? 이거 돈 되는 사업이라고 했지?

석훈은 필두와 더불어 그럴듯한 유령 단체를 만들어 그럴듯한 사무실에 그럴듯한 상담 직원까지 채용해 기부금을 받았다. 그렇게 3개월 만에 입금된 돈이 1억 원이 넘었다. 석훈은 꼬리가 길면 안 된다며 필두를 설득했다. 그렇게 둘의 첫 번째 사기 기부 프로젝트는 성공적으로 끝났다.

— 경비를 빼고 나누니 대충 5천만 원씩이다. 난 이걸로 한동안 해외에나 나갔다 올 테니 찾지 마라. 헤헤! 넌 뭐 할 거야, 이 돈으로?

— 쓸 데가 있어.

— 어디?

— 학교에 들어가려고…. 아버지의 남아 있는 인맥 중 사립학교 교감이 있거든.

— 오오, 정말!

— 근데 그 인간이 나보고 오천만 원 내놓으라고 하더라…. 개새끼!

사기 쳐 번 돈은 고스란히 우성고등학교 박 교감에게 흘러 들어갔다. 석훈은 헷갈렸다. 남의 등을 쳐서 번 돈은 자신이나 박 교감 둘 다 똑같았다. 하지만 석훈의 사기 행각은 징역 1년을 살아야 했던 범죄이고, 박 교감의 뇌물은 관행이었다.

'뭐가 더 나쁜 놈인지 모르겠군…….'

석훈이 노모의 휠체어를 밀며 산책을 시켜드리고 있을 때, 감방에 들어가기 전에 소지했다 나오면서 찾아온 핸드폰에 진동이 울렸다. 석훈이 미처 재개통도 하지 않은 핸드폰이었다. 석훈은 휠체어를 한쪽에 조심스레 세워

두고 검지손가락으로 핸드폰을 가리키며 어머니와 몇 걸음 떨어졌다.

"여보세요?"

"어머니 뵈니까 기분이 좀 나아졌어요?"

미래였다.

"병원비 대준 건 고맙게 생각합니다. 근데 이제 연락 그만했으면 해요…. 더 이상 미래 씨랑 얽히기 싫네요."

"그 마음은 이해해요. 하지만 어차피 이렇게 된 거 복수해야 하지 않겠어요?"

"그 복수의 대상에 미래 씨도 해당된다면요…?"

석훈의 대답에 잠시의 침묵이 흘렀다.

"나도 이렇게까지 될 줄은 몰랐어요. 어쨌든 사과할게요. 진심으로요."

"그게 지금 와서 무슨 의미라고…. 됐습니다."

석훈이 전화를 끊었다. 다시 휠체어로 돌아가자 어머니가 석훈의 손을 잡으며 말했다.

"석훈아, 이제 너무 애쓰며 살지 마라. 흘러가는 대로 편하게 살아."

"…들어가요. 이제 추워지려고 하네요."

* * *

다음날, 석훈은 빌라 분양 대행업체를 찾았다. 석훈이

빌라 시공 때 계약한 업체였다.

"어휴, 고생 많았습니다. 이 사장님."

누구나 사장이고 누구나 사모로 불리는 곳이었다. 누가 진짜 고객이 될지, 누가 큰손이 될지 알 수 없는 세계였다. 석훈과 계약한 분양 대행업체 오 사장은 40대 중반으로 그때와 다름 없이 말끔한 정장 차림이었다. 반짝거리는 구두에 공사 현장의 먼지 하나 앉아 있지 않았다.

석훈의 은행 대출금은 10억 원이었다. 5억 원의 토지 대금을 쥐고 시작한 빌라 건축은 은행 대출이라는 마법의 금융 수법으로 아무런 문제 없이 진행됐었다. 하지만 석훈이 감옥에 있었던 지난 1년간 분양이 미뤄지면서 은행은 결국 빌라 전체를 차압했다.

"얼마나 부족한 건가요?"

"5억 정도요…. 뭐, 그 정도는 여기 빌라 몇 채만 매매하면 어떻게든 마련되지 않겠어요?"

"지금 부동산 경기가 얼음이라는데…?"

"아휴! 그래서 저희들이 있는 거 아닙니까? 대신 수수료 좀 더 챙겨주시면…, 우리 애들이 다 해결해드릴 겁니다."

오 사장의 말이 끝나기도 전에 석훈이 자리에서 벌떡 일어났다.

"처음부터 100퍼센트 분양된다고 해서 시작한 일 아

닙니까? 근데 지금 와서 수수료를 더 달라고요? 내가 호구로 보여요?"

감옥에 다녀온 뒤로 석훈은 더 독해졌다. 그 안에서 온갖 인간 군상들을 대해온 석훈이었다. 덩치 몇 명 데리고 분양 대행 일을 하는 오 사장에게 밀릴 석훈이 더 이상 아니었다.

"뭐…, 그럼 다른 데 찾아보시든가요?"

오 사장도 만만치는 않았다. 부동산 바닥에서 온갖 일을 겪어온 그였다. 어찌하면 법망을 피해갈 수 있는지 훤히 꿰뚫고 있는 작자였다. 자신의 발뺌이 아무런 법적 문제가 되지 않는다는 사실을 잘 알고 있었다. 오로지 안면을 바꿀 뻔뻔함만 있으면 되는 일이었다.

석훈은 은행의 경매 처분 날짜가 몇 개월 남지 않았다는 걸 알고 있었다. 그나마 은행 이자를 납부한다는 조건으로 경매 처분을 연기한 덕분이었다.

'제길…! 빌라는 지금까지 내가 쌓아온 모든 거나 다름없는데….'

석훈이 과감하게 벌인 빌라 건축 사업의 토지 대금 5억 원은 필두를 배신해 얻은 대가였다. 코피노 기부 프로젝트는 공식적으로는 끝났지만, 계좌를 통한 모금은 계속됐다. 마침 필두가 해외에 나가 있었던 탓도 있었지만, 석훈은 더 이상 필두가 있어야 할 필요가 없다고 생각했다.

결국 아버지의 말씀대로 그 누구도 믿지 않고 코피노 기부 프로젝트의 2부를 시작했던 것이다.

그렇게 얻은 5억 원의 돈. 그 돈은 석훈이 추락했던 집안을 되살리고 험난한 세상에서 자신의 야망을 펼칠 종잣돈이었다.

석훈

석훈이 사립학교 정교사가 되기 위해 쓴 돈은 정확히 5천만 원이었다. 안정적인 직장과 방학이라는 공식적인 유급 휴가, 그리고 계속 우려먹을 수 있는 커리큘럼! 석훈에게 교사라는 직업은 썩 괜찮은 일자리였다.

어디야? 수업 중?
ㄴ 어. 수업 중. 얘기해 괜찮아.

석훈은 수업 중임에도 학생들의 눈을 피해 교탁 아래로 스마트폰을 숨기고 문자를 보냈다. 벌써 3개월째 만남을 이어가고 있는 아영이었다. 아영과 석훈의 관계가 연인 사이는 아니었다. 석훈은 필두로부터 아영을 소개받았다. 관계는 단순했다. 서로의 욕망에 충실하고, 그 욕망의 대가 만큼의 돈을 주고받으면 되었다. 어쩌면 그러한 관계가 석훈이 생각하는 정의인지 몰랐다.

"존 롤스가 주장하는 정의는 사회적 약자들에게 더 우선으로 이익과 혜택을 배분하자는 주장이지. 말하자면, 기회의 평등을 되찾도록 조정하자는 것. 즉, 롤스의 정의론은 분배의 정의론으로 귀결된다."

"선생님, 그럼 롤스는 평등주의자인가요?"

"결과의 평등이 아니라 기회의 평등주의자지."

'지랄! 이따위 것들이나 가르쳐야 한다니.' 역겨움이 일었지만 참아야 했다. 우성고등학교 국민윤리 선생 석훈은 학생들에게 '윤리'와 '도덕'을 가르쳤다.

오늘 우리 만날 거야?
ㄴ 퇴근하고 오피스텔로 갈게.
응.

서른을 홀쩍 넘긴 나이. 교사 생활 2년 차.

아무짝에도 쓸모없다는 주위의 반대와 '철학과 졸업해 뭐 해먹고 살 거냐?'는 조롱을 어린 치기로 무시하고 철학과를 선택했다.

'뭐 하긴… 덕분에 이렇게 말발로 애새끼들을 후려치면서 살고 있잖아.'

졸업 후 한동안 백수로 전전했지만, 교원 자격증을 따면 임용고시를 칠 수 있다는 말에 교육대학원에 진학했다. 스스로 철이 들었다고 느낄 때쯤 대학원을 졸업했다.

그렇게 치른 임용고시는 그야말로 '헬'이었다. 다른 공무원 시험에 비하면 경쟁률이 약했지만, 두 번이나 낙방했다. 하지만 세상은 마음만 먹으면 반드시 길이 열려 있는 법. 임용고시를 비켜 가는 방법이 있었다. 다행히도 사학재단 학교의 교사 채용엔 굳이 임용고시 따위는 요구되지 않았다. 기업에 정규직과 비정규직이 있듯, 그들의 왕국엔 정교사와 기간제 교사 두 부류의 존재만 있을 뿐.

석훈이 임용고시와 사학재단의 자리를 알아보는 동안, 그간 쌓아왔던 인간관계조차 두부 잘리듯 싹둑 잘려나갔다. 그나마 중고등학교를 같이 보낸 대여섯이 하릴없이 연락할 수 있는 친구들이었지만 그마저도 연락을 끊은 지 오래다.

'차라리 잘됐어. 쓸데없는 감정의 소모 따위에 인생을 허비하느니 내 인생 충실히 살아가는 게 낫지 않겠어?'

인생은 어차피 경쟁이었다. 경쟁에서 도태된 석훈에게 대학 시절 정의를 부르짖던 선배나 동기들은 전혀 도움이 되지 않았다. 그들은 하나같이 변변치 못한 직업을 전전하고 있었다. 그러고도 그들은 여전히 대학 시절의 감상에 빠져 있었다.

'어쭙잖은 것들!'

어차피 한 꺼풀 벗겨보면 다 자기들 이익에 충실한 삶일 것이다. 겉으로는 남을 위하는 척, 약자를 대변하는 척하면서도 정작 자기 이익 앞에 서면 한 치 양보도 없는 인간들이다. 말이나 안 하면 다행, 배운 게 도둑질이라 철학과 동기 모임은 입으로만 세상을 들었다 놨다 했다.

"이래서 문제야, 문제! 우리 사회에 공동체주의가 사라지면서 연대 의식이 망가진 거야!"

'그놈의 연대는 도대체 왜 해야 하는 건데?' 석훈의 시니컬한 생각과는 상관없이 몇 잔의 소주에 벌게진 동기들이 각자의 정치적 주장을 펼쳤다.

"지금 정권에서는 사회 정의란 찾아보기가 힘들어. 관료들이 썩었거든."

"그래서, 법치주의가 바로 서야 한다는 거야. 기준을 만들어줘야 하거든."

"너희 이런 말 들어봤냐? 보수는 부패로 망하고, 진보는 분열로 망한다."

한창 술자리의 열기가 오를 때쯤 석훈이 자리에서 벌떡 일어났다. 2차 자리로 옮긴 지 얼마 되지 않은 시간이었다.

"여기는 내가 계산하고 갈 테니 재밌게 놀아라."

"여어! 선생님 되더니 멋있어졌다야!"

"나중에 보자!"

석훈이 별 볼 일 없는 술자리를 빠르게 빠져나왔다. 적당한 타이밍에 계산해주고 나오는 것이 저들에게 그나마 '쿨'해 보인다는 사실을 잘 알고 있었다.

밖으로 나온 석훈은 스마트폰을 들어 인챗을 열었다. 전화보다 많이 쓰는 인챗. 세상은 인챗으로 모두가 연결되어 있다. 약혼녀인 지윤에게 메시지를 보냈다.

동기 모임 끝마치고 집에 가는 중. 오늘 어떻게 보냈어?

띠링! 지윤은 언제나 석훈의 메시지에 반응이 빨랐다. 기다리고 있었다는 듯 답신이 급했다.

모임 재밌었어? 난 지금 강남. 곧 끝날 거 같은데 잠깐 볼까?
└ 아니야, 늦었어. 늦기 전에 들어가야지. 내일 연락할게.
아쉽다⋯ 난 자기 보고 싶었는데⋯.
└ 나도 자기 사랑해~! 뽀뽀 쪽!

마지막 회신을 하고 석훈은 차갑게 인챗을 꺼버렸다. 그리고는 택시를 잡아 타고 곧장 아영의 오피스텔로 향했다.

아영을 소개해 준 사람은 필두였다. 그는 석훈이 연락하는 유일한 고등학교 동창이자 돈이 필요한 여자들에게 스폰서를 구해주는 뚜쟁이였다. '이것도 다 사업이라고! 사업!' 필두는 항상 그런 식이었다. 돈이 될 만한 것이라면 물불을 가리지 않고 달려드는 녀석이었다. 석훈은 그와 깊게 엮이고 싶지는 않았다. 한데 엮이기엔 지나치게 음지의 인간이었다. 석훈은 혼잣말을 중얼거리며 택시에서 내렸다.

"음지에서 일하면서도 양지를 지향해야 하는 거 아니겠어…!"

아영의 오피스텔 건물에 도착하여 쳐다본 익숙한 창문에 불이 훤했다. 현관 출입구의 501호 벨을 누르자 잠시후 유리문이 열렸다. 혼자 엘리베이터에 올라 5층에서 내렸다. 마주한 501호의 문이 빼꼼히 열려 있었다.

"오빠, 와줘서 고마워."

아영은 석훈을 보자마자 무표정하게 선 그의 옷을 벗겨 손을 잡고 샤워실로 이끌었다. 석훈은 끓어오르는 성욕을 언제든 풀 수 있는 방식으로 아영과의 거래를 선택했다. 뒤탈 없이 깔끔하고 돈만 있으면 언제든 거래가 가능했다. 쓸데없는 감정노동으로 비위를 맞출 필요도 없었다. 돈만 주면 그뿐이었다. 이 얼마나 훌륭한 거래인가? 정의? 그따위는 의미를 두지 않는 세상이다. 사유재산의 자유로운 사용! 그리고 시장에서의 자유 경쟁에 의한 소비자의 선택! 석훈은 지극히 합리적 시장 방식이라고 생각했다.

'더럽다고? 아닌 척, 뒤로는 다 똑같은 놈들! 자본주의에서 욕망은 어차피 돈으로 거래하는 거다!'

석훈은 사람을 신뢰하지 않고 돈을 신뢰했다. 침대에 누운 석훈은 아래에서부터 올라오는 아영의 몸짓을 천천히 즐기다 자세를 바꿔 아영의 두 다리를 벌렸다. 은밀한 아영의 그곳에 석훈은 쾌락을 밀어넣었다.

* * *

"로버트 노직은 가난한 자에게 부를 재분배한다는 롤스의 주장을 비판한다. 재산을 지키려는 개인의 권리를 침해한다는 거지."

석훈의 수업을 듣는 학생들 표정이 하나같이 지루했다. 석훈은 분위기를 바꿀 필요가 있다고 생각했다.

"너희들 안구가 두 개잖니. 하나만 있어도 볼 수 있잖아. 그렇다고 두 눈이 먼 장님에게 안구 하나를 나눠줘야 한다면 그게 과연 정당할까?"

그때, 누군가 손을 들었다.

"선생님, 노직 얘기는 교과서에 안 나오는데요?"

"교과서에는 나오지 않지. 왜냐면 그래야 자기네들이 세상을 지배하기 편리하거든."

요즘 애들은 똑똑한 것 같지만 생각보다 멍청하다. 불쑥불쑥 반항기를 보일 때마다 적절한 멘트를 내뱉어주면 더 이상의 질문은 나오지 않는다.

'자기들도 귀찮은 거겠지. 세상살이에 꼭 필요한 것과 불필요한 게 뭔지를 벌써 구분하고 있을 테니…!'

선생이라는 직업의 좋은 점은 퇴근 후 명확한 자기 시간을 가질 수 있다는 점이다. 학생 지도 업무니 선생님들 간의 회식이니 하는 것들이 있지만, 사기업 직장 생활에 비하면 훨씬 자유롭다. 시간을 마음대로 쓸 수 있다는 것. 그것은 석훈이 자신만의 또 다른 세계를 가질 수 있었던 원동력이었다.

"이 선생님, 잠깐 나 좀 봅시다."

"네 교감 선생님, 무슨 일이십니까?"

정수리에 머리가 듬성듬성한 박성호 교감은 석훈이 우성고에서 생존을 위해 선택한 정치적 라인이었다. 그 라인의 윗선에 교육감 김승일이 있었다. 석훈의 약혼녀 지윤은 김승일의 딸이었다. 예비 장인 김승일의 라인은 탄탄한 동아줄이었다. 그 동아줄이 있었기에 겨우 2년 차 교사 석훈은 교감에게 당돌한 요구를 했었다.

'교감 선생님, 내년에는 담임을 좀 안 맡았으면 합니다.' 담임을 맡지 않겠다는 교사가 늘어난 것은 최근의 경향이었다. 김영란법 시행으로 예전처럼 촌지를 기대하기도 힘들어진 마당에 학생 지도는 점점 까다로워졌다. 쥐꼬리만큼 나오는 담임 수당은 그 모든 일에 대한 보상으로 는 어림도 없었다. 무엇보다도 석훈은 퇴근 후 온전히 즐 길 수 있는 사생활을 무척 중요하게 여겼다.

"이번 주말에 최 선생하고 함께 등산을 하는데, 이 선 생은 시간 어떤가?"

석훈은 갑작스러운 교감의 등산 제안에 뭔가 이상한 낌새를 눈치챘다. 약혼녀인 지윤은 분명 주말에 가족 여 행을 간다고 했다. 그렇다면 교감이 교육감 모르게 뭔가 를 꾸미려는 것이 분명했다.

"그럼요, 시간 내겠습니다!"

"그래 그래야지. 그럼 주말에 수락산으로 가는 것으로 하고 내가 연락하겠네!"

석훈은 교감실을 뒤돌아 나오며 표정을 일그러뜨렸다.

'능구렁이 같은 인간, 뭘 또 받아 처먹으려고!'

빽도 없고 돈도 없었던 석훈이 사립학교의 선생으로 채용된 데에는 박성호 교감에게 갖다 바친 뇌물이 결정적 이었다. 5천만 원. 그 돈이 어떻게 만들어진 돈인가? 석 훈은 그 돈을 마련하며 어떻게 세상을 살아야 하는지 철 저하게 깨달았다. 도덕이나 양심이라는 쓸데없는 감정의 굴레를 벗어야 한다. 가진 것 없는 사람은 움직임을 최소 화해야 했다.

그 과정에서 중요한 건 절제력이었다. 석훈은 어리석지 않았다. 기부 프로젝트로 1억 원이 넘게 입금되었을 때, 그는 기부 프로젝트를 바로 중단했다. 그렇게 필두와 5천만 원씩 나누고 기부 사기를 끝냈다. 문제는 그 후부터였다. 통장에 계속해서 돈이 들어왔다. 기부 프로젝트가 끝난 줄 모르는 사람들로부터 자동이체가 이어지고 있었다.

　'이걸 필두한테 말해?'

　2차, 3차, 4차…. 사람들은 계속 돈을 넣었다. 애국심의 발로인지 코피노에 대한 부끄러움을 돈으로 씻으려 하는 것인지는 중요하지 않았다. 사람들은 완전한 자유의지로 돈을 입금했다. 석훈이 강제적으로 그들의 재산권을 침해한 것은 아니었다. 기부자들은 자신들 내면의 만족감을 얻었고, 석훈은 교사라는 일자리를 사들일 5천만 원과 땅을 구매할 5억 원을 얻었다. 아무도 손해 본 사람은 없었다.

* * *

　석훈은 시시때때로 인터넷 커뮤니티 '파갤'을 드나들었다. 파갤은 '파탄자들의 갤러리'를 줄여 부르는 말이었다. 가입 시 주민등록번호를 요구하지 않았고, 이메일 주소 하나로 가입이 가능했다. 그곳에서 석훈은 '리버티84'였다. 석훈은 그곳에서 겉으로 점잔을 떠는 놈들을 다 까발려주고 싶었다. 알고 있는 철학적 개념을 적당히 버무린 직설적 분석에 적당한 음모론을 섞어 올리면, 사람들은 리버티84의 글에 열광했다.

"크크크큭!"

사람들에겐 석훈이 올리는 글들이 어디서 왔는지, 진짜가 맞는지 아닌지는 중요하지 않았다. 몇 달간의 파갤 활동으로 알게 된 한 가지가 있었다면, 사람들은 자기가 듣고 싶은 것만 듣고 보고 싶은 것만 본다는 사실이었다.

어렵게 세상에 맞서봐야 손해 보는 것은 자신이었다. 어차피 세상은 이렇게 생겨 먹은 것이고, 또 석훈이 어쩐다고 바뀔 세상도 아니었다. '내가 세상을 저버릴지언정, 세상이 나를 저버리게 하지는 않을 것이다.' 석훈은 삼국지의 조조의 말을 떠올렸다. '세상을 버리긴 왜 버려? 이 좋은 세상을… 조금만 다르게 생각하면 아주 재밌는 세상이라니까!'

석훈은 조조의 말을 자기식 대로 비틀었다.

'내가 세상을 이용할지언정, 세상이 나를 이용하게 하지는 않겠다!'

토요일 아침. 석훈은 수락산 입구의 한 커피숍에서 박 교감을 기다렸다. 산을 오를 목적인지, 아니면 또 다른 목적이 있는지 모를 형형색색 차림의 중년 남녀들이 삼삼오오 커피를 마시며, 과장된 손짓과 웃음으로 시간을 즐기고 있었다.

전화를 걸었다. 뚜르르르!

"교감 선생님, 저 도착해 있습니다."

"그래 거기 원두가 아주 좋아! 한 잔 마시고 있게나."

교감이 원두가 좋은 걸 어떻게 알며 커피 향은 또 어떻게 구별할 줄 안다는 것인가? 남들이 그렇다고 하니 그렇게 여길 뿐. 이번에는 석훈의 전화가 울렸다.

"이 선생, 나 거의 도착했는데 거기가 정확히 어딘지 모르겠네."

"주소 찍어드리겠습니다."

"아니, 주소는 아는데 거기 주변에 뭐가 있어?"

이런! 이런 인간들이야말로 민폐 캐릭터다. 입에 집어넣어줘야 씹을 인간들!

최동민 선생. 수학 과목을 담당하고, 나이는 석훈보다 한 살 많았지만 연차는 같은 선생이었다. 은밀히 듣기로는 자기처럼 자릿값을 내고 들어온 게 아니라, 시 의원 아버지 빽으로 자리를 꿰찬 인물이다.

'왜 내가 이런 놈 뒤치다꺼리를 해줘야 하는지…, 제길!'

최동민은 교묘하게 사람을 이용하는 인간형이었다. 제일 멀리하고 싶은 인간. 학교의 지시사항을 같이 들어놓고도 항상 석훈에게 다시 확인하곤 했다. 그걸 물리치면

삐져서 석훈은 울며 겨자 먹기로 최 선생을 달고 다닐 수 밖에 없었다.

"동료 좋다는 게 뭐야? 사회 생활은 인맥이야 인맥! 안 그래? 이 선생?"

"네…, 그렇죠."

어쭙잖은 동류의식. 왜 단지 똑같은 학교, 똑같은 군대, 똑같은 회사에 들어왔다는 이유로 친해져야 하는 건데? 그냥 빌붙으려고 만들어낸 핑곗거리 아닌가?

"여기 사거리에 카센터 하나 있네요. 한성카센터! 보이세요? 그쪽으로 걸어오세요."

결국 석훈은 커피숍에서 나가 몇 블록 걸어 최 선생을 데려올 수밖에 없었다.

"아! 나 여기 도저히 못 찾겠더라고! 근데 교감 선생님은 도착하셨어?"

"아직요, 곧 오실 겁니다."

"대충 언제쯤 오신데?"

석훈은 최 선생의 행태에 이제 표정 관리가 안 될 정도였다. 석훈이 대꾸하지 않자 최 선생이 눈치 빠르게 화제를 돌렸다.

"요기 편의점에서 막걸리라도 좀 사 갈까? 집에서 육전을 좀 부쳐왔거든."

"그러시죠."

최 선생은 늘 자기가 덤벙거리는 성격이라고 말했지만, 챙겨야 할 것은 확실히 기억하고 챙기는 인간이었다. 누구에게 잘 보여야 하고 누구는 무시해도 되는지, 어디서 어떻게 처신하는 것이 유리할지 잘 알고 행동하는 인간이었다. 단지 필요 없다고 판단되는 곳에선 안 그런 척하는 것일 뿐.

"근데, 교감이 우리한테 뭔가 시킬 일이 있는 모양이야."

"뭐 아는 거라도 있어요?"

"그런 게 아니라 매번 그랬잖아. 교감이 우리를 이렇게 불러내면… 이 선생은 혹시 그런 낌새 못 느꼈어?"

"저도 아는 바 없습니다."

석훈이 심드렁 대답하면서 생각했다.

'치사한 새끼. 뭐 그리 대단한 정보라고 자기만 알고 있겠다는 건지. 자기가 궁금했어 봐! 그저 하나라도 정보를 알아내려고 추접스레 물고 늘어질 거면서!'

박 교감은 매주 산을 오른다고 했다. 은근슬쩍 석훈에게 등산을 권유했던 적이 있었지만, 그때마다 석훈은 반응하지 않았다. 같이 산을 오르면서 얻는, 같은 편이라는 연대감은 다른 방식으로도 충분히 채울 수 있을 거라 생각했다. 경제적이지 못한 인간관계와 사회생활은 석훈에게는 정말이지 혐오 그 자체였다.

교감이 도착하여 셋이 같이 오른 수락산은 생각보다 높고 험했다. 무엇이라 이름 붙인 봉우리의 정상까지 가는 데 세 시간이 넘게 걸린다 했다. 밧줄을 타고 수직 바위를 올라야 했으며, 허리를 굽혀 바위 밑을 통과해야 했다. 한참을 앞서 오르던 박 교감이 뒤를 돌았다. 잠깐 쉬었다 가자는 신호였다.

"힘들어?"

"헉헉, 괜찮습니다. 이 정도야 뭐…."

"김승일 교육감에 대한 내부 비리 감사가 있을 거라네."

"네에?"

석훈의 예비 장인이자 그들의 탄탄한 동아줄, 김승일 교육감에게 문제가 터졌다는 것이었다.

"라인을 바꿔 타야 할 거 같은데, 자네들은 어떻게 생각하나?"

박 교감의 말에 최 선생은 꽤나 당황스러워했다. 이내 잔머리를 굴려대는 눈치였다. 잠시의 침묵을 깨고 둘의 시선을 재던 석훈이 먼저 말을 꺼냈다.

"저야, 교감 선생님 뜻에 따르겠습니다."

"그렇게 말해주니 마음이 좀 편해지는구먼. 난 사실 이 선생이 교육감님 자제분과 교제 중인 것 같아 무척 신경이 쓰였거든."

"공은 공이고, 사는 사죠."

"역시, 이 선생은 이런 점이 참 맘에 들어!"

꼰대들이야 적절한 순간 한 번씩 빨아주면 쉽게 넘어온다. 안절부절못하던 최 선생이 가방 속에서 막걸리와 안주로 가져온 육전을 주섬주섬 꺼냈다.

"교감 선생님, 한잔하시죠."

"그래, 산에서는 역시 막걸리지."

교감도 알고 있었다. 최 선생이 대세에 따라 눈치 보기 급급한 인간이라는 사실을. 맹수는 강자와 약자를 본능적으로 인식하는 법. 석훈은 생각했다.

'하긴, 최동민 같은 자들이 있어야 내가 돋보이는 거 아니겠나? 누군가는 밑을 깔아줘야겠지.'

* * *

산행에서 돌아온 석훈은 침대에 그대로 누워버렸다. 석훈이 지내는 곳은 1.5룸이라고 불리는 오피스텔이었다. 같은 평수라 해도 최근의 건축 설계는 극단의 효율적 공간을 만들어냈다. 침대가 있는 곳은 미닫이문으로 구분되어 있었고, 잡다한 집기들을 넣어둘 수 있는 붙박이장들이 벽면과 기둥 사이에 설치되어 있었다. 커다란 킹사이즈 침대와 최신식 디지털 평면 TV, 노트북과 태블릿이 있는 널찍한 책상, 그리고 거실을 차지하고 있는 일자형 가죽 소파. 미니멀리즘(minimalism). 석훈이 추구하는 생활

방식이었다.

뚜르르릉!

"사장님. 저 오준환입니다. 계속 전화를 안 받으셔서요."

"네 잠깐 어디를 갔었습니다. 공사는 어떻게 돼 가고 있나요?"

"콘크리트 작업은 잘 끝났는데, 문제가 생겼어요. 근처 주민이 민원을 제기했네요. 자기 집으로 먼지가 날린다고 공사 현장에 가림막 설치를 다시 해달라고 하네요….."

"혹시, 그분 어떤 분인지 아세요?"

"몇 번 항의하러 와서 연락처 받아놨습니다. 구청에서도 민원인하고 합의가 안 되면 가림막 공사를 다시 할 수밖에 없다고 하더라고요."

다음날 석훈은 개인 사정을 이유로 학교에 휴가를 냈다. 그리고는 자신의 흰색 K3 승용차를 끌고 빌라 공사 현장으로 향했다. 석훈은 돈이 좀 있다는 또래들처럼 벤츠나 BMW를 살 수도 있었다. 하지만 석훈이 선택한 차량은 소형 승용차인 K3였다. 누가 보더라도 젊은 학교 선생이 타고 다니기에 이상할 것 없는 수준의 차였다. 석훈은 아무도 자신을 주목하지 않기를 바랐다.

'굳이 사회생활하는 데 튀어서 좋을 건 없다. 있는 듯 없는 듯. 그게 제일이다!'

마찬가지로 석훈이 빌라를 짓고 있다는 사실을 아는 사람은 학교에 아무도 없었다. 집요한 최 선생에게 들키지 않기 위해 석훈은 특히 조심했다. 자신에 대한 쓸데없는 관심은 전혀 필요하지 않았다.

그들의 관심은 '어떻게 젊은 나이에 5층짜리 빌라를 세울 돈을 마련했을까?' 하는 것일 테고, 그렇게 하나둘 관심을 두다 보면 목돈을 마련했던 코피노 기부프로젝트에 대해 알아차릴지도 모를 일이었다.

띵동. 민원인의 집은 공사 현장과 맞닿아 있는 또 다른 5층 빌라의 꼭대기 집이었다.

"누구세요?"

"네, 안녕하세요. 맞은편 빌라 건축주입니다. 공사 먼지 때문에 어려움을 겪고 있다고 하셔서요."

"맞아요. 먼지가 너무 날려 문도 못 열 지경이에요. 아기도 있는데 환기도 못 하고, 빨래도 제대로 못 한다니까요!"

"죄송합니다. 일단 이거 받으세요."

"이게 뭐예요?"

석훈이 내민 것은 공기청정기였다. 공기청정기 박스를 현관에 밀어 넣은 석훈은 안주머니에서 하얀 봉투를 다시 한 번 내밀었다. 현금 이백만 원이었다. 민원을 넣었던 여자가 의심에 가득 찬 눈길을 보냈다.

"가림막 공사를 새로 하려면 5백만 원이 듭니다. 어차피 기초 공사는 끝났으니, 한 달 정도면 내부 공사는 얼추 마무리되죠…. 저도 돈을 아끼고 사모님께서도 보상금을 받으시는 게…, 서로 윈윈하는 게 아닐까요?"

석훈의 얘기에 여자가 무슨 얘긴지 알겠다는 듯, 봉투를 받아들고 합의서에 순순히 서명했다. 석훈은 깍듯한 표정으로 되돌아 나왔다. 그럼에도 예상치 못한 이백만 원을 날리게 된 아쉬움이 사라진 건 아니었다. 짜증이 슬슬 올라왔다. 한 번 밀려온 짜증은 두통처럼 점점 커졌다.

돌아오는 길, 석훈은 K3의 액셀러레이터를 미친 듯이 밟다 신호등에서 급정지하기를 반복했다. 그러던 석훈이 주변을 두리번거렸다. 시야에 두 손으로 핸들을 붙잡고 있는 젊은 여자가 눈에 들었다. 아우디였다. 석훈이 스마트폰을 들어 운전자의 사진을 찍었다. 출발 신호와 동시에 핸들을 꺾어 아우디 차량의 시야를 가리며 아슬아슬 아우디 앞으로 끼어들었다.

끼이이익!

여자가 급브레이크를 밟으며 급정지했다.

'크크크큭! 하하! 제대로 놀란 모양이네 크큭!'

그제야 석훈은 화가 풀리는 듯했다. 오피스텔에 도착한 석훈이 컴퓨터를 켜고 곧바로 파갤에 접속했다.

Lv.10 리버티84님. 파갤 고수로 인정해 드립니다.

'뭐야? 고수? 그딴 거 필요 없거든. 꺼져!'

석훈은 화면을 스크롤하며 오늘의 베스트 게시물을 차례차례 검색했다. 같은 사무실 동료 여직원 인증 사진인 듯한 화면에서 스크롤을 멈췄다.

오크녀 인정? 점심시간 끝나고 30분은 넘게 수다 떨다가 들어와 일하는 척! 모니터 돌려 놓고 쇼핑이나 하고 있을 걸.

폭발적 반응이었다. 댓글에는 외모 품평을 하는 놈들부터 어느 회사인지를 추적하는 놈들까지 다양했다. 석훈은 방금 전 차 안에서 찍었던 여자 운전자의 사진을 업로드했다.

개념 없는 아우디 김 여사, 갑자기 끼어들어 사고 날 뻔함.

글을 올린 지 몇 분 만에 수십 개의 댓글이 달렸다. 석훈이 예상했던 그대로였다.

"크ㅎㅎㅎ! 하하하!"

샤워를 마치고 침대에 누운 석훈에게 전화가 걸려왔다. 약혼녀 지윤이었다.

"오빠 어떻게 해! 집에 교육청 사람들이 왔었어."

지윤이 당황한 듯 평소와는 다른 빠른 말투였다. 두려운 듯 안절부절못하는 모습이 그려졌다.

"왜 무슨 말이야. 차분하게 얘기해 봐."

"우리 아빠가 비리 감사에 걸렸다나 봐. 이거 어떻게 해? 우리 아빠 어떻게 하냐고…!"

"지윤아, 걱정하지 마. 별문제 없을 거야. 아버님이 워낙 청렴하신 분이잖아. 그 사람들이 캐봐야 무슨 비리가 나오겠어?"

"그치? 맞아! 우리 아빠한테서 도대체 뭐가 나올 게 있다고!"

"정기적인 감찰 업무라는 게 있으니까 그런 걸 거야. 너무 걱정하지 마. 우선은 쉬고 내일 다시 통화하자."

석훈이 차가운 눈빛으로 스마트폰의 통화 종료 버튼을 눌렀다.

'휴우. 이제 슬슬 갈아치워야 하나……?'

#03
아영

아영의 본명은 김아린이다. 지방대 출신에 소규모 무역회사 2년의 근무 경력을 가지고 겨우 턱걸이로 들어간 기업이 바로 지금의 BNT그룹이었다.

'학자금도 갚고, 은행에서 빌린 전세금도 다 갚으려고 했는데….'

하지만 현실은 아린의 생각처럼 쉽지 않았다. 통장 잔고 마이너스 5천만 원. 그룹이라는 거대 조직에서 아린은 하나의 부품일 뿐이었다. 의지와 달리 자신이 할 수 있는 건 별로 없어 보였다.

"야! 전년도 대비 원가율 어떻게 된 거야?"

"임금이 올라서 올해 원가율이 좀 높아졌는데요…."

맹수 앞의 사슴처럼 아린은 수그릴 수밖에 없는 존재였다. 지금 그녀 앞에 목소리를 키우는 사람은 직속 상사이자 BNT의 핵심 브랜드 르팡 매장을 관리하는 최미래였다.

"너 그걸 말이라고 해? 누가 임금 오른 거 몰라! 생산 로스율 점검이나 해 봤어? 너 오늘부터 품목별로 뭘 몇 개나 생산했는지! 폐기된 게 몇 개인지 낱낱이 보고해!"

"저…그게…영업이 다 끝나고 폐기 체크를 해야…."

변명이 끝나기도 전에 미래가 들고 있던 수첩의 끄트머리가 아린의 머리 위로 향했다.

"야! 너 뭐야! 너 뭐냐고!"

한심함과 경멸함을 담은 미래의 눈빛. 아린은 머리의 통증보다는 그 눈빛이 참기 힘들었다.

"너희 집 잘 사냐?"

"네에…?"

"아니, 뭐 믿고 이러나 해서. 여기 나가면 뭐라도 있어?"

"…."

"그럼 알아서 기는 재주라도 있어야지. 안 그래? 아니면 얼굴이라도 받쳐줘서 아양이라도 떨던가."

아린은 언제부터인가 BNT그룹, 아니 한국을 떠나는 일이 지상 목표였다. 지긋지긋한 이 세계를 미련 없이 떠나고 싶었다. 이곳은 더 이상 자신에게 아무런 희망도 줄 수 없는 세계였다. 미래와 부닥칠 때마다 그런 마음은 더 확고하게 굳어져갔다.

'이 세계에서 버티려면 나도 저렇게 돼야 하는 건가?'

부당하다는 걸 알면서도, 자신이 그 부당함의 희생양이 되지 않기 위해 누군가에게 전가해야 하는 시스템. 그리고 아린은 그 시스템이 자신을 한 발자국도 옴짝달싹하지 못하도록 구속하고 있다고 느꼈다. 미래는 그런 시스템의 선봉에서 가장 충성하는 미친개였다.

"좆같네 정말…."

아린이 건물 옥상 한 켠에서 담배를 꺼내 물었다. 그곳은 다른 직원들은 알지 못하는 오롯이 자신만의 휴식 공간이었다. 아린은 스마트폰을 꺼내 인챗 창을 열었다. 수백 명의 사람이 인챗의 친구로 연결되어 있었지만, 실제 그녀의 본 모습을 아는 사람은 없었다. 역설적으로 그녀가 최근에 마음을 붙이고 있는 사람은 석훈이었다.

오빠! 오늘은 언제 올 거야? 나 오빠 기다리고 있는데….

뻔한 영업성 멘트. 하지만 그 멘트 속에는 일말의 진심이 희미하게 섞여 있었다. 철저히 돈으로 묶인 관계, 주고받을 게 확실한 관계였지만, 그렇기에 별다른 이해관계가 얽히지 않은 관계이기도 했다. 그래서 어느 순간부터 석훈은 아린이 속마음을 털어놓을 수 있는 유일한 상대가 되어 있었다.

오늘 갈게. 그때처럼 8시 이후에 가면 되나?
└ 엉. 그때 봐.

무미건조한 문자 메시지. 아린은 하얀 담배 연기를 내
뿜었다. 띠링. 또 다른 메시지가 떴다.

어떻게 됐어? 아직도 건질 만한 걸 못 찾은 거야?

필두로부터의 메시지였다. 필두는 아린을 석훈과 스폰
서 관계로 연결해준 브로커이자 석훈의 동창이었다. 그리
고 지금은 석훈의 뒤를 캐고 있었다. 아린은 필두에게 아
무런 답도 하지 않은 채 메시지를 지워버렸다.
띠링.

나 지금 르팡 강남점에 와 있다. 여기 맛있는 게 아주 많네. 이딴 식으
로 나 씹으면 어떻게 되나 한번 보자고.

필두의 두 번째 메시지에 아린은 하얗게 질렸다. 자신
이 누군가에게 스폰받는 사실이 밝혀지면 그나마 위태롭
게 이어가는 지금의 세계조차 무너져 내릴지도 모를 일
이었다.

"…뭐야……여긴 어떻게 안 거야!"
한달음에 매장으로 내려간 아린이 한쪽 구석에서 입꼬

리를 올려 웃는 필두를 발견했다.

"우리 김아린 점장님이 너무 바쁘신 듯해서 직접 와 봤지…."

"나가서 얘기해요!"

"아니 왜? 여기가 편안하고 좋은데."

먹던 빵조각을 트레이에 던진 필두가 팔짱을 끼며 그 녀를 지그시 쳐다봤다. 그렇게 잠시 아린을 쏘아보다 자 리에서 일어나 다가오더니 나직이, 그러나 비릿한 목소리 로 속삭였다.

"김.아.린. 내 문자에 바로바로 답해. 안 그러면 BNT 그룹에 네가 어떤 년인지 낱낱이 밝혀 버릴 테니!"

아린은 주변을 둘러봤다. 계산대에 서 있는 홀 직원 한 명이 그 광경을 그대로 지켜보고 있었다. 소문은 빠르다. 한정된 공간에서는 자그마한 변화도 그들에게는 큰 사건 이고 며칠에 걸쳐 씹을 수 있는 가십거리가 되었다.

아린은 아무렇지 않은 척 비상구 계단으로 향했다. 그 모습을 지켜보던 필두가 웃음을 흘리며 아린의 뒤를 따 랐다.

쾅! 아린이 비상구의 문을 거칠게 닫았다.

"어떻게 안 거예요?"

"쯧! 어떻게 알긴! 나한테 코 꿰인 거지. 내가 이 정도 의 준비도 안 하고 너를 석훈이한테 붙인 줄 알아?"

"진짜 뭐냐고요?"

"내가 말 했잖아. 그 새끼가 나한테 사기쳤다고… 혼자서 얼마나 먹었는지. 그리고 먹은 흔적이 있으면 알려달라고. 솔직히 그게 그렇게 어려운 일도 아니잖아?"

필두는 뻔뻔한 표정으로 그녀에게 담배를 권했다.

"아…알았어요. 약속 지켜요!"

"알았다니까! 내가 그 돈만 회수하면 5천만 원 정도는 문제도 아니야!"

"조금만 더 기다려요. 나도 시간이 필요하니까."

아린이 입술을 깨물며 필두의 시선을 피했다.

"그리고 참, 자존심 조금만 내려놓으면 돈은 얼마든지 벌 수 있는데, 어때? 본격적으로 이 일 시작해 보는 게?"

"됐어요! 난 그 5천만 원만 챙기면 이 바닥 정리할 거예요."

"김아영, 내가 충고하나 할까? 여기서 아무리 고상하게 뺑이쳐 봐야 네 인생 달라지는 거 하나도 없다. 어차피 돈만 벌면 되는 거잖아. 이왕 벌 거 벌 수 있을 때 확 당겨놔야지. 안 그래?"

필두의 말에 슬쩍 흔들리는 듯하던 아린이 이내 획 돌아서 비상구 계단을 빠져나갔다. 그런 그녀의 뒷모습을 바라보던 필두가 담배 연기를 빨아들이며 혼잣말을 중얼거렸다.

"역시 초짜들이 순수한 맛이 있다니까!"

필두는 일부러 조종하기 쉽도록 스폰서 업계의 초짜인 아린을 석훈에게 붙여놨던 것이었다.

* * *

아영은 자신의 영업 오피스텔에서 석훈과의 한바탕 섹스를 끝내고 침대에 벌거벗은 채 누웠다. 항상 그렇듯 똑같은 상황과 똑같은 대화가 오고 갈 무렵이었다. 냉수를 한 컵 떠온 아영이 자신의 무릎 위로 석훈의 머리를 받쳤다.

"오빠, 교사 생활 어때?"

"교사 생활? 지겹지 뭐…. 요즘 애새끼들이 어디 애들 같아야지. 영악한 놈들이 많아."

"그래도 오빠가 하고 싶어서 한 거잖아."

"돈 때문에 한 거야. 안정적으로 이만큼 괜찮은 직장도 없잖아."

석훈의 말에 아영은 고개를 끄덕거렸다.

"왜? 지금 다니고 있는 직장이 마음에 안 들어?"

"아니 좀 옮겨 보려고. 한곳에 있는 건 답답하기도 하고…."

"아영아…근데, 어디 다니는지 대충이라도 안 알려 줄 거야?"

"말했잖아. 일반 사무직이라고…."

"별 쓸데없는 걱정. 네 얘기를 할 사람도 없어!"

석훈의 말이 맞았다. 중간에 누구도 끼어 있지 않은 관계였으므로 석훈은 아영에게 자신의 얘기를 많이 했었다. 하지만 거기에도 분명한 한계선이 있었다.

"우리 한 번 더 할까?"

"맘대로 해. 오늘은 내가 오빠한테 서비스하는 날이잖아."

석훈은 아영이 말한 '서비스'라는 단어가 궁금했지만, 당장의 감정을 지배하는 욕정의 배출이 우선이었다. 그렇게 다시 격렬한 몇 분의 시간이 지나 나란히 누운 둘은 숨을 헐떡였다.

아영이 석훈의 가슴에 팔을 얹으며 입을 열었다.

"오빠, 저번에 말한 거 있잖아?"

"뭐?"

"밖에서 따로 만나자는 거."

"어, 나야. 좋지! 괜찮은 데서 밥도 먹고 영화도 보고. 그렇게 데이트하면 되겠네. 하하"

"아니…, 그런 거 말고. 혹시 말이야…."

아영이 갑자기 석훈의 가슴 위로 올라타더니 시선을 마주했다. 갑작스러운 그녀의 행동에 석훈의 눈빛이 흔들렸다. 그때였다. 석훈의 스마트폰이 울렸다.

최미래. 분명 스마트폰 화면에 표시된 통화 발신자의

이름이 최미래였다. 그리고 그 이름은 아영에게 매우 익숙한 이름이었다.

'미래…? 최미래?'

아영이 태연한 얼굴로 턱짓을 했다.

"뭐해, 받아! 난 조용히 있을 테니까."

침대에 누운 채 석훈이 전화를 받았다.

"미래 씨, 어쩐 일이세요?"

"뭐 하세요? 저 지금 좀 심심한데."

"아! 정말요? 미리 말씀하시지 그랬어요. 제가 지금은 일산으로 들어와 버려서… 혹시 내일 저녁은 어떠세요?"

"음…, 잠시만요…. 네 괜찮아요."

"그럼 내일 학교 마치는 대로 제가 강남으로 가겠습니다."

바로 곁에서 무심한 척 귀기울이던 아영의 귀에 들린 목소리는 분명 최미래였다. 톤은 달라져 있었지만, 음색은 분명 최미래였다. 느닷없이 닥친 상황에 아영의 머리가 복잡한 생각에 얽혀들었다.

'제길, 어떻게 된 영문이지. 이렇게 엮이나…! 설마 이 사람이 나와의 관계에 대해 알고 있는 건 아니겠지? 최미래라는 인간, 얼마나 악랄한지 알고 있을까?'

하지만 사실을 확인하기에는, 그리고 최미래라는 인간에 대해 털어놓기에는, 자신의 정체를 드러내는 게 더 두려운 아영이였다. 생각보다 아직 그녀는 놓지 못한 것들이 많았다.

아영의 복잡한 심사를 아는지 모르는지 석훈이 감정의 동요 없이 아까의 얘기를 이었다.

"참, 아까 말하려다 만 게 뭐야?"

"오빠 빌라 세우고 있다고 했잖아. 나 거기 보여주면 안 돼?"

"거기? 지금 공사판이야. 시공 마무리되려면 몇 주 더 남았다고."

"나도 부자 되고 싶어서 그래, 오빠처럼 나중에 부동산 사업하려고…. 왜? 안돼?"

잠시 뜸을 들이던 석훈이 아영의 눈을 마주하며 말했다.

"아영아, 그건 좀 힘들겠다. 나는 비즈니스에 관해서는 누구랑 같이하는 스타일이 아니라서 말이야."

석훈의 반응이 사뭇 차가웠다.

#04
미래

최미래, BNT그룹의 7년 차 팀장이다. 그녀는 입사 동기 중에서 가장 빠르게 승진했고, 여자로서는 유례를 찾기 힘들 정도로 고속 승진했다. 대학 마지막 학기에 인턴사원으로 들어와 3개월간의 경쟁 끝에 정직원으로 합류했다. 하지만, 그렇게 합류한 BNT그룹에서의 생존은 또 다른 계급사회의 시작이었다. BNT그룹에는 보이지 않는 계급이 층층이 존재하고 있었다.

그 최상위 계층은 오너 일가로 제2의 창업을 일군 장회장이 그룹의 선장이었다. 회장의 부인이자 '사모'로 통칭하는 감사가 사내 감찰부서의 우두머리로 군림하고 있었다. 자본주의 시장에서 주식회사의 주인은 엄연히 주주

가 아닌가? 하지만 회사의 실질적 주인은 분명 오너 일가였다. 회장의 아들 셋은 모두 그룹의 요직에 앉아 있었다. 본사 회계부서, 영업 총괄팀, BNT 연구소. 제조와 판매, 그리고 돈줄을 관리하는 곳들이었다.

생존을 위협하는 도전이 우글거리는 정글 속에서 미래는 그렇게 자신의 모든 것을 걸고 치열하게 지금의 자리에 올랐다.

"최 팀장! 인천공항점 물류 어떻게 된 거야?"

"물류센터 쪽에서 인천 쪽으로 차량 배정에 문제가 생겼다고 해서요. 삼일물류 김 사장과 통화했는데, 미출 난 것들 야간에라도 받을 수 있게 해놨습니다."

"회장님이 특별히 신경 쓰시는 데니까 긴장들 바짝 해!"

"네, 알겠습니다!"

팀장이 되었지만, 본부장의 호통은 변하지 않았다. 그룹은 장 회장의 측근인 임 상무 라인과 장차 그룹을 이을 오너 일가의 장남 장선호 이사의 라인으로 갈려 있었다. 본부장인 추 이사는 임 상무가 좋아하는 장교 복무 경력의 특채 출신이었다. 하지만 최근에 그는 장 이사 라인으로 갈아탔다. 미래는 이해 못 할 일도 아니라고 생각했다.

"김 사장님! 지금 저 미쳐 돌아가는 꼴 보고 싶어요? 내가 뭐라 그랬어요! 아침에 배차 힘들 것 같아서 어제 출고

시키자고 했죠!"

미래는 귀에 스마트폰을 갖다 대고는 상대의 얼굴을 마주하고 있기라도 한 듯, 잔뜩 짜증스런 표정을 지었다.

"죄송합니다. 아침에 물류센터가 너무 혼잡스러운 바람에…."

"죄송하다! 죄송하다! 그딴 말 필요 없어요! 지금 저 엿 먹여 놓고 놀리시는 거예요!"

미래는 아버지뻘인 협력업체 김 사장에게 신경질적으로 호통을 쏟아냈다. 미래의 그런 안하무인은 업계에서 유명했다. 이전 협력업체 사장이 참다못해 직접 미래에게 싸대기를 날린 일화 때문이었다. 물론 그 일로 당시 협력업체는 BNT그룹의 하청을 더 이상 받을 수 없었고, 지금의 삼일물류가 새로운 협력업체로 선정된 것이었다.

"제 소문 들어서 알고 계시죠? 이 바닥 미친개인 거?"

"사정 좀 봐주십시오. 저희도 최선을 다하고 있는데 여건이 안 되는 걸 어떻게 합니까?"

"여건이 안 되면 물류 입찰에 참여하면 안 되셨죠. 자격도 안 되는데 그럼 거짓말로 입찰을 따내신 건가요?"

"그…그런게 아니라…."

"됐고! 오늘 밤 자정까지 무조건 갖다 놓으세요. 안 그러면 정식으로 본사에 보고합니다."

미래의 별명은 협력업체 사람들에겐 미친개였지만,

BNT그룹 내에서는 '두 얼굴'이었다. 본부장을 비롯한 상사와 자기의 이해관계를 쥐고 있는 사람들에게는 깍듯했지만, 관리하는 점포에 내려오기만 하면 난장판을 치곤 했었기 때문이었다. 미래의 정식 직함은 르팡의 슈퍼바이저였다. 르팡은 BNT그룹을 대표하는 베이커리 체인이었다.

다음 날 아침, 장일호 회장이 인천공항 점포에 시찰 온다는 문자가 미래의 인챗에 떴다. 최근의 전달 사항들은 24시간 업무 지시가 떨어지는 단체 채팅방을 통해 이루어지고 있었다.

인천공항점. 물류 상황 이상 없습니다.
 └ 점장이 현장에서 매출 보고할 수 있도록 조치하고 회장님 지시
  사항 하나도 빠짐 없이 보고해.

본부장은 잔뜩 긴장해 있었다. 하지만 간부들의 그런 방문이 일상인 미래는 나름의 생존법을 알고 있었다. 중요한 건 현장이 아니었다. 그들이 원하는 건 미래가 그들의 충실한 개라는 사실 확인이었다. 미래는 그들이 원하는 대로 짖어주기만 하면 된다는 걸 입사 2년 차에 깨달았다.

장 회장이 현장 시찰을 함께하는 비서진들과 함께 인천공항의 점포에 도착했다. 공항 관계자들과 미팅을 가진 후 일선 점포를 둘러보러 온 것이었다.

"여기 신제품은 반응이 어때?"

"여행객들이 많아서 잠깐 매장에 들러 요기를 해결하는 손님들이 많습니다. 그래서 샌드위치 메뉴를 더 늘리는 중입니다."

"점장! 여기 샌드위치 매출이 어떻게 되나?"

"전…전체 매출은 평균 400만 원 정도인데, 샌드위치는…대략…."

"원가율은?"

신임 점장이 얼굴이 벌겋게 달아오른 채, 우물쭈물했다. 구체적인 수치를 말하지 못하는 것은 BNT그룹 간부들에게는 치명적이었다. 그때 미래가 나섰다.

"르팡 매장의 샌드위치 제조 원가율은 평균적으로 52%입니다. 여기는 판매 회전율이 조금 저조해 원가율이 그보다는 조금 높습니다."

회장은 온화하게 가장된 얼굴로 매장의 진열대를 둘러봤다. 임 상무가 굳어진 표정으로 장 회장의 뒤를 따르며 미래를 지나쳤다. BNT그룹에서 임원들의 역할은 알아서 회장의 심기를 챙기는 것이었다.

회장이 돌아가고 난 후, 미래는 열 가지의 지적 사항들을 업무 보고 채팅방에 올렸다.

4월 15일 회장님 방문 지적사항입니다.

1. 점포 원가율이 높다. 줄일 방안 강구할 것.
2. 쇼케이스 진열 상태 번잡스러움.
3. 전면 유리창 청소 상태 불량.
4. 홍보 POP의 위치 틀림.
5. 홀 직원들의 동선 겹침. 인원별 업무 재배치할 것.
...

회장이 별다른 말을 한 것은 아니었다. 모든 지적 사항은 상무를 통해 전달되었다. 그리고 본부장은 미래를 통해 역으로 보고받고 있었다.

미래 앞에 서 있는 신임 점장이 죽을죄라도 진 듯 고개를 땅바닥으로 꺾은 채 서 있었다.

"야! 너 뭐 하는 애야? 넌 네 점포 원가 수치도 몰라? 적당히 비빌 거면 나한테 피해 주지 말고 나가! 누가 지방대 아니라고 할까 봐…."

미래는 남의 자존심을 건드리는 것으로 악명이 높았다. 미래에게 혼쭐 나는 신임 점장은 아무런 대꾸도 못 한 채, 홀 직원들이 오가는 공간에서 공개적으로 망신을 당하고 있었다.

홀 직원들은 구석에 모여 자기네들끼리 미래의 험담을 속삭여댔다.

"와, 우리 점장 완전히 깨지네…. 저 두 얼굴, 유명하잖아. 위에다가는 알랑대고 매장 직원들한테는 갑질하는 거."

"문만 한 번 열면 매장인데, 점장실로 커피 가져오라고 전화를 한다며?"

"미친년이지 미친년!"

"저번에 분당에서 직원들 야근 연장도 계속 안 달아 줬잖아. 그래서 직원들이 세 명인가 한꺼번에 그만뒀다던데."

"난리 났겠네? 매장 안 돌아가면 지도 혼나지 않아?"

"그런 거 신경 쓰면 괜히 두 얼굴이겠어? 위에는 또 얼마나 애교를 떠는지 본부장이 엄청 예뻐하잖아."

"나도 들었어. 그 위에 임 상무도 자기 사람으로 찍었다는데?"

"뭐, 저렇게 악랄하게 사는 거 보면 BNT그룹에서 어떻게든 성공은 하겠네."

미래는 지방 출신으로 대학 시절에 서울에 처음 올라왔다. 서울에 있는 유일한 혈육은 건축 일을 하는 외삼촌이었다. 미래는 삼촌의 건축사무소에서 아르바이트를 하며 세상을 배웠다. 거친 작업반장들과 양아치 같은 분양업자들과 부대끼며 미래는 하청업자들에게 잘해줄 필요가 없다는 사실을 깨달았다.

을은 항상 을이었다. 을이 갑이 되는 일은 결코, 일어나지 않았다. 미래에게 을은 함부로 대한다 해도 고작 불평이나 할 수 있을 뿐, 어찌할 수 없는 존재였다. 미래는 평판이란 옆으로 퍼질 뿐, 위로 올라가지 않는다는 걸 그때 깨달았다.

* * *

BNT그룹 감찰실 사모는 장선호 이사의 친모였다. 장회장에게는 세 아들이 있었지만, 감찰실 사모의 친아들은 막내 장선호뿐이었다. 늙은 회장이 수명을 다해갈수록 사모의 마음은 급했다. 아직 그룹 내 후계 구도 선정이 끝나지 않았기 때문이었다.

그러던 와중에 르팡 수도권 본부 총괄에 임 상무가 발탁되었다. 원래 그 자리는 영업이사인 아들 장선호 이사가 가야 할 자리였다.

"추 이사, 미래라는 애는 좀 어떤 거 같아?"

"걱정 마십시오. 말귀를 알아 먹을 정도는 되는 아이입니다."

"암 그래야지. 안 그러면 제가 어떻게 하겠어?"

사모는 리무진 뒷좌석에 다리를 꼬고 새로 칠한 손톱을 매만지며 추 이사에게 무심하게 말했다.

"최 팀장을 한 번 부를까요?"

"그래. 한 번쯤 떠볼 필요는 있겠지."

사모는 BNT그룹 내 곳곳에 은밀히 자기 사람을 심어났다. 회장이 누구를 만나는지 어디로 이동하는지 시시콜

콜 보고받으려 했다. 그렇게 심어진 사람 중 한 명이 미래의 직속 상관 추 이사였다.

추 이사가 미래를 자신의 방으로 불렀다.

"최 팀장, 우리 이제 좀 솔직해지자. 그동안 임 상무 밑에서 꿀 좀 빨았지?"

"전, 관리자로서의 업무에 충실한다고 생각합니다만…."

"알지! 알아."

잠시 뜸을 들이던 추 이사가 미래를 기분 나쁜 시선으로 훑더니 말을 이었다.

"내가 바로 그 점 때문에 최 팀장을 높게 평가하는 거지!"

"이사님께서 저를 어떻게 생각하실지 모르지만…, 저는 임 상무님과 그런 사이가 아닙니다."

추 이사가 야릇한 미소를 지었다. 그러더니 책상 한쪽에 있던 태블릿PC를 미래에게 내밀었다. 그렇게 미래 앞에 내민 태블릿 화면에 미래가 임 상무와 함께 도쿄의 한 호텔에 드나든 사진들이 나열되어 있었다.

"이게 다…."

미래의 이마에 땀이 솟았다. 예상 못 했던 상황에 변명거리도 떠오르지 않았다. 그토록 조심해왔던 두 사람이었다. 오피스텔 같은 곳은 함께 드나들지도 않았으며, 같은 차를 탄 적도 없었다. 늘 일정 시차를 두고 오간 두 사람이었다. 딱 한 번! 일본 출장 때의 일을 제외하면.

함정이었다. 철저하게 기획된 함정. 추 이사는 미래가 방심했던 짧은 순간을 놓치지 않았던 것이었다.

"뭐, 둘이 무슨 관계건 우린 관심이 없어."

"우리라면…, 또 누가 알고 있다는 건가요?"

"사모!"

미래의 머릿속에 이미 그림이 그려지고 있었다. 사모가 견제하는 사람이 임 상무였고, 그런 임 상무 주변을 캐는 과정에 걸려든 것이었다.

"제가 뭘 어떻게…?"

"사모님이 최 팀장을 한번 보자고 하는데 어때?"

"왜, 절…?"

"그룹의 일 때문이지. 뭣 때문이겠어? 지난번에 순찰하시면서 최 팀장을 눈여겨봤더라고, 나도 추천했고."

추 이사는 능글거리며 자신이 추천했다는 얘기를 빼놓지 않았다. 순간 미래는 헷갈렸다. 정말 추 이사가 자신을 끌어주려는 의도인지, 아니면 필요할 때 이용하고 버리려는 것인지 알 수 없었다.

"알겠습니다. 준비하고 있겠습니다."

"그래 잘 생각했어! 지금 말이야…, 최 팀장은 줄을 잘못 섰어. 뭐 아직 늦은 건 아니니, 충분히 바로 잡을 기회가 있다는 거지."

"네."

미래는 추 이사의 이죽거림에 짧은 대답으로 응수했다.

"저녁에 내가 다시 연락을 줄 테니까 대기하고 있어."

추 이사의 말처럼 몇 시간 뒤 미래는 사모를 만났다. 조용한 식당이거나 카페 정도일 거라 생각했던 미래의 예상과 달리 사모의 전용 리무진 안이었다.

"그래, 최미래라고 했지? 임 상무하고는 그렇고 그런 사이였다면서?"

"별 사이 아니었습니다."

"그렇게 말해야겠지. 어쨌든 난 그런 거에는 관심 없어! 단도직입적으로 얘기할게. 앞으로 우리 장 이사를 좀 도와."

"네. 아랫사람으로서 당연한 일이라고 생각합니다."

"아니, 아니! 내가 말하는 건 그런 의미가 아니지. 임 상무를 끌어내릴 뭔가를 만들어 가지고 오라는 거야."

사모의 요구는 제안이 아니라 협박이었다.

"제가 뭘 어떻게…."

"눈치 있는 사람인 줄 알았더니 아니네! 임 상무 그 인간한테도 뭔가 흠집이 있을 거 아니야? 둘이 몸까지 섞는 사이에 그 정도는 알아낼 수 있잖아, 안 그래?"

사모의 협박에 배려라고는 하나도 찾을 수 없었다. 잠시 미래를 흘겨보던 사모가 각 잡힌 명품 핸드백을 열어 봉투 하나를 꺼내 내밀었다.

"받아! 일을 시키는 데 그냥이야 할 수 없지! 괜히 불륜녀 딱지로 인생 망치지 말고…."

순간 미래는 잠시 망설였다. 덥석 받는 것도 이상했지만, 받지 않는 것도 사모의 심기를 건드릴 수 있는 일. 잠시 눈을 들어 앞자리의 추 이사를 쳐다보았다. 추 이사가 눈을 찡긋하며 받아도 된다는 눈치를 주었다.

"감사히 받겠습니다."

"그래, 앞으로도 종종 보자. 그럼 내려."

리무진이 삼성동 길가 한복판에 미래를 내렸다. 아직 차가운 4월의 바람이 미래를 감쌌다.

띠링!

만나기로 했던 임 상무의 연락이었다.

"어디야? 오피스텔로 와."

"추 이사 지시 사항이 있어서요. 오늘은 힘들 것 같아요."

"그래…? 알았어."

미래의 귓가에 앞으로도 종종 보자는 사모의 말이 어른거렸다. 미래에게는 현실을 받아들일 시간이 필요했다.

#05
협박(1)

"내가 알아보니까 임 상무 아들이 꼴통이라던데…. 그쪽으로 한번 알아봐."

"임도진 말인가요?"

"그래, 내가 꼭 이렇게 입에 넣어줘야겠어?"

추 이사가 가늘게 뜬 눈으로 미래를 노려봤다.

"뭘 어떻게 하란 말이죠? 그걸로 어떻게 하겠다는 건데요?"

"최 팀장! 정신 안 차려? 피아 구분 안 할래? 아직도 임 상무한테 마음이 남아 있나?"

"그런 말씀을 드리는 게 아니잖아요…!"

미래는 자신이 설 자리가 점점 엉키고 있다고 짐작했

다. 스멀스멀 불쾌감이 일었다.

"이 사람 한번 만나 봐."

추 이사가 한 장의 서류를 내밀었다. 결혼 정보 회사에 등록된 소개서였다.

"이석훈. 나이는 32, 우성고등학교 국민윤리 선생이야."

"이걸 왜…?"

"왜긴, 이석훈이 임도진 담임 선생이거든. 만나보면 뭔가 건질 수 있는 게 있지 않겠어?"

"저…, 잠시만요."

"너 자꾸 말대꾸할래!"

미래가 뭔가를 말하려는데, 추 이사가 책상을 쾅, 내리치며 소리를 질렀다. 그런 추 이사의 기세에 미래는 꺼내려던 말을 집어 삼킬 수밖에 없었다.

"이 인간만 네 편으로 만들면 다 해결되는 거야. 너, 지방대 출신으로 위로 올라갈 기회가 그리 흔한 줄 알아?"

추 이사가 결정적으로 미래의 불안을 건드렸다.

'야비한 새끼…!'

미래는 속으로 울분이 끓어올랐지만, 내색할 수는 없었다. 아니, 내색해서는 안 될 일이었다. 추 이사의 말이 틀린게 아니었기 때문이다. 어차피 미래에게는 임 상무도 자신이 올라가기 위한 발판이었다. 달라질 건 없었다. 딛고 설발판만 바뀌었을 뿐.

"알겠어요. 만나보죠."

* * *

석훈은 서울 근교의 카페를 약속 장소로 잡았다. 상대편 여자가 어떻게 나올지는 짐작하고 있었다. 이미 자신의 조건에 대해 파악한 여자는 남자의 태도를 볼 것이 분명했다. 돈 많은 남자와 만나고 싶은 건 대부분 여자의 희망 사항. 관건은 자기 자존심을 버릴 수 있을 만큼 상대의 조건이 대단한지에 대한 계산일 것이었다.

"정식 코스 어떠세요?"

"네, 그걸로 할게요."

"제가 이런 데를 잘 와보지 않아서요, 여기 음식이 미래 씨에게 어떨지 모르겠습니다."

석훈은 약속 장소에 오면서 상대와의 첫 번째 만남에서 해야 할 일들을 미리 되뇌었다.

1. 최대한 당신을 배려하고 있다는 것을 상대에게 느끼게 해줄 것.
2. 여자의 말을 가능한 들어줄 것.

너무 많은 말은 사족일 뿐. 인간은 말하지 않아도 그 이상의 것들을 상상하는 존재이다. 그렇게 석훈은 미래와 밥을 먹고 차를 마셨다. 정확히 세 시간을 함께 보내고 헤어졌다.

'이 정도면 됐다.'

이제 중요한 것은 기다리는 일뿐. 여자들은 갖가지 이유로 선택을 하거나 선택을 하지 않는다. 거기에 목매다는 일은 바보 같은 짓이다. 석훈은 새로운 여자를 만날 때 확률을 믿었다. 지금까지 석훈의 확률은 반반이었다. 여자에게 연락이 오거나 혹은 연락이 오지 않거나. 여자들과 미묘하게 실랑이를 벌일 바에야 새로운 만남을 통해 전체 확률을 높이는 것이 석훈의 방식이었다.

하지만 이번엔 달랐다. 석훈은 미래가 마음에 들었다. 외모가 그랬고, 무엇보다 BNT그룹의 팀장이라는 명함이 자신에게 썩 어울릴 것 같았다. 석훈은 다음날 문자 메시지를 날렸다.

미래 씨, 어제 잘 들어가셨나요? 한 번 더 뵙고 싶은데 어떠세요?

그 시각 미래는 임 상무와 호텔 방에 함께 누워 있었다. 샐러리맨에서 출발해 임원까지 올라간 임 상무는 그룹 내에서는 전설이었다. 회장이 절대적으로 신임하는 사람이자, 회사의 인사권을 좌지우지하는 사람이었다. 미래가 BNT그룹 최초의 여성 슈퍼바이저가 된 데에도 임 상무의 입김이 작용했었다. 르팡의 점장들 사이에서 임 상무와 미래의 관계는 공공연한 비밀이었지만, 누구도 입 밖으로 꺼내지 못했다.

"뭐 요즘 어려운 거 있어?"

"아니요, 없어요. 상무님은 별일 없으시고요?"

"웬일이야? 내 걱정을 다 해주고."

"걱정해 주는 거 아니에요. 그냥 확인하는 거예요."

미래는 임 상무의 얼굴을 보면서 사모와의 은밀한 거래가 계속 떠올랐다. 하지만 미래는 자신도 어찌할 수 없는 상황이었다며 스스로를 합리화했다. 이제 남은 문제는 어떻게든 임 상무와의 아슬아슬한 관계를 끝내야 한다는 거였다.

"미래야, 너 혹시 딴생각하고 있는 거 아니야?"

"제가 그럴 리가요. 무슨 일이 있어도 전 상무님 편인걸요."

미래는 평소에도 늘 사내들이란 자극해 좋을 게 없는 동물들이라 생각했다. 미래는 뒤에서 자신을 껴안은 임 상무의 손을 자신의 가슴으로 가져가며 고개를 돌려 입을 맞췄다. 그리고 잠시 뒤, 임 상무가 화장실에 간 사이 석훈에게 답장을 남겼다.

저도 괜찮아요. 그럼, 내일 저녁 같이할까요?

* * *

박 교감의 정보대로 김승일 교육감은 내부 감사에서 비리가 적발되었다. 적발된 비위 사항은 '공금 횡령과 업무상 배임'에 관한 항목이었다. 감사보고서에는 김승일 교육감이 추진했던 [새로운 교과서 만들기 모임]에 투입되었던 예산 대부분이 불투명하게 집행되었다고 기재되어 있었다.

[새로운 교과서 만들기 모임]은 시의 예산을 받아 추진한 김승일의 핵심 조직이었다. 김승일은 그 공적으로 차기 교육감 선거에서 재선을 노렸던 것이었다. 하지만 모든 게 한순간 물거품이 되어버렸다. 반대편 진영에서 미리 김승일을 제거했다는 얘기가 흘러나왔다. 그들은 검찰 조사까지 가지 않은 것이 그나마 다행이라고 말했다.

'멍청한 양반, 너무 올라가더라니…!'

석훈은 김승일처럼 호사가들의 입방아에 오르내리는 위치에는 절대 오르지 않을 거라 다짐했다. 사람들은 언제나 자기들보다 위에 있는 누군가를 끌어내리지 못해 안달인 족속이었다.

'만만해 보이는 자들부터 끌어내리는 게 습성이거든….'

뚜르르르. 뚜르르르. 스마트폰이 울려댔다. 약혼녀 지

윤이었다.

석훈은 무심한 표정으로 거절 버튼을 눌렀다. 부재중 통화 30통.

'이제는 눈치챌 때도 되지 않았나?'

석훈이 지윤의 전화를 받지 않은 것은 지난 주말부터 였다. 그 주말 동안 석훈은 헬스장에서 10km를 뛰었고, 미래와 소개팅을 했으며, 건축 사무실을 찾아 빌라의 내부 마감재를 골랐다.

> 오빠, 나 지금 힘들어. 연락 좀 줘.
> 실망이야 오빠, 내가 힘들다는데도 아무렇지도 않아…?
> 정말 이런 사람인 줄 몰랐네. 학교에는 별일 없이 출근한다며?

시간이 지나면 여자들은 관계를 알아서 정리하곤 한다. 석훈은 이러쿵저러쿵 말꼬리를 잡고 싸우고 싶지 않았다. 그런 과정을 석훈은 비생산적인 낭비라고 생각했다. 어차피 헤어질 사람, 앞날의 축복을 빌어주는 게 얼마나 우스운 일인가?

'헤어지면 서로가 남남일 뿐, 좋은 이미지를 남긴다는 게 무슨 의미지?'

하지만, 지윤에겐 끈질긴 구석이 있었다. 지윤은 석훈의 오피스텔에까지 찾아왔다. 석훈은 한 번도 지윤에게 자신의 집을 보여준 적이 없었다. 그 공간은 자신만의 공간이기 때문이었다. 석훈은 그런 상황에 불쾌감을 느꼈다.

"오빠한테 꼭 듣고 싶은 얘기가 있어 왔어."

"뭔데?"

"혹시 우리 아빠가 교육감에서 밀려나서 그런 거야?"

"지윤아, 추하게 이러지 마. 우리 쿨하게 정리하자."

"뭐? 쿨하게? 오빠 지금 그걸 말이라고 해!"

석훈은 당장이라도 지윤을 문 밖으로 밀쳐내고 싶었지만, 차마 그러지는 않았다. 굳이 문제될 만한 건수를 만들고 싶지도 않았다. 사회는 폭력을 용인하지 않는다. 석훈은 자제력을 잃고 감정을 드러내는 어리석고 다혈질적인 인간을 혐오했다.

"지윤아, 이런다고 뭐가 달라질 것 같니? 우린 아직 결혼한 사이도 아니잖아. 그럼 충분히 헤어질 수 있는 거 아니야?"

"그러니까 그 이유가 뭐냐고!"

"그 이유가 너한테 중요해?"

"난 꼭 지금 들어야겠어!"

석훈이 지윤에게 가까이 다가가 그녀의 어깨를 다정하게 감싸 줬다. 그리고는 그녀의 귓가에 대고 나직이 소곤거렸다.

"조용히 가주라. 추해지기 전에…."

지윤이 충격을 받은 듯 몇 초간 멍한 상태로 움직이지

않았다. 석훈이 태연하게 냉장고에서 캔 맥주를 따 한 모금 들이키며 말을 이었다.

"오빠 마지막까지 젠틀하고 싶다. 그런데 왜 이렇게 협조를 안 해주는 거지?"

석훈의 말에 비로소 정신을 차린 듯, 지윤이 빨갛게 달아오른 눈으로 석훈을 향한 경멸의 눈빛을 던지며 중얼거렸다.

"정말… 쓰레기였구나…."

그렇게 지윤이 마지막 읊조림을 남긴 채 황급히 돌아서 밖으로 나갔다.

석훈은 여전히 맥주 캔을 쥔 채 비릿한 미소를 흘리며 지윤이 나간 문이 닫힌 걸 확인하고 책상으로 돌아와 컴퓨터 전원을 켰다. 그리고 파갤에 접속했다.

[Lv.11 리버티84 고수님. 레벨업 되셨습니다.]

"크큭, 지윤이 얘기나 좀 올려볼까?"

석훈은 지윤을 차버린 얘기들을 쓰려고 에디터 창을 열었다. 글을 올리자 댓글이 바로 달렸다.

행님, 따 먹었어요?
ㄴ 배운 년들은 한 번 먹으면 계속 먹을 수 있는 장점이 있다. 의외로 주변에 남자들이 없음.

댓글은 점점 더 저속하고 더러운 멘트들로 채워지고 있었다. 석훈은 그런 댓글들을 보며 문득 혐오감이 일었다. 더러운 구정물에 함께 들어간 느낌이었다.

'열등한 새끼들. 너흰 아무리 발버둥쳐도 내 발밑도 못 따라와! 여기서 자위나 해라! 벌레 새끼들아!'

그때, 석훈의 핸드폰이 울렸다. 최 선생이었다.

"이 선생, 김승일 교육감 이제 어떻게 되는 거야?"

"저도 잘 모르겠습니다."

"아니, 왜 몰라? 이 선생, 교육감 딸이랑 사귀고 있잖아?"

"헤어졌어요…."

"뭐! 왜? 어떻게 된 거야?"

"갑자기 오늘 찾아오더니 헤어지자고 하네요. 본인도 심경이 복잡했겠죠. 저는 시간을 좀 갖자고 했는데…, 워낙 단호해서. 저도 마음이 아프네요."

"아. 그랬구나. 그럼 교육감 얘기는 뭐 들은 거 없고?"

"네, 전혀요!"

석훈은 최 선생이 물어볼 만한 여지를 전혀 남겨두지 않았다.

'집요한 새끼…!'

* * *

미래가 대여섯 차례 만나본 석훈은 꽤 괜찮은 조건의

남자였다. 학교 선생이라면 정년이 보장되는 직업이 아닌가? 민간 기업에서 아무리 날고 기어봤자 오래가지 못한다는 건 누구나 알고 있다. 그래서 세상에 나가고자 하는 사람이라면 모두들 일순위로 공무원 시험에 목매달고 있는 세상이 아닌가.

'병신 같은 새끼들….'

좀비 떼거리 같은 공시족이나 그런 세상을 만든 한국이라는 나라가 미래에게는 다 병신 같았다. 하지만 미래는 한국을 떠날 생각까지는 없었다. 이곳에서 보란 듯 성공하고 싶었다. 남들을 이용하고 짓밟아서라도 말이다.

석훈이 기다리는 호텔의 라운지로 향했다. 그곳은 BNT그룹이 운영하는 호텔 체인이었다.

석훈을 보며 눈인사를 나누고 앉은 미래에게 석훈이 먼저 입을 열었다.

"이런 데서 일하시는군요."

"아뇨. 부서가 달라요."

짧은 답변에 아랑곳없이 석훈이 상체를 미래쪽으로 밀고 눈을 마주하며 말을 이었다.

"단도직입적으로 물어볼게요. 전 밀당하면서 시간 낭비하는 걸 별로 안 좋아하는 스타일이라."

"급한 성격이신가 봐요?"

"그런 게 아니라 쓸데없이 간만 보는 불필요한 만남은

별로여서요."

짧은 순간, 미래는 석훈이 생각보다 자신과 잘 맞을 수도 있겠다는 느낌이 들었다. 어쩌면 사모의 협박성 지시대로 움직이는 게 반드시 정답은 아닐 수도 있다는 생각이 불현듯 스쳤다.

"그래서요?"

"우리 교제 한번 해보는 게 어때요? 우린 비슷한 종류의 인간들인 것 같은데."

비슷한 종류의 인간들이라는 석훈의 말에 미래는 호기심을 느꼈다. 과연 자신과 어떤 점이 비슷하다는 걸까? 생각해보면 석훈은 사귀기에 별로인 남자는 아니었다. 교사라는 안정된 직장, 그리고 조만간 열두 세대가 들어가는 빌라 건물의 주인이 될 예정이라 했다. 적당한 매너와 적당한 외모, 그리고 거부감을 주지 않는 말재주와 취향.

"좋아요. 그럼 우리 한번 만나 봐요. 오늘은 여기까지 오셨으니까 제가 사죠."

미래는 레스토랑의 최고급 메뉴를 주문했다. 자신이 이 정도 가치가 되는 여자라는 걸 보여주겠다는 메시지였다. 그리고 그날 미래는 석훈이라는 남자와 동침해보기로 했다. 남자들은 한 번 품은 여자를 자기 소유물로 생각한다. 사실 소유와 구속의 문제는 욕망하는 자가 누구이고, 상대를 어떻게 다루는지에 달려 있다. 그런 의미에서 남자란 동물은 최소한 미래에겐 다루기 쉬운 참으로 어리석은 존재였다.

'그래, 한 번 품고 나면 다루기 쉬워지는 게 남자들이니까!'

석훈은 미래를 그녀가 산다는 강남의 오피스텔에 내려주었다.

"올라가서 술 한잔 더 하시고 가실래요?"

노골적인 유혹이었다. 하지만 석훈은 그런 미래의 패턴에 말려들지 않았다. 다른 남자들 같았으면 얼씨구나 했을 상황이었지만 석훈은 달랐다.

"그러고 싶은데, 내일 수업 준비해야 하는 게 있어서요. 저도 아쉽네요. 그럼 다음에 또 봬요."

미래가 석훈을 묘한 표정으로 바라보며 배웅했다.

석훈은 미래와 헤어지자마자 강변북로를 타고 일산으로 올라가며 아영에게 전화를 걸었다.

"나야, 지금 가도 되지?"

"그럼, 언제 내가 오빠 오는 걸 말렸어?"

석훈은 급하게 차를 몰아 아영의 오피스텔에 도착했다. 그리고 허겁지겁 아영의 현관 번호키를 눌렀다.

"오빠 왜 이렇게 오랜만에 왔어?"

"요즘 일이 좀 있었거든…!"

석훈이 아영을 끌어안으며 거칠게 입을 맞추었다. 그리고 항상 그랬던 것처럼 한바탕 정사 후 침대에 나란히 누웠다.

"아영아, 너 유학은 언제 갈 거니?"

"돈 벌면 가야지. 1억 채우고 가려고."

"1억이라…. 그래, 그 정도는 있어야 맘 편히 유학하겠다."

"유학 가도 오빠한테는 연락할 거니 아쉬워하지 마…."

아영이 석훈을 한 번 안아주더니 침대 옆에 탁자에 손을 뻗어 스마트폰을 집어 들었다. 스마트폰 화면에 석훈에겐 낯선 화면이 비쳤다. 석준이 아영의 얼굴에 얼굴을 바싹 붙이는 바람에 네 개의 눈이 하나의 화면을 응시했다.

[갑이 되려는 여자들의 모임]

"이게 뭐야?"

"갑녀라고 요즘 아주 핫한 커뮤니티야!"

"이런 것도 있어?"

"어차피 흙수저로는 살기 힘든 세상. 어떻게든 바둥거리는 애들이 모여 있는 곳이랄까?"

"그래서, 갑이 될 수는 있대?"

"오빠, 공사 친다는 게 무슨 뜻인지 알지?"

"알지, 호구 같은 새끼들만 당하는 거 아니야? 왜 너도 나한테 공사 치려고?"

"아니, 그게 아니라 오늘 갑녀에 올라온 글 중에 호구 잡은 얘기가 올라왔는데, 그 호구가 학교 선생이더라고…. 갑자기 오빠가 아닌가 하는 생각에…."

"뭐? 어디 한번 봐봐."

아영이 보여준 글을 읽는 석훈의 표정이 묘했다. 글의 내용은 국민윤리 선생이면서 몰래 빌라 건축을 하는 호구 얘기였다. 아영은 짐짓 무심한 척, 석훈의 표정을 살폈다.

"이 커뮤니티 가입하기 정말 어려워. 글쎄, 운영자가 직접 전화를 걸어 확인하더라니까. 철저히 비밀로 운영되는 거야. 그러니 이런 글들이 올라오는 거지."

글쓴이는 '한남헌터88'이었다.

아이디에 쓴 88이라는 숫자로 짐작건대, 1988년생. 최미래의 나이는 석훈보다 세 살 아래였다. 석훈은 '한남헌터88'이 최미래임을 직감했다. 소개팅 정황과 남자의 조건, 그리고 여자의 조롱.

"내가 괴물을 만났네…."

석훈의 표정이 일그러졌고, 아영은 그런 석훈의 표정 변화를 조심스럽게 살폈다. 그리고는 조심스레 입을 열었다.

"오빠 실은 저번에 얘기하려고 했었던 거 말이야."

"뭔데?"

석훈의 목소리에 날카로워진 신경이 묻어났다.

"우리…, 진짜로 한번 만나볼래?"

"뭐? 무슨 뚱딴지같은 소리야!"

"아니 솔직히 안 될 것도 없잖아. 안 그래? 혹시 소개팅한 여자가 맘에 들어 그러는 거야?"

"아니 갑자기 도대체 왜 이러냐고!"

굳은 표정으로 석훈이 아영을 쏘아봤다. 그 표정에 예전에는 느낄 수 없었던 경멸이 묻어났다.

"왜? 내가 그 최미래라는 여자와 다를 게 뭔데? 말해봐! 뭐가 다르냐고?"

"그걸…, 몰라서 물어?"

차가운 표정의 석훈이 중얼거리듯 말을 내뱉었다. 그리고 그 말은 아영이 가지고 있던 일말의 희망을 무너뜨렸다.

* * *

며칠째 석훈은 미래에게 연락하지 않았다. 미래 역시 먼저 사귀자고 한 사람이 연락 한 통 없다는 사실에서 뭔가 이상 징후를 느꼈다. 하지만 실제로 석훈의 일상에 미래와의 관계나 신경 쓰고 있을 만큼 한가하지 못하게 만든 큰 변수가 발생했다.

[당신이 한 일을 알고 있습니다.]

　석훈이 일상적으로 사용하는 메일함에 도착한 정체불명의 메일 제목이었다. 석훈은 업무 메일이 아니라는 사실을 단번에 직감했다. 메일 제목이 너무 불길했다. 석훈은 최근에 자신이 했던 일들을 하나하나 떠올렸다. 자신에게 억하심정을 품을 만한 이들이 있는지 되새겼다. 한 둘이 스쳤지만, 곧 머리를 저었다.

　'그래, 아무것도 아닐 거야…….'

　석훈이 메일을 클릭했다.

　이석훈 선생님의 기부 프로젝트에 큰 감명을 받았던 사람입니다. 이 봄이 지나고 여름도 가을도…그리고 겨울도 지나면 당신을 찾아뵙겠습니다.

　　　　　　　　　　　　　　　　　　　　　　— from 바이올렛

　단촐한 내용이었다. 메일에는 동영상 파일 하나가 첨부되어 있었다. 파일 확장자가 avi로 되어 있었다. 순간, 석훈의 머릿속에 아영과의 일이 떠올랐다. 차갑게 대꾸한 게 마음에 걸렸다. 하지만 단 한 번도 코피노 기부 프로젝트에 대해서는 아영에게 말한 적이 없었다. 동창인 필두가 자신에게 일부러 아영을 붙였을 수도 있다고 항상 의심해왔기 때문이었다.

'꼬투리 잡힐 만한 일은 절대 피했지…. 이게 섹스 동영상이라 해도 유부남도 아닌 내게 문제될 건 없다!'

석훈은 동영상을 열기 전에 보낸 메일 주소를 확인했다.

[violet80@hotmail.com]

외부 메일 주소였다.

'하긴 누가 드러내놓고 이런 메일을 보내겠어? 뒤에 숨어서나 이런 짓을 하지….'

석훈은 마우스에서 손을 떼지 않은 채, 잠시 망설였다. 동영상 속에 뭐가 있을지 몰랐다. 정말 섹스 동영상이라면 낭패였다. 아영이 자신을 위기로 몰아넣기 위해 어떻게 나올지 몰랐기 때문이었다. 심장박동 소리가 귀에까지 들리는 듯했다. 긴장된 오른손 검지가 마우스 왼쪽 버튼을 눌렀다. 파일은 자동으로 동영상 재생 프로그램으로 넘어갔다.

파일을 재생할 수 없습니다. 손상된 파일이거나 적합한 코덱을 찾을 수 없습니다.

석훈은 순간 안도하며 긴 한숨을 내쉬었다.

#06
협박(2)

미래가 며칠째 추 이사에게 불려갔다. 교묘하게도 그때마다 임 상무는 회장 지시로 움직이고 있었다. 몇 번의 부름이 계속되는 동안에도 석훈에게 연락이 되지 않자 미래는 초조해졌다.

"기한을 줄게. 이번 달까지야."

"사모를 직접 뵙게 해줘요."

"하하! 최 팀장…, 뭔가 착각하나 본데. 네가 뭘 요구하고 그럴 입장이 아니라는 거 잘 알지 않아?"

미래가 아랫입술을 꽉 깨물며 힘들게 입을 열었다.

"임현동 상무님께 가도 되나요? 전 어차피 그래 봤자 BNT그룹을 떠나면 그만이에요."

"뭐? 너 뭐라고 그랬어? 지금 나 협박하는 거야?"

"사모님하고 다시 만나게 해주세요."

움직이기 전에 확답이 필요했다. 자신이 임 상무를 버리고 사모라는 카드를 쥐기엔 사모의 행위가 미덥지 않았다.

'겨우 쥐어준 돈이 천만 원이잖아. 내가 그 정도 용돈을 바라고 BNT그룹에서 버텨낸 줄 알아?'

사모가 쥐어준 봉투는 오히려 사모에 대한 미래의 불신을 만들었다. 미래가 눈을 질끈 감고 벌떡 일어섰다. 추 이사는 키맨이 아니다. 사모를 만나야 한다.

"야! 최 팀장 다시 안 앉아!"

추 이사가 다급해진 목소리로 미래를 불렀지만, 미래는 그가 사무실 밖으로 목소리가 새어나갈까 봐 두려워한다는 걸 알고 있었다.

미래는 아까부터 울려대던 인챗 창을 열었다. 새로 도착한 수십 건의 메시지들이 빨갛게 표시되어 있었다. 그런데 그중에 '알 수 없는 친구'가 보낸 메시지가 있었다. 미래가 그 대화창을 열었다.

당신과 임 상무의 관계를 알고 있습니다. 곧 당신을 찾아뵙죠.

— from 바이올렛

'도대체 누가 보낸 거지? 회사 사람? 사모는 아닐 테고….'

정체불명의 메시지에 꼬리를 무는 생각에 빠져들 때쯤, 인챗 대화창에 동영상 파일 도착 알림이 떴다. 파일 확장자가 avi로 끝나는 파일이었다. 미래는 파일을 열기 전에 우선 상대를 친구 추가하여 프로필 창을 열었다. 프로필 창에는 신원을 유추할 아무런 단서도 없이 '바이올렛'이라는 이름만 있었다.

미래가 조심스레 동영상 파일을 눌렀다. 그런데 파일은 재생되지 않고 광고 창이 연속으로 열렸다. 낮은 한숨과 함께 가슴을 쓸어내리며 생각했다.

'뭐야! 요즘도 이딴 식으로 스팸메일을 날리나!'

미래의 입에서 피식 헛웃음이 새었다.

* * *

고등학생 정도 되는 아이들은 성인과 다를 바 없는 지적 수준과 대화법을 알고 있다. 다시 말하면 아이들도 어른만큼 악하다는 얘기이다. 특히, 넘쳐나는 미디어 매체들을 통해 학습된 아이들의 언어 구사력은 선생님조차 무력하게 만든다.

사실, 석훈은 자신이 가르치는 아이들에게 어떠한 관심도 없었다. 석훈은 애초부터 사람은 교육으로 바뀌지 않는다고 생각했기 때문이다.

'한 번 쓰레기들은 앞으로도 계속 쓰레기로 살아가겠지. 교육? 훈육? 그따위 것들은 쓰레기들이 사회생활을 하는 요령 정도나 알려줄 뿐.'

석훈은 아이들이 선생이라 할지라도 한 번 만만하게 보이면 끝까지 만만하게 본다는 걸 알고 있었다.

'싸가지 없는 애새끼들은 한 번씩 밟아줄 필요가 있지!'

"임도진 이리 나와! 담임 선생인 내가 왜 널 일어나라고 한지 알아?"

"잘…, 모르겠는데요."

한 반에 반항적인 아이가 꼭 한 명씩은 있게 마련이다. 석훈은 자신이 담임을 맡은 반에서 가장 눈에 거슬리는 아이를 한 명 일으켜 세웠다. 원래 이 또래 아이들이란 군중심리에 약해 한 명만 조져놓으면 나머지는 알아서 벌벌 기게 마련이었다. 다행히도 임도진 이 녀석은 일진 행세를 하는 무리 중 한 명이었다.

"너 동현이 왜 괴롭혔어?"

"저 누구 괴롭힌 적 없는데요?"

짝! 짝짝! 석훈은 학생의 얼굴에 연속으로 따귀 세 대를 날렸다. 기습적인 석훈의 공격에 학생이 뺨을 감싸고 멍하니 있을 뿐, 아무 말도, 어떤 행동도 취하지 못했다.

"넌 지금 학교 폭력범이야. 약한 학생 괴롭히는 쓰레기지. 학폭위? 그따위 거는 아주 우습지? 그래, 아마 내일이면 경찰에서 직접 널 수사하러 올 거다."

"서…선생님…, 잘못했어요!"

석훈이 언급한 동현이라는 아이는 학교에서 공공연하게 왕따를 당하는 학생이었다. 물론 담임인 석훈 역시 그 사실을 잘 알고 있었다. 하지만, 교내 왕따에 관한 사실이 외부로 밝혀지는 것을 꺼리던 학교 측의 입장이 있었다. 학교폭력위원회에서는 동현의 부모와 내부적으로 조용히 문제를 수습해가던 상황이었다.

하지만 석훈은 그 상황을 자신의 권위를 세우는 데 철저하게 이용했다.

"너한테 내가 윤리 따위를 가르쳐 뭐하겠냐? 다른 선생님들은 널 감싸고 돌지 몰라도 난 아니야! 미성년자라고 빠져나올 수 있을 거 같지? 어디 경찰서에서도 그렇게 진술하나 보자!"

"자…잘못…했어요. 아버지가 알면, 전… 죽어요!"

임도진은 자신의 잘못을 진심으로 비는 게 아니었다. 그에게는 학폭위나 선생님보다 경찰과 경찰서에 찾아올 아버지가 더 무서운 존재였다.

"야, 이것 봐라. 눈물이나 질질 짜는 새끼가 그동안 일진놀이 한 거냐?"

"선생님! 이번 한 번만 봐주세요."

짝! 짝! 석훈이 다시 따귀를 날렸다. 도진이 얼굴을 감싸 쥐고 뒤로 물러섰다. 석훈은 그 순간 아이들의 표정을 훑었다. 그 상황을 몰래 촬영하는 따위의 짓을 하는 학생은 없었다. 학생들은 석훈의 폭력을 정의로운 응징으로 받아들이는 분위기였다. 차갑게 교실을 나가는 석훈을 따라 복도까지 임도진이 쫓아왔다.

"선생님! 저, 진짜 경찰서에 가야 하나요?"

석훈이 차가운 얼굴로 임도진의 목덜미를 잡았다.

"너 수업 시간에 한 번 더 나한테 개기면 죽여버릴 거야! 알았어?"

"네, 잘못했습니다."

교무실에 돌아온 석훈에게 최 선생이 다급하게 달려왔다.

"이 선생, 도진이 건드렸다며?"

"학교 폭력 이대로 놔둬서 되겠습니까? 미성년자라고 너무 봐주면 안 됩니다."

"도진이 아버지가 대기업 상무야. 교감 선생님도 조용히 수습하라고 하셨단 말이야!"

"최 선생님, 그 일은 제가 알아서 하겠습니다. 불이익이 있어도 제가 지고요."

당당한 석훈의 태도에 오히려 당황한 최동민 선생이 주춤 물러섰다. 석훈은 속으로 웃었다. 임도진을 다잡음으로써 아이들을 제압하고, 학교 폭력에 맞선다는 대의명분까지 챙길 수 있다. 그리고 무엇보다 자신에게 개기는 녀석을 밟아버린 일이 사실 가장 시원했다. 왕따를 당하는 동현의 학교생활이 더 곤란해지는 일이야 석훈이 상관할 바 아니었다.

* * *

미래는 석훈의 오피스텔 입구에서 그가 나타나길 기다렸다. 그녀가 굳이 여기까지 찾은 이유는 바이올렛의 협박이 다시 시작되었기 때문이었다.

> 당신이 임 상무와 관계했던 일들을 사모만 알고 있다고 생각하는 건 아니겠죠?
> └ 누군지는 모르겠지만, 이딴 협박이 통한다고 봐요?
> 5억 원을 입금하세요. 한 가지 팁을 드리자면 당신이 이석훈 선생과 함께할 일이 있더군요. 사모에게 부탁받은 일 말이에요. 5억 원을 마련하려면 사모에게 큰돈을 받아낼 수 있도록 최선을 다해야겠네요.

미래는 불안해지기 시작했다. 그리고 그 불안은 밤을 지새우고 나서 몇 배로 커졌다. 그녀는 우선 바이올렛의 메시지에 언급되어 있는 석훈을 만나야 했다. 메시지 내용대로라면 석훈도 바이올렛으로부터 협박성 메시지를 받았음에 틀림없을 것이었다. 하지만 석훈은 무슨 일인지 그녀와의 연락을 일방적으로 끊고 있었다.

미래는 석훈의 오피스텔 입구에서 문자 메시지를 보냈다. 잠시 후 석훈이 내려왔다.

"여기까지 어쩐 일이죠?"

"하도 연락이 안 되길래 혹시나 하고 여기까지 찾았습니다. 이렇게라도 봤으니…. 석훈 씨, 혹시, 요즘 무슨 협박, 같은 거…?"

얘기가 채 끝나기도 전에 석훈의 표정이 흔들리는 걸 미래는 놓치지 않았다. 하지만 석훈은 미래가 바이올렛에게 협박받고 있다는 사실을 알고 있다는 데 더 놀랐다. 그녀의 말이 맞았다. 석훈은 점점 도를 더해가며 자신을 옥죄어 오는 협박에 며칠간 잠도 자지 못하고 있었다. 특히, 교사 생활을 위협할 만한 일을 바이올렛이라는 협박범은 알고 있었다.

자신이 우성고에서 벌어진 학교 폭력의 주범으로 임도진의 신상을 공개해버렸다는 사실을 바이올렛이 알고 있었던 것이다.

[우성고 일진에 대해 알려준다]

이름 임도진. 이 새끼는 싸가지 졸라 없는데, '엄친아'다. 얼마 전 발생한 학교 왕따를 괴롭힌 것도 이놈임. 애비가 대기업 간부라 학교에 기부금 명목으로 촌지를 엄청 많이 뿌려댔음. 덕분에 학교 선생들도 이 새끼는 못 건드림. 진짜 나쁜 새끼는 바로 이 새끼임….

그런데 바로 다음 날 바이올렛으로부터 협박 메시지가 왔던 것이다. 파갤에 올린 석훈의 기록들이 포함된 메시지였다.

> 5억 원 마련하세요…. 언제까지 구할 수 있을까요?
> ㄴ어떻게 5억 원이나 되는 거금을?
> 빌라 건축을 하시더라고요.

석훈은 바이올렛이 자신의 모든 걸 들여다보고 있다는 사실에 소름이 돋았었다. 그리고 그 사실을 지금 눈앞에 서 있는 미래도 알고 있다. 하지만 미래의 말에 대답하기 전에 석훈은 미래에게 물어야 할 것이 있었다.

"미래씨, 혹시 한남헌터88이 미래 씨인가요?"

"네? 뭐라고요?"

미래의 머리에 며칠 전 르팡 강남점에서의 일이 떠올랐다. 무심코 노트북을 열어놓은 채 잠깐 자리를 비우고 돌아왔는데, 자신의 아이디로 접속되어 있던 갑녀 사이트 창이 열려 있는 것이었다. 갑자기 섬뜩한 느낌이 들었지만, 매장에서 달리 할 수 있는 일이 없었고, 별일 아니란 생각에 조용히 창을 닫고 잊었었다. 그 후 갑녀 사이트에 접속한 일은 없었다. 그런데 석훈이 지금 느닷없이 자기의 아이디 한남헌터88을 얘기하고 있다.

"그…그건, 제가 아니에요."

"정말입니까?"

"지금 그게 중요한 게 아니잖아요!"

미래는 자신의 어두운 모습과 이렇게 느닷없이 대면하기에는 마음의 준비가 되어 있지 않았다. 모든 상황이 너무 갑작스러웠다. 석훈은 그녀의 말이 의심스러웠지만, 더 따져봐야 소용없다는 것도 알고 있었다.

"그럼 뭐가 중요한데요?"

"우리 둘 다 바이올렛에게 협박받고 있다는 사실이죠! 바이올렛은 우리 둘의 관계를 모두 다 알고 있는 사람이에요!"

"그걸 어떻게 안 거예요? 혹시 미래 씨가 그 바이올렛인가 뭐랑 연관 있는 거예요?"

석훈의 다그치는 목소리에 미래가 머뭇거리다 조용히 입을 열었다.

"제가 당신한테 접근한 이유도 알고 있더군요⋯."

"네? 그게 무슨 소리야!"

미래가 손가락으로 자신의 입술을 막았다. 그리고 수첩과 볼펜을 꺼내 무언가를 끄적이더니 석훈에게 내밀었다.

장소를 이동하죠.

석훈이 미래의 차에 올라 그녀가 운전하는 대로 방향

을 맡겼다. 차가 설 때까지 둘 사이에 기이한 침묵이 흘렀다. 미래가 차를 세운 곳은 임 상무와 자주 가던 북악스카이웨이 주변의 고깃집이었다. 미래가 자기의 스마트폰을 들어올리더니 석훈과 눈을 마주하며 시트에 조용히 내려놓았다. 석훈도 그렇게 차 안에 조용히 스마트폰을 내려놓은 채, 둘이 고깃집으로 들어갔다. 주문을 하고 고기가 불판 위에 올려지는 동안에도 묘한 표정의 두 사람은 한참을 말 없이 불판 위에 올려진 고기만 바라봤다.

묘한 분위기를 깨며 미래가 주위를 살피며 먼저 입을 열었다.

"바이올렛이 당신한테 돈을 마련해 주라고 하더군요."

"네? 나한테요?"

"네, 실은 저, 석훈 씨…, 당신을 이용하려고 제가 계획적으로 접근한 거였어요."

석훈이 미래의 말에 당혹한 표정을 감추지 않으며 앞에 놓인 소주잔을 들이켰다.

"최미래! 당신, 도대체 누구야!"

석훈의 표정이 단단하게 굳어 있었다. 석훈의 목소리에 미래가 주변을 살폈다. 넓은 1층 홀에 스무 개 정도의 테이블이 있었다. 가족 단위의 손님들이 많았고, 연인인 듯 보이는 남녀 몇 테이블, 그리고 이미 술이 올랐는지 왁자하게 떠드는 남자들 테이블이 두 군데 있었다. 미래는 석훈의 시선을 살짝 외면하며 입을 열었다.

"임도진 학부모가 누군지 아세요?"

"알지 대기업 상무라고 하던데…, 그럼…, 혹시?"

"눈치채셨군요. 임 상무는 저희 BNT그룹의 실세예요. 전 그 임 상무와 그렇고 그런 사이였고요. 그걸 빌미로 그룹 내 다른 세력이 절 협박했어요. 임 상무를 무너뜨릴 꼬투리를 찾아오라고…. 그래서 임도진의 담임 선생인 당신을 만나게 한 거예요."

석훈은 그제야 상황들이 조금씩 이해되기 시작했다. 하지만 미래가 어디까지 알고 있는지는 아직 알 수 없었다. 코피노 기부 프로젝트 사기와 스폰녀 아영에 대해서까지 털어놓을 필요는 없다고 생각했다.

"그럼 절 협박하는 사람들이 그 임 상무를 무너뜨릴 꼬투리를 찾으려는 사람들인가요?"

"그건 저도 확실히 모르겠어요. 어쨌든 제가 석훈 씨에게 궁금한 건 당신이 협박을 받는 이유는 뭐냐는 거죠?"

미래가 날카롭게 석훈의 정곡을 찔러왔다.

"누구나 남들이 모르는 사생활 정도는 있는 법이니까요…."

그렇게 서로를 향한 짐작의 칼끝만 겨누다 분위기를 못내 견디지 못한 미래가 먼저 자리를 차고 일어나 홀을 빠져 나왔다. 석훈이 미래의 뒷모습을 보며 고개를 흔들더니 일어나 계산하고 미래를 따랐다. 먼저 나간 미래가 주차장에서 석훈을 기다리고 있었다. 미래는 석훈이 차에 올라타자마자 북악 전망대를 향해 차를 몰았다.

"내려요!"

해가 진 전망대에 쌀쌀한 바람이 불었다. 둘은 여전히 스마트폰을 차에 둔 채 내려 목소리가 전달되지 않을 거리쯤 멈춰섰다. 미래가 담배를 꺼내 석훈에게 내밀었다.

"아뇨, 끊었습니다."

"어쨌든 일단은 바이올렛이 원하는 대로 해줘야 하는 상황 같아요. 석훈 씨, 얼마나 마련할 수 있죠?"

"뭘요?"

"돈이요."

"전 협박 따위에 굴복해 돈을 갖다 줄 생각은 전혀 없습니다!"

석훈의 말은 단호했다. 미래로서는 답답한 노릇이었다.

"그럼, 계획은 있는 거예요?"

"BNT그룹에서 날 이용한 사람들한테 얼마 받기로 했어요?"

"1억 원 정도요…."

미래가 사모에게 장담받은 액수는 1억 원이었다. 바이올렛이 원한 5억 원에 훨씬 못 미치는 액수였다. 미래가 바이올렛의 협박에 적극적으로 대응하는 건 BNT그룹에서의 입지 때문만은 아니었다. 이미 그런 단계를 넘어 바이올렛은 유부남과 불륜을 저지른 최미래의 신상을 인터넷에 폭로하겠다고 알려왔다. 매사에 악을 쓰며 살아온 모든 삶이 무너져 내릴 수도 있었다.

"미래 씨는 얼마나 마련할 수 있어요?"

"저…, 모아둔 돈 없어요. 이번 일 못 막으면 전… 한국에서 못 살아요."

미래는 자신이 BNT그룹에서 그동안 그렇게 쌓아 올린 것들이 얼마나 속절없이 무너질 수 있는 것인지 실감하고 있었다. 석훈은 진중한 표정으로 담배를 물고 있는 미래에게 한 발짝 다가섰다.

"미래 씨는 어떻게 생각하실지 모르겠지만, 전 이런 협박범한테 협조해 일이 해결될 거라고는 생각하지 않아요."

"그럼, 뭘 어떻게 하겠다는 건데요?"

"우릴 이용하려던 사람들…, 그 사람들 돈을 우리가 먹읍시다. 어차피 바이올렛한테는 돈 준다고 달라질 게 없을 거예요."

사람은 위급한 순간에 지푸라기라도 잡고 싶은 법이다. 미래는 석훈의 흔들리지 않는 모습에 작은 위안을 얻었다. 그런 내심을 숨기며 미래는 석훈의 계획에 즉답하지 않으며 시선을 비껴 다른 질문을 던졌다.

"혹시…, 석훈 씨는 협박범이 누구인지 짐작 가는 사

람 있어요?"

"동창 녀석이 있어요. 확실하진 않지만…."

"누구예요?"

"장필두라는 놈인데…. 아뇨, 확실한 게 아니라서 일단 제 선에서 알아볼게요."

말을 뱉고 나서 석훈은 쓸데없는 얘기를 했다는 걸 깨닫고는 얼른 입을 닫았다.

07

추락(1)

미래는 잠시 망설였다. 자신의 미래를 석훈이라는 남자에게 맡겨도 되는지 판단이 서지 않았다. 이것도 일종의 동류의식일까? 이제 두 사람이 같은 길에 서 있다는 생각에 미래는 아까보다는 차분해진 목소리로 물었다.

"내 인생이 걸린 일이에요. 그쪽은 신상 폭로해버리겠다는 협박 안 받았어요?"

"받았죠. 전, 학교에서도 당장 해고되겠죠. 그런데 냉정하게 생각해보자고요. 바이올렛인지 뭔지가 우리한테 돈을 받고 나면 그대로 입 다문다는 보장이 있어요?"

"안 주는 것보다야 낫겠죠."

"전! 지금 하는 일에서 매장당하는 걸 넘어 감옥에 가야 할지도 모른다고요!"

오히려 석훈의 격해진 반응에 미래의 얼굴이 굳어졌다. 한때 약간의 호감을 가졌던 남자의 어두운 이면을 보는 듯했다. 석훈을 달래듯 미래가 말했다.

"살다 보면 누구나 실수 하나씩은 하잖아요. 뭐 저도 그런 경우고요."

"그 실수라는 게 구체적으로 뭐죠?"

"때가 되면 말해줄게요. 지금은 그게 중요한 것도 아니고요…."

둘 간에 침묵이 흘렀다. 석훈은 지금 머릿속으로 아영을 의심하고 있었다. 필두가 붙여준 여자였기에 충분히 의심할 만했다. 하지만 한편으로, 바이올렛은 아영에게 얘기해준 것 이상으로 자신에 대해 너무 많은 걸 알고 있었다. 석훈이 말했다.

"혹시, 우리… 해킹당한 건 아닐까요?"

"모르죠. 하지만 가능성은 충분해요. 제가 사모와 거래하는 걸 알고 있었으니까요."

"그 사모라는 사람이 원하는 게 뭐예요?"

"임도진이 사회로부터 확실히 지탄받을 수 있는 뭔가를 찾아내는 거죠. 최종 목적지는 임도진의 아버지 임현동 상무에게 쏟아질 사람들의 비난이고요."

"1억보다 더 받아낼 수 있을까요?"

"그건, 장담할 수 없어요."

미래의 말에 석훈이 고개를 끄덕이며 생각에 잠기던 석훈이 비장한 투로 입을 열었다.

"이거 우리가 한번 해먹읍시다!"

* * *

석훈은 임도진과 자주 어울렸던 학생들을 불러 한 명씩 상담했다. 그들은 하나같이 반성하기보다는 각자의 변명을 늘어놓았다.

"전 그냥, 도진이가 동현이 괴롭히는 자리에 있었던 것뿐이에요. 말리지 못한 건 안타깝지만, 그렇다고 제가 가해자가 되는 건 아니잖아요."

"제가 때린 적은 한 번도 없어요. 딴 애들한테 물어봐요, 제가 때리는 거 본 사람 있는지?"

"걔가 찐따라니까요, 우리가 뭘 어떻게 했다고, 괜히 지레 겁먹어서는…."

개중에는 적극적으로 임도진에게 책임을 전가하려는 아이도 있었다.

"실은 임도진이 악마 같은 새끼죠. 재미로 그런 거예요. 그 새끼! 언젠가는 벌 받을 줄 알았다니까요."

한 놈씩 마주한 석훈의 눈에 아이들의 어설픈 의리가 딱해 보이기까지 했다.

'이녀석들아, 같이 놀 때는 너희들 우정이 대단한 것 같았지?'

석훈은 아이들의 심리를 잘 알고 있었다. 임도진과 폭행에 함께 가담했던 아이들 가운데 가장 소심한 학생부터 흔들어보기로 했다.

"내가 너희들 다 조사해봤어. 잘 알 거야. 임도진이 인터넷에 신상 털려 어떻게 됐는지?"

"전 진짜 아니라니까요! 흑흑"

상담실에 마주 앉은 아이가 울먹이기 시작했다. 아직 고등학생인 아이에게는 감당하기 어려운 일이었다.

"너 플리바겐이라고 들어봤니?"

"아…아뇨."

"한마디로 말해 협조하면 정상을 참작해 분 사람은 봐준다는 거야."

"……"

"왜 고민돼? 임도진이 알까 봐 걱정되는구나? 도진이가 싸움을 잘하니?"

"네, 걔가 우리 학교 탑이에요."

석훈이 한층 부드러워진 목소리로 말을 이었다.

"서준아, 우리 냉정하게 생각해보자. 지금 네가 나한테 협조하지 않으면, 너에게 학교 폭력 가해자라는 딱지가 평생 따라다닐 거야. 그럼 다음에 네가 대학에 들어가거나 사회 생활하는 데도 지장을 받겠지?"

"그럼, 전 어떻게… 해요?"

이미 서준이라는 학생은 석훈에게 반은 설득된 상태였다. 사람은 아이이건 어른이건 자신의 생존 앞에서 철저히 이기적으로 변한다.

"임도진이 계속 이 학교 다닐 수 있을 거 같아? 어차피 걔는 퇴학이야. 그러고 나면 네 인생에서 임도진을 볼 날은 거의 없을 걸?"

"정말 도진이가… 퇴학당하는 건가요?"

"내가 장담할게. 분명히 퇴학당할 거다."

"그럼 저는…요?"

울먹이던 서준의 눈에 한 가닥 희망이 보였다.

"넌 선생님한테 협조만 해주면 돼. 그럼 내가 너는 확실히 보호해줄게."

서준은 석훈에게 임도진과 그 주변의 아이들, 그리고 그들이 어떤 짓거리를 하고 돌아다녔는지 낱낱이 전달했다. 그중에 가장 결정적인 것은 임도진과 아이들이 동현을 구타했던 동영상이었다. 동영상은 아이들의 인챗 단체 채팅방에 공유되고 있었다.

"이것 좀 줄 수 있겠어?"

"잠시만…요."

서준은 동영상을 재생해 자세히 살폈다. 자신이 그 동

영상에 있는지부터 확인하는 것이리라. 나이는 어려도 영악한 아이였다. 자신이 동영상에 없는 것을 확인한 서준이 파일을 석훈에게 전달했다.

* * *

임도진의 폭행 동영상 파급 효과는 석훈이 파갤에 올렸던 글과는 차원이 달랐다. 순식간에 모든 언론사가 우성고의 학교 폭력을 기사로 써댔고, 온라인은 온통 임도진에 대한 성토로 이어졌다.

언론사 기자들이 몰려오는 것을 학교 측에서는 막을 수 없었다. 기자들은 끈질기게 교문 밖을 나서는 학생들을 쫓아다니며 인터뷰를 따냈다. 사건은 부풀려졌고 임도진과 관련된 모든 것들이 비난의 대상으로 입방아에 올랐다.

└ 무능한 학교 당국…, 선생들 절대 못 믿지….

└ 저런 애들이 청소년 보호법을 알고 이용하는 거다. 이참에 청소년 보호법 없애야 한다.

└ 나중에 아무렇지도 않게 사회 생활하겠지, 극혐이다! 저런 애들은 신상 공개해 영원히 고통받게 해야 함.

└ 위에 댓글 단 분. 임도진 아빠가 BNT그룹 상무라고 함. 아빠 배경 믿고 설쳤던 거임.

임도진에 관련한 기사의 댓글 반응은 가히 폭발적이었다.

하지만 이차적인 확산의 진원지는 언론사가 아니라 '맘 카페'로 통칭되는 인터넷 커뮤니티들이었다. 엄마들이 많이 모인 맘 카페의 속성상 학교 폭력에 대한 이슈에 대해 민감하게 반응했다. 대기업 임원 자제의 학교 폭력이라는 프레임은 그들의 공적인 분노를 결집시켰다. 그리고 누가 작성한 것인지 모를 폭행 동영상에 가담한 학생들의 신상 리스트가 빠르게 공유되어 나갔다. 그 신상 리스트에 서준의 신상이 포함된 것은 물론이었다.

"사모님께서 굉장히 만족해 하셔."

"다행이네요. 그나저나 그럼 임 상무는 어떻게 되는 건가요?"

"회장님도 더 이상 버티시지 못할 거야. 르팡 불매 운동을 한다는 얘기가 있어. 그런 부담을 안으면서까지 임 상무를 싸고 돌진 못하시겠지."

"약속하신 2억 원은 어떻게 하실 거예요?"

"하아…, 가만히 보면 최 팀장은 당돌한 면이 있어. 2억이라는 돈이 적은 돈인가? 다 절차가 있는 거야. 절차가!"

추 이사의 맞은편에 앉아 있던 미래가 입술을 꽉 깨물었다.

"그 2억…, 제 보험금이에요. 그거 못 받으면 저도 어떻게 나갈지 모른다는 거 사모한테 전해줘요!"

"허어…, 뭐 그걸로 협박이라도 하겠다는 거야, 뭐야?

최 팀장, 직장 생활 더 안 할 거야? 장선호 이사님이 대표 이사로 오시면…, 그땐 최 팀장도 그 라인 타야겠지, 안 그래?"

앞머리가 벗겨진 추 본부장이 비릿한 미소를 지으며 미래를 내려다보았다. 커다란 책상 앞에 마주앉은 미래가 그의 시선을 피한 채 자리에서 일어섰다.

'대머리 똥배 쥐새끼 같으니라고! 임 상무는 확실한 내 편이었는데, 이 쥐새끼는 나를 계속 옥죌 놈이야. 두고 보자….'

BNT그룹은 하나의 계급 사회였다. 그 속에서 사람들은 서로를 견제하며 승진하려고 했고, 때로는 편을 나눠 상대를 비난했다. 그 계급 사회의 병정놀이를 가장 즐긴 이가 바로 미래 자신이었다. 미래는 임 상무를 통해 남들을 밟고 올라섰고, 그걸 지켜보는 다른 이들의 질시도 받았다. 하지만, 이제 미래에게 그런 도약판은 사라졌다. 나가려고 뒤돌아선 미래에게 추 본부장이 한마디 덧붙였다.

"내일 사모가 인천공항점 방문하실 거니 지적 사항 없도록 해놔!"

"추 이사님도 함께하나요?"

"그럼, 사모가 가는 곳에 내가 항상 따라가는 거 몰라?"

쥐새끼 같은 추 이사는 사모의 라인을 단단히 붙잡고 있었다. 미래는 추 이사를 본부장 자리에서 어떻게든 끌어내려야겠다고 생각했다.

예상했던 대로 임 상무는 사면초가의 상황에 빠졌다. 사람들은 BNT그룹의 고객 게시판을 점령해 임현동 상무를 비난하는 글들로 도배했다.

오늘 저녁에 뭐 하니?
 └ 상무님 괜찮으세요?
이따 시간 되면 오피스텔로 와줄 수 있어?
 └ 네, 이따 뵐게요.

미래가 건물 뒤편에서 담배를 꺼내 물었다. 연기를 깊게 들이마시는데, 익숙한 얼굴이 다가왔다. 르팡 강남점 점장 김아린이었다. 르팡의 복장 기준인, 단정한 투피스 바지 정장에 옅은 화장, 그리고 바싹 말아 올린 뒷머리 차림이었다.

"뭐야? 여긴 웬일이야?"

"인사과에 다녀오는 길이거든….."

"인사과는 왜? 회사 때려치우기라도 하게?"

"네. 그만하려고요. 저도 담배 한 대 주세요."

미래는 아린의 태도에서 미묘한 변화를 느꼈다. 담뱃갑을 내민 미래가 아린의 담뱃불 붙이는 사이의 뜸을 들이며 은근슬쩍 물었다.

"나한테 뭐 사과라도 받으려고 온 거야?"

"그럴 리가요? 팀장님도 살리고 발버둥치는 거겠죠."

"뭐 어쨌거나⋯. 어딜 가건 이 악물고 버텨. 그러다 보면 아무도 널 무시 못 해."

상투적 인사려니 하는 생각에 무심코 대화를 잇던 미래의 귀에 느닷없는 이름이 들어왔다.

"이석훈 선생님! 정말 생각이 있으셨던 거예요?"

아린의 입에서 이석훈의 이름이 나오는 순간 미래는 기겁했다. 입으로 가져가던 담배가 입술 언저리에서 순간 정지되었다. 멍한 것도 잠시 단 하나의 생각이 미래의 머리를 강타했다. 어떻게 아린이⋯? 아린이 뭔가를 알고 있다!

"너 혹시⋯, 바이올렛?"

"바이올렛이요? 그게⋯ 뭔데요?"

미래를 쳐다보는 아린의 눈이 오히려, 무슨 얘기냐고 되묻고 있었다. 미래는 혼란스러웠다. 바이올렛은 분명히 해커였다. 자신의 스마트폰 메시지들을 들여다보고 있었고, 어디에 있었는지, 어떤 자료들을 주고받았는지 모두 알고 있었다.

"너⋯, 이석훈은 어떻게⋯? 그 사람과 무슨 관계야?"

"그건 석훈 오빠에게 물어보시죠. 그게 더 빠를 테니까요."

미래는 한 번도 아린의 속을 들여다보려 하지 않았다. 그럴 필요가 없었다. 그런데 지금 아린의 태도를 보며 비로소 자신이 방심하고 있었음을 깨달았다.

"전 최 팀장님에 대한 개인적 감정은 없어요. 최 팀장님이 그랬던 것처럼 저도 살려고 발버둥치는 것뿐이에요. 먼저 가보겠습니다."

아린이 고개를 숙여 미래에게 인사하고 뒤돌아 걸어갔다.

"야! 김아린!"

"아 참! 최 팀장님도 저 같은 지방대 출신이시던데요? 여기서 꼭 성공하시기를 빌게요."

혼자 남은 미래는 한동안 멍하니 움직일 줄 몰랐다.

그날 저녁, 미래는 아린으로 인한 복잡한 심경을 안고 마지막으로 임 상무의 오피스텔을 찾았다. 그리고 마치 아무 일 없었던 듯 늘 하던 대로 임 상무와 정사를 나눴다. 아니다. 그날의 정사는 다른 날과 달리 더 격정적이었다. 격정의 정사 끝에 미래는 임 상무가 자신의 마지막을 예감하고 있다고 느꼈다.

"아무래도 나 사표 던져야 할 거 같아. 오래도 했지. 벌써 25년째야."

"회장님이 놔주시겠어요?"

"아직 아들들을 믿지 못하는 눈치야. 특히 장선호 이사에 대해서는 불신이 깊어."

"그럼 아직 상무님 역할이 있는 거네요."

"그런데…, 알다시피 지금 내가 자리 차지하고 있기 힘들잖아. 민폐를 끼칠 순 없지."

BNT 그룹 내에서 임 상무의 퇴진은 이미 기정사실이었다.

"아드님 문제요?"

"크흠…, 내 자식부터 챙겼어야 했는데, 애가 좀 엇나갔어."

"정말 언론에서 말하는 것처럼 아드님이 때린 게 맞아요?"

미래의 질문에 임 상무는 대답을 망설였다. 이미 몇몇 기자들이 임 상무에게 집요하게 연락해오고 있었다.

"같이 어울리는 애들하고 몇 번 때렸나 보더라고…, 합의를 보려 했는데 상대편 부모를 만날 수가 없어. 도진이 그 녀석, 그래도 착했던 아이인데…."

"합의를 안 해주면 어떻게 되나요?"

"변호사를 붙여서라도…, 소년원에 가는 것만은 막아야지."

누구나 자기 중심적으로 생각하게 마련이다. 타인에 대한 사과는 부차적 문제일 뿐이다. 갑자기 미래는 상황을 뒤집고 싶은 충동에 휩싸였다. 임 상무에 대한 미안함이 깊은 곳에서 올라왔다.

"상무님 근데 왜 인터넷에 도진이 정보만 나왔을까요? 이상하지 않아요? 이대로 도진이만 희생양이 되게 놔두실 건가요? 친구들도 같이 그런 거라면서요!"

"그야 그렇지만…, 도진이가 잘못한 건 사실이야."

"이럴 땐 물타기를 해야죠! 다른 애들 신상도 같이 올라가면 도진이한테 쏠린 이목이 흩어질 거예요."

"아니, 그건 도진이가 감당해야 할 몫이야. 지금 회피하면 평생 도망이나 다니면서 살아야 할 거야…."

임 상무는 담담하게 상황을 받아들이고 있었다. 그 순간 미래는 자신이 사모와 거래한 사실이 참을 수 없을 정도로 부끄러웠다.

* * *

박성호 교감이 은밀하게 최 선생과 석훈을 학교 밖으로 불러냈다. 학교에서 몇 정거장 떨어진 번화가에 위치한 일식집으로 그 전까지는 한 번도 같이 가본 적 없는 곳이었다.

"상황이 묘하게 됐어."

"교감 선생님, 괜찮으신 겁니까?"

"당장이야 힘이 들겠지. 교육 당국에서도 징계가 내려

올 거야. 근데 확실한 건 누군가 책임을 져야 한다는 거
지."

"그럼…?"

눈치 빠른 최 선생의 눈동자가 빠르게 굴러가고 있었
다. 그런 최 선생의 모습처럼 보이지 않기 위해 석훈은 오
히려 담담한 표정을 지으려 애썼다.

"이번에 교장 목이 날아가면 그 자리에 과연 누가 앉
겠어? 저번에 '새로운 교과서 만들기 모임'에서 내부 비리
를 제보한 게 나란 말이야. 위에서도 나한테 보상을 내려
줄 차례고."

지금 닥친 악재가 박 교감에게는 기회가 될 수 있는
상황이었다.

"그렇게…, 안 된다면요?"

석훈이 차갑게 분위기를 돌려세웠다.

"우리 쪽에서 쥐고 있는 게 있는데, 윗선에서도 입 닦
기는 힘들 거야."

박 교감이 은근슬쩍 '우리'라는 표현을 썼다. 어설픈
공범 의식! 석훈은 거부감이 들었지만 내색하지 않았다.

그때, 별실의 문을 열고 종업원이 들어왔다. 종업원이
카트에서 회 접시와 음식들을 상에 차렸다. 박 교감은 종
업원이 모든 세팅을 마치고 나갈 때까지 입을 다물었다.
석훈이 보기에 박 교감은 교장이 되기에는 간이 작아 보

였다. 하긴 자리가 사람을 만든다고 하지 않던가? 어쨌든 뇌물을 바친 사람이니 석훈으로서는 그 끈이 오래가기만을 바라야 했다.

"감사 내려오면 교장한테 다 몰아야 해. 알겠지? 은폐하려고 했던 것들, 다 교장 지시로 한 거로 얘기하자고."

"두말하면 잔소리죠."

최 선생이 다 알아들었다는 듯 맞장구를 쳤다.

"참, 그리고 이 선생이 애들 앞에서 임도진을 경찰에 신고하려고 했었다며?"

"네, 뭐 겁만 좀 주려고 했던 겁니다."

"그게 아주 좋은 거리가 되겠어. 애들이 증인이잖아. 이 선생이 경찰에 알리려는 거를 교장이 막았다는 식으로 만들면…."

"그거 괜찮겠네요! 이 선생, 할 수 있지?"

최 선생이 교감 대신 석훈에게 물었다. 옆에서 깐죽거리는 놈이 더 얄미운 법. 석훈의 표정에 최 선생에 대한 반감이 감춰지지 않은 채 드러났다.

'왜 지가 나서서 몰아세우는 거야?'

"상황을 좀 보겠습니다. 정황이 맞아 떨어져야 설득력이 있지 않겠습니까?"

"그야, 그렇지. 어쨌든 이번에 이 선생이 역할을 좀 해 줘야겠어."

'더러운 새끼들. 저런 것들이 선생이라고!'

석훈은 속으로 같이 자리한 교감과 최 선생을 경멸했다. 교감에 대한 경멸을 애써 숨기며 석훈이 답했다.

"알겠습니다. 저야 교감 선생님 라인 아닙니까?"

어설픈 조폭 의리! 그들에게는 같은 편이라는 상호간의 확인이 중요했다. 석훈은 그런 그들이 굳이 듣고자 하는 말을 과장스레 던져줬다. 그제야 박 교감의 얼굴에 안도와 함께 만족스러운 미소가 퍼졌다.

"우리 건배 한 번 하지!"

"좋습니다. 교감 선생님!"

"참교육을 위한 참된 가르침, 우성고의 발전을 위하여!"

"위하여!!"

석훈의 눈에 교감의 옆에 달라붙어 구닥다리 건배사에 추임새를 넣는 최 선생이 한심해 보였다. 하지만, 석훈도 건배사에 술잔을 함께 들 수밖에 없었다.

8

추락(2)

평일이면 석훈은 아침 일곱 시에 일어나 토스트와 과일 주스로 간단하게 아침을 해결하고, 주차장에 세워진 K3 승용차로 학교에 출근한다. 그렇게 자유로를 따라 30분 정도를 달리면 근무하는 학교에 도착한다.

그 날도 마찬가지였다. 완연하게 봄의 기운이 강해지는 즈음, 그래서 꽃가루가 미세먼지와 뒤섞여 흩날리던 날이었다. 인챗에 메시지가 도착했다는 진동 알람이 울렸다.

약속을 지키지 않으셨더군요. 무척 실망했습니다.

바이올렛으로부터의 협박 이후 석훈과 미래는 사용하고 있던 모든 디지털 기기를 교체했다. 그리고 이용하던 메일과 포털 사이트의 비밀번호도 바꿨다. 그러고 나서 며칠 동안은 바이올렛에게서 연락이 없었다. 석훈과 미래는 언제부턴가 협박범을 '바이올렛'으로 부르고 있었다.

'근데, 왜 바이올렛일까?'

어느날 석훈은 갑자기 인 궁금증에 인터넷에서 바이올렛을 검색했었다.

> 아프리칸 바이올렛: 연중 수시로 꽃이 피고, 누구나 실내에서 쉽게 키울 수 있는 식물. 꽃말은 '영원한 사랑'

석훈이 아무리 생각해도 짐작가는 바가 없었다. 그런데 역으로 생각하면, 지금 상황에서 안달해야 하는 당사자는 바이올렛이 아닌가? 돈이 필요한 쪽은 그쪽일 테니. 석훈은 전화번호마저 바꿨고, 인챗 계정도 탈퇴했다. 그리고 새로 장만한 스마트폰에 새로운 계정을 만들었다. 기존 관계들이 잠시 흐트러졌지만, 가까운 지인들과의 관계는 이내 다시 이어졌다. 그런데 또다시 바이올렛이 메시지를 보내온 것이다.

석훈은 미래로부터 2억 원을 받지 못했고, 바이올렛과 합의한 2억 원 역시 지급하지 못했다. 5억에서 3억으로 깎을 동안 지루한 협상 과정이 있었다. 결국, 그 모든 게 시간 끌기의 일환이기는 했지만….

석훈은 자신에게 다가올 위험에 미리 대처해야 했다.

변호사를 통해 코피노 기부 프로젝트에 관해 상담을 했다. 기소되면 집행유예로 빠져나갈 수도 있지만, 중요한 건 돈이었다. 5억이 넘어가는 사기 수익금. 그걸 종잣돈으로 은행에 대출을 받아 빌라 건축을 시작했다.

'아슬아슬해. 완공해서 분양하고 은행 빚을 갚고 나면….'

석훈은 포기할 수 없었다. 자신이 지금까지 쌓아온 걸 지키기 위해서는 어떻게든 최대한 버틸 수밖에 없었다.

학교에 도착한 석훈은 곧장 교무회의실로 향했다. 임도진의 처분에 관한 마지막 학교폭력위원회가 예정되어 있었기 때문이었다. 들끓었던 여론과는 달리 우성고는 임도진을 퇴학시키고 가담했던 학생들에게 무기정학을 주는 선에서 사건을 마무리 지으려 했다. 박 교감이 사전에 조율한 최종 결정에 이의를 제기하는 사람은 아무도 없었다.

"이렇게 끝내려나 보네요."

위원회 회의장 맞은편 책상에 앉은 학생주임 선생은 임도진에게 강경한 태도를 보였던 석훈을 자기편으로 착각하고 있었다.

"이 선생님, 교감이 저렇게 가해 학생들 감싸주는 거결코 올바른 거 아닙니다. 어릴 때 도둑질한 거, 그때 따끔하게 혼내지 않으면 아이가 나중에 커서 정말 큰 도둑이 되거든요."

"원래 싹수가 노란 놈들은 미리 잘라버려야죠."

"옳은 말씀입니다! 어쩜 그리 이 선생은 저와 생각이 똑같을까요. 하하."

학생주임이 석훈을 향해 입꼬리를 씩 올리며 웃었다. 같은 편이라는 걸 확인한 듯 안심한 표정이 역력했다.

잠시 후, 임도진의 아버지 임현동 상무가 모습을 드러냈다. 피해자 김동현의 부모는 위원회를 신뢰할 수 없다며 불참했다. 교감이 임 상무와 힐끗 눈을 한 번 마주치고 회의를 시작했다.

"흠흠! 지금부터 제7차 학교폭력위원회를 시작하겠습니다. 먼저 임도진 군 아버님이 하실 말씀이 있으시다고요?"

임 상무가 허리를 굽혀 인사를 하고 입을 열었다. 얼마나 아들 일로 민폐를 끼쳤으며, 본인과 아들이 자책하고 있는지를 최대한의 미안함과 존경을 담은 정석 멘트로 이어갔다. 물론 피해자에 대한 사과 또한 잊지 않았다. 석훈은 애초 임 상무의 말을 귀담아 들을 생각은 없었다. 다만 미래와의 관계를 떠올리며 임 상무란 사내에 대한 다른 호기심으로 그의 일거수 일투족을 바라볼 뿐이었다.

'뭐, 어차피 잘 짜인 각본일 텐데.'

교감은 예상대로 임도진에게 퇴학 처분을 내렸고, 학내

에서 이번 사건이 마무리되었음을 공식화했다. 학교 측과 임 상무 모두 만족할 만한 합의였다.

'그나저나 저 인간이 미래와 그렇고 그런 사이였단 말이지….'

석훈은 회의 내내 임 상무를 가만히 살폈다. 임 상무의 외모는 대단할 거 없는 중년 남자의 모습이었다.

"아 참! 여기 계신 분들 중, 혹시 파갤이라고 들어보셨습니까?"

옆에 앉은 학생주임의 발언에 석훈의 정신이 번뜩 돌아왔다. 몇몇이 학생주임의 물음에 서로 먼저 끼어들었다.

"저도 들었습니다. 거기서 우리 학교 사건이 처음으로 알려졌다고 하더군요."

"학생 신분이 강제로 완전히 공개된 건 큰 문제죠. 개인정보보호법에도 위반되는 일이고요."

"네. 무슨 파탄자들의 갤러리라고 하는데 학생 중에 그걸 하는 놈들이 있더라고요. 거기에 우리 학교를 조롱하는 게시물도 올라와 있다고 하고요…."

"큰 문제죠. 가만 놔둬서는 안 됩니다!"

회의 내내 눈치를 보며 입을 못 떼었던 선생들이 기회는 이때다 싶어, 공적의 등장에 한마디씩 보탰다. 교감이 깊은 침음 후 입을 떼었다.

"그 파갤에서 일어난 일에 대해서는 경찰에 정식으로

수사를 의뢰하겠습니다. 분명히 누군가 우리 학교를 불명예스럽게 하고 있으니까요!"

"그걸로 고발까지 하시려고요? 지금 여론은 우리 학교 당국의 대처가 소극적이라고 비난하는데 거기에 포커스가 맞춰져선 안 됩니다!"

석훈이 박 교감을 바라보며 회의에 들어와 첫 번째 발언을 했다. 하지만 옆에 있던 학생주임이 강경한 입장을 고수했다.

"흠…, 물론 이 선생의 말씀도 맞습니다. 하지만 쥐새끼처럼 뒤에서 씹는 놈들은 당연히 잡아내야죠. 그래야 정의가 구현되는 거 아니겠습니까?

쓸데없는 정의감. 석훈은 학생주임처럼 쓸데없이 오지랖을 부리는 인간들이 싫었다. 왜 자기와는 상관도 없는 일에 괜히 간섭해 정의를 구현한다 만다 하는가?

* * *

며칠 뒤, 최 선생에게서 전화가 왔다.

"이 선생! 큰일 났어. 도대체 무슨 짓을 한 거야. 지금 학교 게시판에 난리가 났어!"

"네?"

"지금 뭐 하고 있어? 교감 선생님께서 이 선생을 찾고 난리가 났다니까!"

최 선생은 신이 난 목소리로 석훈의 신상에 변화가 생겼음을 알렸다. 석훈은 먹던 과일주스를 마저 입속으로 털어넣고, 노트북을 켰다. '오늘따라 왜 이렇게 부팅 시간이 길지?' 수많은 생각이 그의 머릿속을 오고 갔다.

포털 사이트 실시간 검색어 1위에 '우성고 이석훈'이 올라 있었다. 그리고 뒤이어 '우성고 파갤 선생', '이석훈 임도진'이 검색어 순위를 차지하고 있었다. 한 커뮤니티 게시판에 올라온 글 제목은 '파갤 유저 이석훈 선생의 실체'였다. 조회 수는 이미 5만 회를 넘고 있었다.

"하 씨발! 좆됐네…!"

오전 여덟시. 아직 학교 내에는 일부 학생들과 교사들에게만 퍼진 듯했다. 하지만 학교에 나간들 수습할 수 있는 상황은 아니었다. 석훈은 아무 생각도 할 수 없었다. 그가 인식한 확실한 사실은 본인이 지옥에 빠졌다는 것이었다.

몇 시간이 흘렀다. 부재중 통화 328건, 문자 159통. 석훈이 침대에 엎드려 있는 동안 스마트폰의 벨은 쉬지 않고 울렸다.

다시 몇 시간이 흘렀다. 누군가 석훈의 오피스텔 문을 두드렸다. 석훈은 자신이 그곳에 있다는 것을 들키지 않으려는 듯 아무 반응도 하지 않았다. 잠시 후 바깥에서 귀에 익은 목소리가 들렸다. 미래였다.

"석훈 씨! 문 좀 열어봐요! 저 최미래예요!"

석훈이 비로소 일어나 문을 열었다. 얼굴이 벌겋게 상기된 미래가 급하게 안으로 들어왔다.

"도대체 어떻게 된 일이에요! 지금 인터넷 실시간 검색어에 완전 도배가 됐다고요!"

"호들갑 떨지 말고 앉아요!"

"아무 일도 없을 거라면서요. 저쪽에서 돈 받을 때까지 아무 짓도 못 할 거라면서요!"

석훈은 생각했던 것보다 훨씬 일이 크게 터졌다고 생각했다. 만에 하나 일이 벌어지더라도 그저 작은 커뮤니티 수준일 거라고 안이하게 생각했었다.

'일개 학교에서 일어난 일이 이렇게 크게 다뤄질 일인가?'

바이올렛의 능력을 지나치게 과소평가했다는 생각이 들었다. 바이올렛은 석훈에 대한 폭로를 동시다발적으로 진행했고, 커뮤니티에 퍼진 글들은 정체불명의 아이디로 삽시간에 퍼져 날라졌다. 더우기 결정적인 상황은 커뮤니티에서만 떠돌던 글을 한 인터넷 언론사가 받아 바로 기사화했다는 사실이었다.

'이 기자는 당사자한테 팩트 확인도 안 하고 기사를 쓰는 거야?' 석훈이 멍하니 하릴없는 생각에 잠겨 있는데, 미래가 다급하게 석훈의 정신을 흔들어 깨웠다.

"뭐해요? 얼른 나가자고요! 조금 있으면 기자들이 들이닥칠 텐데!"

석훈이 미래의 말에 한껏 인상을 찌푸리며 고개를 저었다.

"가긴 어딜 가요! 전 여기 있을 테니, 미래 씨나 피해 있어요."

"지금은 피해 있는 게 상책이에요. 임 상무랑 같이 쓰던 오피스텔이 있으니까 그쪽으로 가요. 여기서 기자들한테 당하고 있을 수는 없잖아요!"

곰곰이 생각하던 석훈은 바이올렛이 자신의 신상 정보를 가지고 있다는 생각에 미쳤다. 그렇다면 미래의 말처럼 다음 수순은 기자들이 집에 들이닥치는 것이었다. 석훈은 재빨리 옷가지 몇 개와 노트북, 그리고 차 키를 배낭에 구겨 넣었다.

미래의 차를 타고 오피스텔을 빠져나오는 동안 언론사 스티커를 붙인 차량 몇 대가 자신의 오피스텔로 향하는 것을 확인했다. 석훈은 스마트폰을 켜고 다시 포털 사이트에 접속했다.

— 우성고 이석훈 교사
— 파갤교사 이석훈
— 우성고 파갤 선생
— 이석훈 임도진

실시간 검색어 1위부터 5위까지 모두 석훈과 관련된 검색어들이었다.

미래에게 잠시 길가에 차를 세우라고 한 석훈은 아무도 없는 공중전화 부스에 들어가 교감에게 전화를 걸었다.

"저 이석훈입니다."

"이 선생! 이게 도대체 어떻게 된 일이야? 깜짝 놀랐어. 정말 이 선생이 파갤에 우리 학교 일을 올린 거야?"

석훈은 부인하고 싶었지만, 바이올렛이 공개한 로그 기록들은 너무나 디테일했다.

"뭐 오해의 소지가 있지만…, 어쨌든 죄송합니다."

"담임이란 작자가 학생들 신상을 인터넷에 까발려서 어쩌자는 거야!"

석훈은 무슨 말을 해도 상황이 나아질 리 없다고 생각했다. 그럴 때는 한 발짝 피해 있거나, 한 템포 쉬어 가는 게 유리하다는 판단이 섰다.

"교감 선생님, 나중에 돌아가서 자세히 해명하겠습니다. 하지만 지금은…, 잠시 피해 있겠습니다."

"뭘 피해 있어! 당장 학교에 나와서 상황을 수습해야 할 거 아니야! 상황을!"

"지금은 저도 많이 혼란스럽네요. 일단 정신이라도 차

릴 때까지 병가 처리 좀 부탁드립니다."

"휴우…, 이 선생이 이렇게 무책임할 줄은 정말 몰랐네!"

교감은 기자들을 만나 사과 표명을 요구했지만, 석훈은 단칼에 거절했다.

그리고 교감의 '무책임'이라는 언어 농단에도 속지 않기로 했다. 사람들이 진짜 원하는 것은 사과나 수습이 아니라 석훈이 철저하게 무너지는 모습일 것이다.

"어떻게 됐어요?"

"일단 학교에는 말해놨으니 안 가도 될 것 같아요."

"그럼 학교에서 잘리는 거예요?"

"복직할 겁니다. 당장은 휴직하겠지만요."

석훈의 머리에 박 교감에게 준 5천만 원 자릿값이 스쳤다. 이따위 일로 날릴 순 없었다.

임 상무와 미래가 밀회하던 오피스텔 내부는 커다란 내부 공간에 비해 무척이나 썰렁했다. 풀옵션 가구들이 실내를 채우고 있었지만, 오랜 기간 이용되지 않은 듯 구석구석 묵은 먼지가 쌓여 있었다.

그곳에서 석훈은 며칠에 걸쳐서 여론의 추이를 살폈다. 여론이 잠잠해지기는커녕 석훈 자신에 대한 신상털이로 사람들의 관심이 흐르고 있었다. 얼굴이 날것으로 공개됐고, 그토록 우려했던 코피노 기부 프로젝트 사기까지 드러나 언급되고 있었다.

석훈은 애써 자신이 쌓아온 것들이 무너져 내리는 것을 그렇게 앉아 지켜볼 수밖에 없었다. 석훈은 그제야 자신이 더 이상 교사 생활을 이어갈 수 없다는 사실을 깨달았다.

그때 미래에게서 전화가 왔다. 전화기 너머 미래의 숨소리가 가빴다.

"무슨 일이에요? 왜요?"

"나도, 끝장났어요!"

"바이올렛이 또 무엇을 터트렸어요?"

"결국, 이렇게 되고 마네요…."

끝장났다고 말하며 체념한 듯한 미래의 울음 섞인 목소리에 석훈에 대한 원망이 묻어났다. 한편으론 석훈 자신도 더 이상 미래의 일에 관여할 필요는 없다고 생각했다.

"미래 씨도 갈 데 없으면 여기에 와 있어요."

"아니요! 난 버틸 거예요! 여기서 끝까지 버틸 거라고요!"

석훈은 가죽 소파에 몸을 눕혔다. 그렇게 한 시간이 지났을까. 석훈은 꿈속에서 자신을 비난하는 사람들의 모습을 보았다. 잠에서 깨어난 석훈의 온몸이 땀에 젖어 있었다.

석훈은 코피노 기부 프로젝트를 진행할 때 필두가 했던 말이 떠올랐다.

"석훈아, 장수가 싸우다가 구석에 몰리면 어떻게 되는지 알아?"

"몰라? 그냥 죽는 건가?"

"자결하거나 측근이 배신해서 살해당하거나, 그도 아니면 후일을 도모하거나."

"후일을 도모해야지. 죽긴 왜 죽어?"

석훈은 생애 한 번도 경험하지 못했던 비난의 화살 속에서 다시 냉정하고 차갑게 각성했다. 당장은 죽을 것 같았지만, 냉정하게 생각하면 후일을 도모해야 할 때였다. 석훈은 자신이 수습해야 할 일은 학교 일이 아니라, 자신의 모든 돈이 들어간 빌라 건축이라는 생각을 했다.

빌라의 마감 공사가 끝나는 주였고, 동시에 분양 대행 업체를 선정해야 할 주였다.

* * *

석훈의 이름이 인터넷에 회자되고 있을 무렵, BNT그룹의 그룹웨어 공지 창에도 한바탕 소동이 일었다.

"난, 이럴 줄 알았다. 인성이 이제 드러난 거지."

"그렇지, 근데 그거 알아? 장선호 이사가 임 상무 제거하려고 저번에 그 동영상 흘렸잖아. 그걸 사실은 최 팀장이 갖다 줬다고 하더라."

"뭐야? 그럼 최 팀장 완전 쓰레기네."

"와! 출세하려고 임 상무한테 붙어먹었다가 이제는…."

"야야, 쉿! 저기 최 팀장 온다…."

BNT그룹 직원 휴게실에 들어선 미래는 직원들의 수군거림이 자신을 향한 것이란 걸 알았다. 미래는 오전 내내 추 이사에게서 걸려온 전화에 시달렸다. 요지는 임도진의 폭행 동영상 입수와 관련해 장선호 이사가 절대로 불거져서는 안 된다는 사실이었다. 즉, 미래 자신이 모든 것을 안고 가라는 얘기였다.

'개새끼들, 엉망인 줄은 알았지만, 이 정도로 양아치인 줄은 몰랐네!'

장선호 이사를 만나야 했다. 사모는 어느 순간부터 미래를 만나주지 않았다. 사모에게 받은 돈은 3천만 원이 전부였다. 그걸로 모든 걸 갈음할 모양새였다.

'내 약점을 쥐고 있으니 그랬겠지. 그런데 이런 식으로 나를 잘라내겠다고…?'

사냥이 끝난 사냥개는 잡아먹히는 법. 사모는 아들 문제로 그룹에서 임 상무가 밀려나자 원래의 약속을 지키지 않았고, 불미스러운 소문이 그룹웨어에 퍼지는 걸 방치했다. 미래 스스로 BNT그룹을 나가기를 기다리고 있었다.

'내가 어떻게 이 자리까지 올라온 건데. 이대로는 절

대 못 물러난다!'

미래는 잔에 담긴 더블샷 커피를 단숨에 들이켰다. 그리고 벌떡 일어났다. 지금 당장 장선호 이사를 만나야 했다.

장선호 이사의 사무실은 역삼동에 자리잡은 BNT그룹 본사 사옥 5층에 있었다. 그는 대표 이사 진급을 앞두고 조심스러운 행보를 하는 중이었다. 그런데 이 와중에 자신이 직속 부하 최미래를 이용해 임 상무를 제거했다는 소문이 그룹 내에 돌고 있다.

"야! 최 팀장! 여기가 어디라고 들어와!"

장 이사의 방에 정작 장 이사는 부재중이었고, 대신 충복인 추 이사가 있었다.

"왜요? 임 상무님 없어지고 나니까 저도 버리시려고요?"

"뭐! 요오?…방금 나한테 '요'라고 했어? 아주 막 나가네!"

군 장성 출신인 추 이사에게 '다나까'로 끝나는 말투가 아닌 '요'라고 끝나는 말은 적어도 르팡 본부에서는 용납되지 않는 관행이었다.

"장 이사님과 직접 얘기하고 싶습니다! 본부장님 말고요."

"뭐? 어디서 건방지게! 자숙하고 있어도 될까 말까인데, 어디서 나대!"

미래는 추 이사의 윽박을 더 이상 참을 수 없었다. 어차피 BNT그룹에서 자신의 인성은 이미 다 까발려진 상태였다. 이제 누구에게건 조심해야 할 이유는 없었다.

"씨발 대머리 새끼야! 내가 언론에다 임도진 폭행 동영상 퍼트린 게 누구 짓인지 한번 얘기해볼까?"

미래의 갑작스러운 하극상에 추 이사의 표정이 얼음처럼 굳었다. 그런 추 이사의 모습에 미래가 한심한 듯 혀를 '끌끌' 찼다.

'하여간 꼴같잖게 병정놀이 말고는 할 줄 아는 게 없지? 늙은 똥자루 같은 새끼….'

미래는 다시 차가운 감정으로 원래의 관계처럼 추 이사에게 슬쩍 고개를 숙여줬다. 그런 미래의 모습을 보며 추 이사가 진정하고 말을 이었다.

"그래서…, 네가 뭘 어떻게 하겠다는 거야?"

"장선호 이사님과 자리를 잡아주세요. 안 그러면 가만 안 있을 겁니다! 그냥 나가나 깽판치고 나가나 저한테 별반 다를 게 있겠습니까?"

미래는 자신의 속에서 터지는 심장 박동 소리가 추 이사의 귀에까지 들릴 것이라 느끼면서도 개의치 않았다. 다만 긴장을 들키지 않으려 그렇게 쏘아붙인 후 일방적으로 뒤돌아 나왔다. 멀리서 추 이사가 뭐라고 하는 소리가 들렸지만, 무시했다.

'여기까지 내가 어떻게 왔는데….'

입술을 꽉 다문 미래의 두 눈에 두 줄기 뜨거움이 흘렀다.

* * *

"정말 누가 그런 것 같아요?"

"나야 모르죠. 원래 이 일이 당신네 BNT그룹에서 시작된 거니 그쪽 사람들이 벌인 일이겠지요!"

"잘 생각해봐요."

"지금 와서 그게 무슨 상관이에요. 난 다 털려버렸는데…."

미래가 따지고 들었지만, 석훈은 아영의 존재에 대해서는 절대 말하지 않기로 했다. 아영이 의심되지만, 얼마 전부터 전혀 연락이 닿지 않았다. 그리고 곰곰이 생각해보니 자신의 노트북이나 스마트폰에 접근해 그런 로그 기록들을 가져간 건 전문가의 소행이었다. 아영이 그럴 만한 인물은 또 아닌 것 같았다.

석훈은 오히려 필두에게 강한 의심을 품었지만, 그 역시 이해할 수 없는 지점들이 있었다. 필두 같은 양아치라면 해킹이라는 번거로운 길을 선택하진 않았을 터였다.

"이 글을 쓴 사람은 우리 둘 다를 알고 있는 사람이네요."

"그야 뭐…, 바이올렛이 우리를 전부 다 들여다보고 있었으니까요."

석훈은 바이올렛의 정체를 찾는 일보다 당장 눈앞에 닥친 현실이 중요했다. 빌라 건축에 들어간 대출금만도 10억 원에 달했다. 게다가 변호사를 선임하려면 돈이 필요했다. 당장 빌라를 팔아서라도 현금을 마련해야 했다.

"빌라 분양은 어떻게 됐어요?"

"벌써 대행업체랑 계약했죠. 전세로 물건 내놓으면 대출금은 끌 수 있겠죠…."

총 열두 세대였다. 한 가구당 2억에 전세 계약을 한다고 하면 대출금 갚는 것은 시간 문제였다. 하지만 석훈은 서두르고 싶지 않았다. 혼란의 와중에도 계약을 서두른다는 건 결국 손실을 감수할 수밖에 없다는 의미라 생각했기 때문이었다.

미래는 그런 석훈에게서 묘한 위화감을 느꼈다. 석훈은 인터넷에서 쓰레기 선생으로 매도됐지만, 실제로 잃은 건 별로 없어 보였다. 정작 미래 자신은 아직까지 BNT그룹에 자리를 지키고 있긴 하지만, 얻은 건 하나도 없었다. 불륜녀라는 딱지와 한때 자신을 끌어줬던 임 상무에 대한 배신자란 낙인도 찍혔다.

* * *

　장선호 이사는 논현동의 한적한 쉐프 레스토랑으로 약속을 잡았다. 미래가 예약된 시간에 예약된 테이블로 들어가자 장선호 이사 옆으로 비굴하게 서 있는 추 이사의 모습이 보였다. 미래는 추 이사의 동석에 얼굴을 찌푸려졌다.

　"미래 씨, 오셨어요? 앉으세요. 그래 오늘 무슨 일로 면담을 하자고 했나요?"

　"조금 민감한 문제인데요, 바로 말씀드릴까요?"

　추 이사는 미래가 무슨 고자질이라도 할까 봐 바짝 날을 세우는 듯했다. 반면에 장 이사는 2세 경영인 특유의 여유를 부리며 허세스런 동작과 함께 말을 이었다.

　"자자, 앉으세요. 대화로 풀어갑시다. 미래 씨도 흥분 가라앉히고 찬찬히 말씀해보세요."

　"감사이신 사모님께 드렸던 임도진 폭행 동영상 파일을 제가 유출했다는 걸 누군가 알고 있어요."

　"그게 누군데요?"

　"바이올렛이요. 제 컴퓨터에 들어와 여기저기를 돌아다녔더라고요. 제 신상 정보까지 캐내 저를 협박했고요. 결국, BNT 그룹웨어까지 뚫고 저에 관한 폭로 글을 올렸죠. 혹시 그 바이올렛…, 장 이사님 작품인가요?"

장 이사의 표정이 굳어졌다.

"하하! 제가 왜요? 겨우 일개 직원 한 명 협박해서 제가 얻는 게 뭐죠?"

"꼬리 자르기요. 모든 걸 저한테 뒤집어씌우면 상황이 깔끔해지니까요."

돈이 많은 자, 힘이 있는 자는 좋은 사람이 되기도 쉽다. 장선호 이사는 겸손했으며, 남의 말을 들을 줄 아는 모양새를 취했다. 그랬기에 그의 주변으로 추 이사와 같은 야심가들이 모였다. 하지만 그들 역시 장 이사에게는 쓰임새가 있는 사냥개들이었을 뿐이었다.

'결정적인 순간에 책임을 떠넘겨야 하니까!'

"제가 검찰에 아는 인맥이 있습니다. 그런 사이버 범죄도 요즘은 지능수사팀에서 많이 수사하죠. 아! 그리고 그 사건은 저희 BNT그룹에도 위협이 되는 일입니다. 저희 전산망이 뚫렸다는 건 큰 사건이죠!"

장선호 이사의 말 꼬리를 물며 미래가 입을 열었다.

"그리고 여기서 분명히 말씀드리죠. 저 BNT그룹에서 절대 안 나갑니다. 제 별명이 뭔지 아시죠? 남들이 미친개라고 하더군요. 미친개를 건들면 어떻게 되는지 다 아실 거라고 믿습니다."

미래의 말에 장 이사 옆에 있던 충견이 나섰다.

"최 팀장! 여기가 어디라고 감히 그런 협박을 해!"

"아아. 본부장님 괜찮습니다. 지금은 최 팀장이 안정을 취하는 게 먼저죠."

장선호 이사가 여유 있는 미소를 흘리며 미래를 두둔했다. 더러운 진흙탕에 대신 손을 넣어줄 사람들이 있기에 품위를 유지하는 인간들의 전형이었다. 한편으로는 그런 장 이사가 미래에겐 커다란 벽으로 느껴졌다.

* * *

석훈에게 바이올렛의 최후통첩이 도착했다. 그리고 최후통첩에 석훈이 변명 아닌 변명을 덧대었다.

> 당신에게 마지막 기회를 드렸습니다. 빌라를 처분하면 충분히 돈을 마련했을 수도 있었겠죠…. 하지만 당신은 그렇게 하지 않았습니다.
> └ 은행에 담보 잡혀 있는 걸 어쩌란 말이야! 그거 지금 당장 처분할 수도 없다고!

하지만 그건 석훈의 거짓말이었다. 분양 대행업체의 오 사장은 좋은 가격을 쳐줄 수 있으니 당장이라도 빌라를 통째로 넘기라고 했다. 하지만 그건 석훈에게 자기 인생을 통째로 내놓으라는 것이나 다름없었다.

> 당신의 기부 프로젝트. 그 사기 행각을 검찰에 제보하겠습니다.

그게 정말 바이올렛의 마지막 메시지였다. 석훈은 일

개 사기 사건을 검찰이 기소할 거라는 생각은 하지 않았다. 제보자가 바이올렛이라는 정체를 알 수 없는 인물이었기 때문이었다. 하지만 석훈이 한 가지 간과한 것이 있었다.

그건 석훈이 그새 전국적으로 무척 유명해졌으며, 자신을 수사하는 것만으로도 검찰이 국민의 시선을 잡아끌 수 있다는 점이었다. 검찰은 석훈의 사기 행각을 기소함으로써 민감한 이슈들을 피해 나갔다.

석훈에게는 예상치 못한 시련이었다. 그리고 검찰은 언론이 주목하는 걸 의식하고 2년의 실형을 구형했다. 석훈은 한 번도 자신이 감옥에 들어갈 거라는 생각은 해보지 않았다.

"어떻게 하시겠어요? 여기서 검찰 쪽 형량 받아들이면 재산 압류까지는 들어가지 않을 겁니다."

"형량이…, 몇 년이에요?"

"2년이죠."

"다들 집행유예를 받는데 왜 저만 실형을 살아야 하나요?"

"흠…, 그야 보는 눈이 많으니까요. 전 국민이 이석훈 씨 재판 결과를 지켜보고 있습니다. 그런 상황에 판사가 부담을 느끼지 않을 순 없죠."

한 번 이슈를 문 기자들의 관심은 끈질겼다. 석훈이 완전히 바닥으로 떨어질 때까지 그들은 포기하지 않을 것 같았다. 결국, 검찰은 코피노 기부 프로젝트 건에 대한 기소를 결정했고, 이미 수백만 원의 상담료를 받아 챙겼던 변호사들은 정작 재판이 시작되자 변론을 포기해버렸다. 엎친 데 겹친 격으로 우성고 재단에서는 석훈에 대한 공식적인 파면을 결정했다.

"박 교감님, 저한테 이러면 안 되는 거 잘 아시잖아요?"

"이 선생, 나도 살아야지 어쩌겠어. 미안하게 됐어….."

구차한 변명들. 석훈과 이해관계로 얽혀 있던 주변 사람들이 다 떠나갔다. 석훈의 곁에 남은 건 그가 교사가 됐을 때, 기뻐했던 홀어머니뿐이었다.

재판은 여론의 주목을 받으며 속절없이 진행되어 갔다.

"피고 이석훈은 실체가 없는 허위 기부 사업을 통해 불특정 다수로부터 상당 금액을 입금받은 정황이 유죄로 인정되는 바, 징역 2년의 실형을 선고한다."

판사의 선고가 떨어지자 석훈은 곧바로 뒤에서 대기하던 교도관에게 양팔이 붙들려 끌려나갔다. 그 모습을 지켜보던 석훈의 홀어머니는 정신을 잃고는 뒤로 쓰러졌다. 그간의 석훈의 사회 생활이 끝장나는 순간이었다.

석훈은 그제야 제눈에 흐르는 두 줄기 뜨거움을 깨달을 수 있었다. 그 순간 석훈은 지독하게 외롭고 두려웠다.

2장

작당모의

#09
추격

1년 4개월 후. 석훈은 교도소에서 출소했다.

초범에 사기 규모가 크지 않았기 때문에 가석방될 수 있었다. 하지만 그동안 은행은 빚을 상환하지 못한 석훈의 빌라를 차압했고, 곧 경매를 앞두고 있었다.

석훈은 감옥에서 미래를 원망하고 있었지만, 미래는 석훈을 기다리고 있었다. 미래는 이대로 모든 걸 끝낼 수는 없다고 생각했다. 그 모든 상황을 주도한 장 이사와 사모에게 복수해야 했다. 지금 미래는 석훈에게 그 복수극을 함께하자 제안하고, 석훈은 자신 앞에 놓인 위기를 타개하기 위해 미래에게 연락을 할 수밖에 없었다.

"그 계획 좀 더 구체적으로 들어볼 수 있을까요?"

"연락 올 줄 알았어요. 오늘 밤에 그리로 갈게요."

미래가 석훈의 오피스텔로 찾아왔다. 그녀가 석훈에게 접근했을 때 의도적으로 찾던 곳이었다. 단 한 번의 섹스. 둘에게 그 섹스는 어떤 의미도 없었다. 미래는 석훈을 더 깜을 목적으로 의도했고, 석훈은 어차피 아영에게 욕구를 풀고 있었기에 미래와의 관계를 더 끌고 가보려는 의도였다. 어쩌면 만난 지 얼마되지 않은, 그리고 서로의 의도가 만나는 지점에서의 통과의례였을 뿐이었다. 하지만 다시 재회한 그 공간에서 둘은 분명 그 날의 섹스를 의식하고 있었다.

"석훈 씬 어떻게 생각할지 모르겠지만…, 저에겐 석훈 씨에 대한 미안한 마음이 있어요. 저 때문에 나락으로 떨어졌으니 다시 일으켜 주고 싶은 마음도 있는 거고요."

"됐고…, 이제부터 말 놓을 게. 너도 말 놔라."

석훈은 미래에게 끌려가고 싶은 생각은 추호도 없었다. 석훈은 그녀를 믿지 않았다.

"그럼 뭐라고 불러야 하나?"

"그건 알아서 하고, 바이올렛만 잡으면 장 이사 비자금을 먹을 수 있다는 근거는 뭐야?"

미래가 석훈을 바라보며 어색한 미소를 지었다.

"임 상무한테 찾아갔었어. 중요한 정보를 하나 주더라고. 윤식품이라고 BNT그룹에 납품하는 회사가 있는데 아무래도 장 이사 비자금 창구 같아."

"그래서 그거랑 바이올렛이랑 무슨 상관인데?"

"윤식품이 중국 쪽에 무역 거래를 핑계로 막대한 금액을 송금해대는데, 그게 다 장 이사 비자금이라는 거지."

"흠…, 결국, 네 결론은 우리를 협박했던 바이올렛이 장 이사 작품이고 그 바이올렛이 중국 비자금도 관리하고 있다는 가정이네."

관자놀이를 긁으며 생각에 잠긴 석훈이 미래의 추론을 되짚었다.

"네 추론에 결정적인 문제점이 두 가지 있네. 바이올렛이 장 이사 비자금을 관리하고 있지 않다면? 그리고 바이올렛이 장 이사와 연관되지 않은 거라면?"

"비자금을 관리하지 않더라도 장 이사의 목줄을 잡는 거니까 장 이사한테 직접 뭔가를 받아낼 수 있겠지. 어차피 그 비자금보다 장 이사한테 더 중요한 건 BNT그룹의 승계니까. 굳이 비자금 따위 때문에 자기 앞날을 망치려고 하진 않을 거야."

미래가 잠시 뜸을 들인 후, 말을 이었다.

"그리고…, 바이올렛이 장 이사와 상관없다면…, 그건 생각 못 해봤어. 어차피 그래도 석훈 씨는 손해볼 게 없잖아. 이번 일로 움직일 돈은 내가 댈 거야."

"얼마나 댈 건데?"

"오천?"

"하아, 너한테 그런 돈이 다 있었냐?"

"결혼 자금으로 모아놨던 거야."

"참 나! 남의 인생 망쳐놓고 자기는 결혼할 생각도 다 했나 보네."

석훈이 혀를 끌끌 차며 고개를 좌우로 내저었다.

"그래서, 할 거야? 말 거야? 나 확실한 거 좋아하는 거 알지?"

"해보자. 뭐, 네 말대로 손해볼 건 없겠네."

* * *

석훈은 먼저 교도소에서 만났던 홍 사장 사무실을 찾았다. '채무 변제 상담'이라는 간판이 걸린 그곳은 홍사장이 실질적으로 운영하는 홍신소였다.

"달랑 이메일 주소하고 계좌번호로 사람을 어떻게 찾는단 말이야?"

"왜요? 그럼 못 한다는 건가요? 뭐, 어쩔 수 없죠…."

"아니, 내 말은…, 그게 아니라 좀 어려울 수도 있다는 거지."

일어나려는 석훈의 손목을 잡아끌며 홍 사장은 석훈을 다시 앉혔다.

"사람, 성격 한번 냉정하기는. 우리가 어디 보통 인연

142　악플러들

이야? 교도소 동기잖아. 동기!"

홍 사장의 말은 사실이었다. 그는 불법 촬영 및 공갈 혐의로 교도소에 들어 왔고, 마침 석훈과 같은 형기를 살았다. 오지랖 넓고 붙임성 있었던 홍 사장은 교도소에서도 영업 활동을 벌였고, 그렇게 맺은 인연들이 실제로 홍 사장의 주요 고객들이었다.

은밀하고도 불법적인 일을 해야 하는 사람들에게는 홍 사장의 일 처리가 제격이었다. 석훈은 그런 홍 사장을 혐오했지만, 결국 그도 홍 사장의 앞에 앉게 되었다.

"착수금으로 천, 그리고 찾으면 잔금 천. 어때 무지 합리적이지? 내가 그렇게 막 주먹구구식으로 움직이지 않는 거 잘 알잖아. 받은 만큼 돈값 하니까 지금까지 버티고 있는 거라고."

홍 사장은 불필요한 말들을 덧붙이며 석훈을 붙잡으려고 했다.

"알겠습니다. 그럼 기간은요?"

"기간이라. 음…, 보름은 줘."

석훈이 홍 사장에게 천만 원을 건네고 난 정확히 보름 후에 연락이 왔다. 마치 홍사장 본인이 애타게 그 날을 기다리던 사람처럼 너스레를 떨었다.

'뭐야. 벌써 정보는 나왔는데 뜸 들이고 있었던 거네….'

홍 사장은 노련한 사람이었다. 결코, 서둘거나 미리 일 처리를 하지 않았다. 시간을 끌수록 고객들이 자신에게 의존하게 된다는 걸 알고 있는 홍 사장이었다.

"상해에 있는 사람이네. 대포통장이 그쪽 출처야."

잔금 천만 원을 들고 찾은 석훈에게 홍 사장이 건넨 정보는 의외였다.

"이 사람 Y미디어차이나라고, 꽤 괜찮은 회사를 다니던 사람이었어. 보니까 게임 개발 같은 거를 했나 보더라고. 그쪽으로 능통하니까 이 선생도 해킹해서 협박했던 거고…."

"이름은요?"

"김상덕. 지금은 상해 홍첸루 쪽에 있는 거 같아. 뭐 중국말도 안 통하는 데 결국 있을 곳은 한인촌이었겠지. 그나저나 잔금은 가져왔지?"

석훈이 말없이 오만 원권 이백 장을 홍 사장에게 내밀었다. 그제야 입이 벌어진 홍 사장이었다. 그가 돈을 앞으로 챙기려 할 때 석훈이 돈다발에 손을 얹으며 입을 뗐다.

"주소는요?"

"에이…, 그건 정확히는 몰라. IP주소라는 게 그렇잖아. 대충 지역은 나와도 정확한 주소는 안 나온다고."

홍 사장은 마지막 한 장의 카드를 쥐고 내놓지 않았다. 석훈은 잔금을 치러야 할지 갈등했다. 절반의 정보일 뿐이었다. 그런 석훈의 마음을 홍 사장은 재빨리 간파했다.

"에이, 이 선생! 이 정도면 다 알아낸 거나 다름없잖아. 실명 나왔고! 대충, 사는 곳 나왔고! 그리고 실은 내가 거래하고 있는 조선족 업체가 있는데 거기 이미 의뢰해놨어."

"잔금 안에 포함되는 거죠?"

"사람하곤. 아, 물론이지! 상해 가면 그쪽 사람들이 정확히 어디 건물 몇 호에 사는지 찾아줄 거야. 걱정하지 말라고."

하지만 석훈은 홍 사장을 응시한 채, 돈다발에서 손을 내려놓지 않았다.

"이 선생 왜 이래? 알 만한 사람끼리?"

"잔금은 상해에서 김상덕이라는 인간이 어디 있는지 확인하면 드립니다."

석훈은 돈다발을 도로 집어넣었다. 홍 사장의 얼굴이 험악해졌다.

"뭐야? 프로젝트 중단하겠다는 거야?"

"전 중단하겠다는 말 한 적 없습니다. 확인하고 잔금 치르겠다는 것뿐이죠."

석훈의 말에 홍 사장의 옆에 있던 덩치가 석훈을 가로막았다.

"뭡니까? 이거…?"

석훈의 이마에 식은땀이 흘렀다. 잠시 침묵하던 홍 사장이 입을 열었다.

"오케이! 그렇게 하지. 뭐 서로 확실하게 하는 게 좋은 거니까. 그럼 잔금은 상하이에서 우리랑 일하는 우 실장한테 주는 거로 하지. 근데 내 돈은 안 떼먹는 게 좋을 거야. 내가 돈 받아내는 데는 전문이잖아?"

홍 사장은 은근히 석훈을 협박한 후에야 자리를 뜨게 해줬다.

은밀하고 불법적인 일은 그만큼의 리스크와 비용을 감내해야 한다. 그건 석훈이 깨달은 세상의 경제학이었다.

* * *

상하이 홍차오 공항.

출국장에 '이석훈 선생님을 환영합니다'라는 문구가 쓰인 종이를 들고 선 키 작은 중년의 사내가 보였다. 석훈은 선생님이라는 단어에 얼굴이 화끈거렸다. 얼른 그에게로 다가가자 그가 불쑥 석훈에게 손을 내밀었다.

"처음 뵙겠습니다. 우 실장입니다."

"이석훈입니다."

우 실장이 말없이 그를 주차장으로 이끌었다. 검은색 낡은 폭스바겐 차량이 우 실장의 차량이었다. 그가 트렁크를 열어 석훈의 짐을 실어주었다. 열려 있던 트렁크 바닥으로 마대자루와 톱, 장도리 같은 연장들이 석훈의 눈에 들었다.

'혹시 사람을 죽이는 살인 청부업자인가?'

석훈은 사람들 사이에 회자되는 조선족 살인 청부업자에 관한 얘기가 떠올랐다. 애써 그 생각을 지우려 했지만, 홍 사장이 살인을 청부하고도 남을 만한 인간이라는 건 사실이었다.

"갑시다!"

석훈의 불안함을 눈치챘는지 우 실장이 조수석의 문을 열고 석훈을 재촉했다. 차가 출발하고 시내 고가도로에 접어들었을 때, 우 실장이 입을 열었다.

"부탁하신 김상덕에 대해 알아봤는데 여기 근처에 사는 게 확실합니다."

"그 말씀은 정확히 어디 있는지는 아직 모른다는 말씀인가요?"

"말귀를 빨리 알아들으시네…."

그는 한참을 뜸을 들였다. 착수금으로 홍 사장에게 돈을 받은 게 있겠지만, 석훈에게 돈을 더 요구할 심산인 듯했었다.

"그이가 쓰는 아이피 주소가 계속 바뀝니다. 변동 아이피라고 들어봤지요?"

"네, 뭐…."

"근데 계속 바뀌어도 그 회선을 쓰는 곳은 정해져 있단 말입니다. 그러니 그 회선 안에서 이리저리 아이피를 받아서 쓰고 있는 거죠."

"건물 정도는 알아낼 수 있지 않습니까?"

"그래서 내가 알아봤는데…. 결국은 홍첸루 바닥을 못 벗어났더군요."

홍첸루는 상하이 한인타운이 자리한 곳이었다. 우 실장은 그 근방의 한 호텔에 멈췄다.

"일단 숙소부터 잡으시지요."

"알겠습니다. 그럼 로비에서 잠깐 기다려 주시죠."

"말도 안 통할 텐데 같이 가야죠!"

길상(吉尙)호텔. 석훈은 호텔 로비에서 명함을 집어 지갑에 넣어뒀다. 우 실장은 익숙한 듯 석훈의 짐을 끌고 객실까지 따라왔다. 방을 쓱 한 번 훑은 석훈을 보며 우실장이 입을 떼었다.

"대충, 여서 야그 좀 하고 갑세다."

"그러시죠."

"홍 사장한테 어떻게 얘기를 들으셨는지 모르겠지만…. 여서 움직이는 게 영 수월치만은 않습네다. 이리저리 들쑤시고 댕길려면 지 혼자서는 역부족이란 말이요."

"그럼, 또 다른 누군가를 쓰시겠다는 말인가요?"

"뭐…, 아는 동생들이 있는데 여선 그 친구들이 전문

가란 말입네다."

석훈은 우 실장의 속이 훤히 들여다보였다. 돈을 더 달라는 얘기였다.

"그래서 얼마나 더 필요합니까?"

"두 명이 더 붙으니까 하루에 중국 돈 1,000원씩입네다. 내가 먹는 건 없어요. 그 동생들 인건비로 그대로 다 나가는 거이니…."

하루 1,000위안이면 한국 돈 17만 원 정도였다. 그 정도의 금액을 요구하는 거로 봐 우 실장이란 인물이 살인 청부를 할 만큼의 위인은 아닌 듯했다. 오히려 석훈은 마음이 놓였다.

"그러시죠. 대신 7일 드립니다. 저도 그 이상 끄는 건 싫으니까요."

"아, 물론이죠. 그 친구들 나서면 금방입네다. 그럼 일단은 쉬시래요. 내일 다시 데리러 오갔습네다."

우 실장이 나가자 석훈은 아까 챙겼던 명함을 스마트폰으로 찍어 미래에게 보냈다.

여기야. 오게 되면 미리 연락해. 내가 내려갈 테니까.

석훈은 잠시 누워 이 생각 저 생각하며 잠시 피로를 씻은 뒤 거리로 나섰다. 우 실장에게만 기댈 수는 없는 노릇이었다. 하지만 홍 사장이 일을 잘못한 건 없었다. 어쨌거나 김상덕의 실명을 찾아냈고, 그가 Y미디어차이나에서 일했다는 것도 알아냈다.

석훈은 서울에서 미리 통화했던 번호로 전화를 걸었다.

"김 부장님이신가요?"

"도착하셨어요?"

"홍첸루 어디로 갈까요? 잘 가시는 한식당 같은 데서 뵈시죠."

김 부장은 Y미디어차이나의 프로젝트 매니저였다. 김상덕과 함께 일한 적이 있었고, 그를 기억하는 인물이었다. 잠시 후 김 부장이 한 식당의 주소를 보내왔다. 한글로 된 한식당의 명함이었다.

석훈은 택시를 잡아타고 김부장이 일러준 주소를 보이며, 늦지 않은 시간에 식당을 찾았다. 식당 한쪽 자리를 차지해 앉은 김 부장이 석훈에겐 여러 번 봤던 사람처럼 한눈에 들었다. 간단하게 의례적 인사를 나누고 마주 앉았다.

"상덕이가 좀 내성적이기는 했죠. 실력은 괜찮은 친구인데…, 사회 적응력이 좀 떨어진다고 할까요? 원래 게임회사라도 나름의 사내 정치가 있는 거 아닙니까? 근데 상덕이는 그쪽과는 완전 담을 쌓고 살았던 거죠."

"회사는 왜 그만둔 건가요?"

"새로운 부장 한 명이 들어왔는데…, 물론 지금은 제가 부장이지만, 자기가 데리고 있던 서버 개발자를 데리고 와

버렸죠. 그러니 상덕의 입지가 좀 그렇게 됐죠."

"스스로 그만둬 버린 거군요."

김 부장이 능숙하게 맥주에 소주를 섞어 석훈에게 내밀었다.

"뭐 그렇게 된 거죠. 근데 전 상덕이가 아직도 여기 있다는 사실이 더 놀라운대요?"

"워낙 실력이 좋다는 얘기를 들어서요. 저희 회사로 꼭 모시고 싶습니다."

석훈은 유명 게임회사의 이사를 사칭했다. 김상덕을 스카웃하고 싶다는 이유로 그를 찾아다닌다고 둘러댄 것이었다.

"애가 참 착했어요. 저도 언젠가는 이렇게 잘 풀릴 줄 알았습니다. 허허!"

그가 맥주잔을 내밀며 함께 마시자 했다. 석훈이 가볍게 잔을 부딪고 맥주를 들이켰다.

"근데, 혹시 상하이에 있다면 어디쯤 가면 찾을 수 있는지 짐작가는 데가 있나요?"

"흠, 가격이 싼 데 있겠죠. 그동안 일도 못 했을 테니…."

"그렇겠군요."

더 이상 그에게 얻어낼 정보는 없었다. 김상덕은 몇 년 전 Y미디어차이나를 끝으로 공식적인 커리어가 끊겨 있으며, 한국의 가족들도 그가 중국의 어디에서 사는지 알지 못한다고 했다.

"혹시 이쪽 사람들도 카페에서 자주 일하고 그러지 않나요?"

김 부장이 고개를 끄덕였다.

"한국 사람들이 많이 모이는 카페가 요 근처에 있습니다. 아, 그러고 보니 얼마 전에 그런 소문은 들었습니다. 정확한 건 아닌데 상덕이가 아주 예쁜 여자랑 다닌다고요."

"여자라면…, 한국 여자를 말하는 건가요?"

"그렇죠. 그런데, 스카웃하는 데 여자 관계까지 파악하시나 봐요. 허허!"

김 부장의 눈빛이 아까와는 조금 달라져 있었다. 석훈은 얼른 자리를 마무리해야 했다.

"원래 남자들이란 여자한테 다 관심이 있게 마련이니까요. 하하!"

"하긴 그건 그렇죠."

석훈은 한식당에서 나와 홍첸루를 지나는 한국 사람들을 살폈다. 얘기를 종합하자면, 김상덕은 이 근처 어디쯤에서 석훈과 미래를 들여다보고 있었다.

미래가 상하이에 도착한 건 우 실장에게 일을 맡긴 지 3일째 되는 날이었다.

"내가 볼 땐 이미 우 실장이 김상덕이 있는 곳을 아는 것 같은데?"

"뭐 어쩌겠어? 키를 저쪽에서 쥐고 있으니 하자는 대로 하는 수밖에."

"그럼 난 여기서 뭘 하면 돼?"

석훈은 테이블에 미리 구한 가스총과 전기충격기를 꺼냈다.

"우 실장만 믿고 있을 수는 없잖아. 내가 김상덕이 있는 데를 찾아가게 되면 메시지를 줄 테니 이걸 들고 그쪽으로 오면 돼."

"아니 이렇게 위험한 걸 나한테 떠넘기겠다는 거야?"

"그럼? 미래 네가 우 실장하고 움직일래? 예비 병력으로 남겨두는 거잖아. 어느 쪽이 더 위험하겠어?"

석훈은 어쩔 수 없다는 얼굴로 미래를 바라봤다. 미래는 석훈의 그런 결정에 토를 달 수 없었지만, 불안한 감정까지 숨길 수는 없었다.

"알았어."

* * *

"긴장하시오. 내가 먼저 들어가 일을 끝내고 연락드릴 테니 그때 올라오시오."

"출입 키는요?"

"여기 받으쇼."

우 실장이 흰색 카드키 하나를 내밀었다. 아파트 출입
문으로 들어갈 수 있는 키였다. 우 실장은 장담했던 대로
상덕의 아파트를 찾아냈다.

"말씀드렸듯이 내가 메시지를 보내면 그때 올라오는
거요."

석훈으로선 일단 우 실장을 믿는 수밖에 없었다. 아파
트 난간에서 담배만 몇 대를 피웠는지 모른다. 우 실장이
올라간 지 한 시간이 지나도록 아무 연락이 없었다.

석훈은 슬슬 불안해지기 시작했다.

'뭐가 잘못된 건가? 일단 문자부터 날려보자.'

어떻게 됐나요? 무슨 문제가 있습니까?
　└ 이제 곧 끝나갑니다. 시간을 조금만 더 주시죠.

'말이 안 된다. 사람 하나를 제압하는 데 시간이 이렇
게 걸릴 리가⋯.'

석훈은 마냥 기다릴 수 없었다. 카드키로 아파트 출입
문을 열고 안으로 들어갔다. 엘리베이터 벽면에 중국어 광
고지들이 덕지덕지 붙어 있었다.

사물만 겨우 확인할 수 있을 정도로 실내 조명이 어
두웠다. 석훈이 엘리베이터를 타는데 사내 한 명이 석훈
의 뒤를 따라 들어왔다. 석훈이 남자를 슬쩍 쳐다보았다.

짧은 스포츠머리에 낡은 티셔츠를 입고 있었다. 석훈은 남자가 의심스러웠다. 하지만 사내는 13층 버튼을 누르는 석훈을 짧게 응시하는 듯하더니 손을 뻗어 14층 버튼을 눌렀다.

'1305호라고 했지?'

13층 엘리베이터에서 내린 석훈은 복도로 향했다. 꺾여 있는 복도의 끝은 한눈에 들어오지 않았다. 1301호, 1302호, 1303호, 그리고 막다른 길이었다.

1305호는 반대편 복도로 들어가야 했다. 석훈이 엘리베이터 입구의 반대편으로 돌아갔다. 1304호, 1305호.

상덕이 있다는 1305호의 현관 문 바깥 면에 복(福)자와 행(幸)자가 붉은 글씨로 그려진 장식이 붙어 있었다. 석훈이 주위를 살피며 문고리를 조심스럽게 돌리자, 잠겨 있을 줄 알았던 손잡이가 저항 없이 돌아가는 것과 동시에 철문이 무게감을 못 이겨 슬며시 회전했다. 긴장감에 함부로 들어가지 못하고 집안 기색을 조심스레 살폈으나 어떠한 인기척도 느껴지지 않았다. 잠시 머뭇거리던 석훈이 신발을 신은 채 안으로 들어갔다.

그때였다. 픽! 하는 소리와 함께 무언가가 석훈의 안면을 강타했다.

"악! 어억!"

"빵쯔! 내가 올라오지 말고 기다리라고 했잖아!"

귀에 익은 목소리, 우실장이었다. 안면을 감싼 석훈의 두 손에 끈적임이 번졌다. 석훈의 무릎이 꺾이며 안면을 감싸 무너지는가 하는 순간, 뒤통수에 또 다른 묵직한 가격이 이어졌다. 아득했다.

석훈과 함께 엘리베이터에 함께 탔던 사내였다. 그는 석훈의 의심을 피해 14층에서 내려 계단을 타고 내려와 상황을 살폈던 것이었다.

가물거리는 의식 속에 두런거리는 소리가 석훈의 귀에 들려왔다. 겨우 정신을 차려 힘겹게 뜬 석훈의 눈에 세 개의 그림자가 어룽거렸다. 몸을 움직이려 했으나 옴짝달싹할 수 없었다. 석훈의 몸이 식탁 의자로 보이는 의자와 하나로 꽁꽁 묶여 있었다. 무슨 말인가 하려고 했지만 입을 뗄 수 없었다. 석훈의 입이 박스 테이프로 봉해져 있었다. 석훈이 정신을 차린 걸 확인한 우 실장이 입에 붙여둔 테이프를 떼어냈다. 입 주위가 얼얼했다. 석훈이 겨우 숨을 뱉어내는데 우 실장의 입이 열렸다.

"나도 협상 중이었소. 한쪽은 김상덕을 잡아달라 하고, 다른 한쪽은 당신을 잡아달라 하니 말이요."

돌아가는 상황을 어림 짐작한 석훈이 우 실장을 노려보며 따지듯 물었다.

"그래서 내린 결론이 뭐요?"

"양자 간에 대화로 풀어보기요. 내가 볼 땐 이석훈 당신도 김상덕을 해코지하러 여기까지 온 건 아니잖소."

우 실장 말이 맞았다. 석훈은 상덕을 후려쳐 장 이사의 비자금을 뜯어내러 온 것이지 누군가를 상하게 하거나 린치를 가하러 온 것은 아니었다.

'후…, 그런데 코뼈가 부러졌나, 아직도 얼얼하네.'

석훈이 잠시 상황을 짐작하며 주위를 살폈다. 초라한 몰골의 사내는 김상덕일 테다. 그런데 사내의 옆에 어딘지 낯익은 실루엣의 여인이 비쳤다. 전혀 예상치 못한 인물의 등장에 석훈은 눈을 가늘게 떴다. 그런 석훈의 행동을 예상하듯 낯익은 실루엣이 석훈을 향해 천천히 다가왔다. 마침내 여인의 본색을 확인한 석훈의 입에서 아!, 하는 짧은 탄식이 새어나왔다. 아영이었다. 석훈이 모든 상황을 파악한 듯, 그제야 긴장이 풀어졌다.

"아영이, 너였니? 날 김상덕한테 팔아먹은 게!"

아영이 아직까지 의자에 묶인 채 꼼짝달싹 못 하는 석훈을 향해 한 걸음 더 다가섰다. 그녀의 얼굴에 비웃음이 묻어났다.

"오빠, 내가 기회를 줬었잖아. 근데 그 기회를 내팽개치더라. 그리고 미래 그년을 선택했지."

석훈은 어떻게든 그 상황을 벗어나고 싶었다. 하지만 우 실장과 그 일행이 뻔히 지키고 있는 상황에서 할 수 있는 건 아무것도 없었다.

"야! 일단 이거 좀 풀어봐. 우리 이성적으로 얘기 좀
하자!"

"그냥 얘기해. 풀어주면 난동부릴 텐데?"

"나 못 믿냐?"

"난 원래 남자들 잘 안 믿어. 욕구 풀기 전과 후가 다
른 게 남자들이거든."

아영의 비꼬듯 뭉툭하게 뱉어낸 말이 석훈에겐 뾰족한
창이 되어 들어왔다. 오로지 욕망을 배출하기 위해 아영과
의 만남을 유지했었다. 그 동안 욕망에 눈이 멀어 아영을
쉽게 생각했었는데, 비로소 석훈에 대한 본심을 뱉어내는
아영의 말이 석훈의 마음을 후벼팠다.

"아영아, 나한테 왜 그런 거냐?"

"오빠가 돈 가지고 있다는 거 알았거든. 단지 그거야."

"그래서 계획대로 된 거야?"

"뭐, 돈은 끝까지 안 줄 거라 예상은 했어. 오빠같이
원래 흙수저였던 인간들은 죽어도 큰돈은 못 쓰는 법이
거든."

아영의 말이 비수처럼 석훈에게 꽂혔다. 그녀의 말은
모두 사실이었기 때문이었다. 석훈은 아영의 뒤에 있는
상덕에게 시선을 돌렸다. 석훈이 바이올렛을 처음 확인하
는 순간이었다.

"김상덕 나랑 같이 일 하나 해보자!"

"그게…, 무…무슨 일 말이에요?"

"너도 돈 벌어야지. 그래야 여기서 계속 지낼 수 있는 거잖아. 안 그래?"

우 실장이 그런 석훈을 쳐다보며 입꼬리를 올렸다. 그때 밖에서 초인종 소리가 들렸다. 우 실장이 예상치 못한 듯 조심스레 상덕에게 물었다.

"누가 또 오기로 했니?"

"아니요. 올 사람 없는데…."

아영이 불안한 눈빛을 보냈고, 우 실장은 조심스럽게 문 앞으로 다가갔다.

"거, 누구요?"

"실례합니다. 김상덕 씨 보러 왔는데요."

여자의 목소리였다. 우 실장이 아영과 눈빛을 주고받더니 문 뒤로 숨었다. 그리고 아영이 조심스레 문을 열었다.

"뭐야…, 너!"

미래였다. 문턱에서 갑작스럽게 대면한 미래의 얼굴에 아영이 오른손 엄지 손가락을 쏘았고, 미래는 동그래진 두 눈과 벌어진 입을 다물지 못했다. 그렇게 서로의 놀라움을 감추지 못하고 있을 때였다. 문 뒤에 몸을 숨겼던 우 실장이 미래를 잡아채려 갑자기 팔을 뻗었다. 미래의 오른 손에 들려 있던 전기충격기가 반사적으로 우 실장의 팔에 닿은 건 거의 동시였다.

지지지직! 지지지직!

"으헉!"

외마디 비명과 함께 우 실장이 통나무처럼 고꾸라졌다. 갑작스런 상황에 머릿속에 그려둔 대로 행동을 이었다. 미래가 아영에게 가스총을 겨누며 소리를 질렀다.

"당장 저거 풀지 못해!"

"아…알았으니까! 그 총 치워요!"

예상치 못한 총구의 위협 앞에 아영이 겁에 질린 목소리로 떨며 석훈을 묶은 줄을 풀었다. 석진의 뒤통수를 가격하고 복도 모퉁이에서 상황을 주시하던 사내가 조용히 거리를 좁혀 오고 있었다. 사내가 미래의 뒷덜미를 나꿔채려는 순간, 미래가 반사적으로 몸을 틀었다. 동시에 가스총이 발사되었다.

10
재회

결박에서 풀린 석훈이 가스총에 맞아 몸부림치는 사내를 제압하는 동안 몸을 떨며 일어선 우 실장이 그제서야 상황을 파악하고 입을 열었다.

"이게 뭐이니? 총 아니니? 너 미쳤니, 여긴 중국이야! 공안에 잡혀가고 싶어 환장했니?"

"우리야 좋죠. 공안에 가게 되면 그쪽도 쉽게 풀려나진 못할 텐데요?"

상황이 이상하게 돌아가는 걸 눈치챈 우 실장이 가스총을 맞고 정신을 못 차리는 사내의 팔을 부축해 일으켜 세웠다. 방을 빠져나가려는 듯한 움직임이었다. 그 모습을 본 아영이 소리쳤다.

"우릴 놔두고 어딜 가려는 거예요?"

"우린…, 복잡하게 얽히는 건 딱 질색이거든."

아영이 날카롭게 쏘았지만, 우 실장은 입꼬리를 씩 올리면서 대꾸했다.

"그렇다고 이대로 가면 어쩌자는 거예요!"

"흠흠…, 뭐 우리야 미리 정보를 주지 않았네. 나머지 대처는 본인들이 해야지…. 안 그러니?"

우 실장은 일행을 둘러매며 말했다. 이건 자신들의 일이 아니라는 듯 우 실장은 일행과 함께 복도를 저벅저벅 돌아나갔다.

"김상덕! 어쩌냐? 이 사람들이 그리 깊이가 있어 보이지는 않네?"

"……."

상덕과 아영은 아무 말도 하지 못했다. 우 실장이 나가자 결박에서 풀려나 몸을 비틀던 석훈이 아영에게 다가갔다.

"처음부터 계획적이었던 거야?"

"그럼, 우리가 무슨 사이라도 된 줄 알아요?"

"아영아…, 이거 혹시 필두 생각이었어?"

"아뇨, 저 혼자 한 거예요."

아영은 불리하게 변해버린 상황에서도 거칠 것 없이 석훈을 노려봤다. 그때였다. 미래가 아영에게 달려들었다.

짝! 석훈이 손쓸 새도 없이 미래가 아영의 따귀를 날렸다. 따귀를 맞은 아영이 얼이 나간 듯 손바닥으로 얼굴을 가렸고, 상덕이 그런 그녀를 등 뒤로 세워 막아섰다.

"너였냐? 김아린! 너, 나 엿 먹이려고 이런 짓을 벌여? 그리고 석훈 씨하고는 무슨 사이야, 엉?"

석훈은 난감했다. 지금 벌어진 상황을 이해할 수 없었다. 자신의 스폰녀였던 아영을 미래가 알고 있었다. 그리고 미래는 아영과 자신의 관계를 추궁하고 있다. 미래에게 숨겼던 자신의 부끄러운 본색이 드러나는 순간이기도 했다.

"석훈 오빠랑 그렇고 그런 사이죠. 다만, 돈으로 엮여 있다는 게 남들과 달랐을 뿐…. 근데 저 인간이 저를 벌레 취급하더라고요. 그래서 그랬어요!"

"뭐? 돈으로 엮였다고?"

미래가 어이없는 눈초리로 석훈의 눈을 쏘았고, 석훈은 고개를 떨궜다. 한남헌터88이 밝혀졌을 때와는 정반대의 상황이었다.

"하아…, 그럼 석훈 씨가 얘랑…. 아니 그건 그렇고! 얘가 내 직장 후배라는 건 알았어요?"

석훈이 그제야 상황을 짐작할 수 있었다. 아영이 미래와 자신의 관계를 알고 자신을 파멸시키려 한 것이었다. 셋은 복잡하게 얽혀 있었다.

"난, 몰랐어…."

미래가 아영을 막아선 상덕을 향해 물었다.

"그럼 당신은 뭐야? 당신이 정말 우리를 협박했던 바이올렛이야?"

상덕은 당황한 표정으로 고개를 주억거렸다.

"이런 시발…! 그럼 너흰 도대체 무슨 관계인데?"

"아는 오빠예요."

"넌 닥치고 가만있어. 네가 말해! 무슨 관계야? 말 안하면 둘 다 죽여버릴 테니까 당장 말해!"

미래가 소리치자 상덕이 머뭇거리며 입을 열었다.

"아린이는 제 대학 후배예요. 제가 다 한 거예요. 아린이는 죄가 없어요."

"이런 거지 같은 인간들! 그럼 당신은 장선호 이사랑은 아무 관련 없다는 거야?"

"무슨 이사요…? 난 몰라요."

그제야 석훈의 머릿속에 모든 상황이 그려졌다. 그리고 지금까지의 말을 종합하면, 계획에 있어서는 안 될, 최악의 우려했던 상황이라는 사실에 답답했다. 그런 답답함이 그대로 묻어난 소리로 힘없이 내뱉었다.

"뭐야? 그럼 장 이사 비자금이고 뭐고 모른다는 거잖아?"

이 모든 계획의 전제는 바이올렛의 뒤에 장 이사가 있

어야 했다. 그런 전제가 틀어진 지금 석훈은 모든 게 혼란 스러워졌다.

"어차피 이렇게 된 거 잘됐네! 당신이 우리를 해킹한 건 맞지?"

"도대체…, 그건 어떻게 한 거야?"

석훈의 물음에 아린의 눈을 일별한 상덕이 입을 열었다.

"백도어 프로그램이라고 들어봤어요?"

상덕이 할 수 있는 건 그저 백도어 프로그램이라는 모니터링 프로그램을 심고 거기서 나온 정보를 수집할 수 있을 뿐이었다.

"그거 당신이 만든 거야?"

"여기 해커한테 산 거죠."

"휴우…, 그럼 그걸 나한테 어떻게 심었어?"

석훈의 말에 상덕은 아무런 대꾸도 못 하고 우물쭈물했다. 그때 아린이 나섰다.

"제가 심었어요. 오빠 핸드폰에 그리고…, 최 팀장님 노트북에요."

"뭐야? 그렇게 쉽게 심을 수 있다는 거야?"

상덕이 책상 서랍에서 뭔가를 꺼내 석훈에게 건넸다. 평범한 USB 장치로 보이는 물건이었다. 하지만 한쪽은 USB 케이블에 연결할 수 있고, 또 다른 쪽은 휴대폰에 연결할 수 있는 장치였다.

"꽂고 1분 정도만 있으면 자동으로 백도어 프로그램이 설치되죠. 그리고 설치돼도 상대방은 알 수가 없어요. 굳이 초기화나 포맷을 하지 않는다면요⋯."

아린의 얘기를 잠자코 듣던 미래가 입을 열었다.

"내 짐작이 맞았네요. 대포폰으로 연락하는 건 당신이 모르는 건 같더라고요."

석훈이 모든 상황이 이해된다는 듯 고개를 주억거리더니 아린을 향해 물었다.

"이왕 이렇게 된 거, 우리랑 같이 몇 백억짜리 작업 한번 해보지 않을래?"

"네? 몇 백억짜리요?"

돈의 액수에 아린의 눈빛이 달라졌다. 여전히 빚은 그대로였고, 공사 치려는 남자들은 녹록하게 당해주지 않았다. 갚아야 할 돈과 벌었으면 하는 목표가 있었다. 그 모든 걸 한 방에 해결할 수 있는 액수라면 못 할 것도 없었다.

"아영이 너 빚이 있다고 하지 않았니? 그거 아직 못 갚았을 거 아니야?"

"그게 여기서 무슨 상관이죠?"

"나도 은행에 빚이 있어. 그걸 못 갚으면 빌라가 통째로 날아가지⋯. 우리 모두 상황이 비슷한 거 같은데 안 그래?"

석훈이 아린과 상덕, 그리고 미래를 둘러보며 말했다. 그들 사이의 공통점은 아무도 잃을 게 없다는 거였다. 서로를 응시하던 잠시의 침묵을 깨고 아린이 입을 열었다.

"한번 얘기나 들어보죠. 눈치를 보아하니 백도어 프로그램이 필요한 모양인데, 이 프로그램을 만질 수 있는 사람은 여기 상덕 오빠밖에 없죠."

석훈이 물끄러미 상덕을 바라보았다. 석훈의 입장에서는 상덕만 있으면 될 일이었다. 그런 석훈의 마음을 눈치챘는지 아린이 상덕의 앞을 가로막았다.

"아시다시피 우린 한편이에요!"

아린의 말에 상덕이 고개를 세차게 끄덕였다. 석훈과 미래는 한때 자신을 매몰차게 배신했던 아린을 데리고 갈 수밖에 없는 노릇이었다. 석훈이 뜸을 들인 후 말을 꺼냈다.

"BNT그룹의 장 이사한테 비자금이 있어요. 800억짜리 대형 물건이죠. 우린 그걸 슈킹할 거고…. 불법 자금이니 장 이사도 쉽게 되찾으려고 하지는 못할 겁니다. 그룹 승계가 코앞이니…."

"그런데, 그 800억이 어디 있다는 거예요?"

"우린 바이올렛이 그 비자금 관리책인 줄 알았어. 중국 본토 은행으로 비자금이 꾸준히 인출된 흔적이 있었거든."

"뭐야, 그럼 비자금이 있다는 것만 알고 아는 게 아무것도 없는 거네요…."

아린이 실망한 표정을 지었다. 그녀는 불확실한 일에

괜히 얽매이고 싶지는 않았다. 잘못했다간 지난번 석훈을 협박했을 때처럼 아무런 소득도 없이 끝나버릴지도 모르는 일이었다. 그때 미래가 나섰다.

"홍콩 BDC은행 489-11-77629. 이게 바로 장 이사 비자금 계좌야. 차명 계좌이긴 하지만 계좌를 직접 움직이는 건 장선호 이사고. 우린 백도어 프로그램인지 뭔지로 계좌 보안만 뚫어내면 된다고."

미래는 아린의 뒤에서 고개를 숙이고 있던 상덕을 보며 말을 이었다.

"김상덕 씨! 할 수 있겠어요?"

"뭐…, 뭘요?"

"장선호 이사 비자금 계좌 보안 뚫는 거요."

"하…한번 해봐야죠. 근데 보안을 뚫으려면 그 디바이스가 있어야 해요."

"디바이스요?"

"네…, 아마 온라인만으로 보안 장치를 해두진 않겠죠. 결국은 열쇠 같은 역할을 하는 디바이스가 온라인상의 보안 설정과 맞물리면…, 철컥! 이렇게 열리는 거죠."

누군가에게 직접 다가가는 건 상덕의 스타일이 아니었다. 그렇기에 최근까지도 상덕은 상대의 사생활을 수집해 그걸로 송금을 요구하는 방식으로 생계를 이어왔다. 큰돈은 아니었어도 소소하게 생활을 이어나가는 데 문제는 없었다.

애써 지은 빌라를 통째로 날리게 생긴 석훈이 비장한 표정으로 나섰다.

"그럼 이렇게 하자고요. 백도어 프로그램 운영은 상덕 씨가, 그리고 프로그램을 심는 건 아영이가…, 그리고 장선호 이사 내부 정보를 빼 오는 건 미래, 마지막으로 나는 직접 장 이사의 디바이스인지 뭔지를 가져오는 역할을 맡는 거로 하죠. 다들 어때요?"

석훈이 그 자리에서 각자의 역할을 부여했다. 다들 할 말 많은 표정들이었지만, 불만을 겉으로 드러내진 못했다. 각자의 영역에서 할 수 있는 일은 그것밖에 없었기 때문이다.

* * *

상덕이 일행을 홍첸루에서 한참 떨어진 현지 식당으로 데려갔다. 사진으로 된 메뉴판은 고사하고 종업원조차 한참을 불러야 겨우 들어오는 식당이었다.

"제가 알아서 시킬게요."

상덕은 의외로 중국어에 능통했다. 몇 번 와본 적이 있는 듯 능숙하게 생선 요리와 몇 가지 야채 고기 볶음, 그리고 계란볶음밥을 시켰다.

"어쨌든 이렇게 모였으니 우린 목적만 향해서 가면 되

는 겁니다. 알겠죠, 김상덕 씨?"

석훈이 상덕을 콕 짚어 얘기했다. 상덕의 옆에 앉은 아린이 상덕의 답변을 막아서며 말을 던졌다.

"근데 돈은 어떻게 나누죠?"

"800억 중에 400억만 빼냅니다."

"왜요? 이왕 어렵게 하는 거 800억 몽땅 해먹을 수 있잖아요? 무슨 차이죠?"

"계좌에서 돈이 절반이 나가면 무슨 생각이 들겠어요? 일단 빼간 돈을 찾기는 쉽지 않다고 생각하고 남은 돈을 지키려고 하겠죠? 어떻게든 계좌에 돈을 빼내 어디론가 이동시킬 겁니다."

미래가 석훈의 말을 이어 아린의 질문에 답했다.

"우린 그렇게 번 시간 동안 빼돌린 400억을 우리의 안전한 금고에 넣어두는 거죠."

"안전한 금고라면…?"

"싱가포르에 차명 계좌를 만들 겁니다. 아시아 어디에서든 인출할 수 있는 계좌죠."

"들킬 염려는요?"

석훈이 아린의 말에 살짝 고개를 끄덕여 수긍했다.

"맞는 말이에요. 근데 생각해봐요. 우린 잡혀봤자 사기범입니다. 근데 장 이사는 자신이 빼돌린 비자금 실체가 세상에 드러나는 거겠죠? 쉽게 공식적인 수사에 착수하긴 힘들 겁니다. 다만 장 이사가 우리에게 뭔 짓을 할지 모르니, 일 끝난 다음엔 최대한 꼭꼭 숨어 있어야 하겠지만요!"

석훈은 마치 자신이 이 팀의 리더라도 된 듯 호기롭게 맥주잔을 들었다.

"뭐, 썩 좋은 인연은 아니지만, 같은 목표를 갖게 된 걸 기념하자고요! 김상덕 씨! 아니 바이올렛…, 만나서 반가워요."

석훈이 입꼬리를 올리자 상덕은 죄라도 지은 양, 두 손으로 얼른 맥주잔을 들어 석훈에게 호응했다. 석훈이 볼 때 상덕은 꽤 이용하기 좋은 호구였다. 그런 호구를 여태껏 아린이 쥐고 있었던 것이었다.

석훈의 옆자리에 앉은 미래는 석훈에게 호응하지 않으며 혼자 맥주잔을 비웠다. 미래 때문에 분위기는 가라앉는 듯했다.

"뭐, 하긴 서로 등 처먹고 이용하고 괴롭히던 인간들끼리 모였으니…, 서로 좋을 건 없지."

아린이 말을 흐리며 홀짝홀짝 혼자 맥주잔을 비웠다. 주문한 요리가 나왔다. 뜨거운 요리가 입에 들어가자 상해의 더운 날씨가 더 후덥지근하게 느껴졌다.

"상덕 씨, 여기 에어컨도 없습니까?"

"아…, 없어요."

상덕은 석훈의 물음에 단답형으로 대답했다. 그런 상

덕의 모습에 석훈이 묘한 불안감을 느꼈다. 하지만 상관 없었다. 석훈은 아버지의 유언처럼 사람을 믿지 않고, 상황을 믿었다. 분명, 이 상황은 한번 움직여 볼 만한 상황이었다.

"여하튼 상덕 씨, 잘해봅시다!"

"네. 그러죠."

석훈의 건배 제의에 다시 상덕만 두 손을 들어 올려 호응했다. 나머지 둘의 분위기는 싸늘했다.

11

설계(1)

"뭐해? 앉아."

임 상무가 덤덤한 표정으로 미래를 재회했다. 자기 아들을 곤란에 빠뜨린 사람이 미래인 걸 알았지만, 별다른 내색은 하지 않았다.

"상무님…, 죄송해요."

"뭐가?"

"도진이 건이요…."

"자업자득인 거야. 도진이가 그런 일을 벌이지만 않았어도 동영상은 없었겠지."

임 상무는 흔한 카라 셔츠에 면바지를 입고 있었다. 이제 그저 그런 중년일 뿐이었다.

"어떻게 지내세요?"

"어떻게 지내긴. 그냥 이렇게 지내는 거지…. 오랜만에 쉬니까 좋지 뭐. 도진이 유학 보내고 집에 혼자 지내니 심심하기도 하고."

"사모님은요?"

"뭐, 그렇게 됐어."

임 상무의 불륜설은 BNT그룹을 넘어 임 상무의 부인에게까지 전해졌다. 미래는 임 상무에게 어떻게든 미안함을 전하고 싶었다. 그런 미래의 마음을 아는지 모르는지 임 상무가 낮게 읊조렸다.

"뭐든 원인이 있으면 결과가 있게 마련이지. 난 그 대가를 치르고 있는 거고…."

미래는 은근히 임 상무의 입에서 미안해하지 않아도 된다는 얘기가 나오길 바랐었다. 하지만 임 상무의 입에서 나온 말은 그 반대였다. 미래 자신도 언젠가는 대가를 겪게 될 거라는 말이나 다름없었기 때문이었다.

'얼음장 같은 건 여전하네….'

"염치없지만 실은 부탁이 있어서 뵙자고 한 거예요."

"부탁? 무슨 부탁…? 이제 내가 들어줄 수 있는 일도 없을 텐데…."

"장 이사한테 반격을 준비하고 있다는 얘기를 들었어요."

"후후…, 반격이라…."

임 상무가 팔짱을 끼며 헛웃음을 터트렸다.

"뭐, 어찌 보면 그럴 수도 있겠네. 그래 반격이라고 해두지. 그래서?"

"저희가 장 이사를 치려고 해요. 혹시, 같이하지 않으실래요?"

"후후! 내가 왜 그래야 해? 장 이사 돈이라도 뜯어먹으려고 그러는 거야?"

"왜요? 안 될 것도 없잖아요!"

미래의 당돌한 대답 끝에 잠시의 침묵이 흘렀다. 미래는 이러려고 임 상무를 만난 건 아니었다. 애초의 의도와는 다르게 상황이 흘러가고 있다고 생각했다.

"죄송해요…."

"그래, 계획이나 들어보자."

임 상무의 제안에 미래가 빤히 쳐다봤다. 임 상무에게 어디까지 오픈해야 할지 알 수 없었기 때문이었다.

"왜? 뭐, 보안이라서 얘기해줄 수 없다는 건가?"

"아니요. 장 이사 비자금이 있다고 했잖아요. 그걸 털어먹으려고요."

"그거 불법 자금이야. 계획대로 된다고 해도…, 그럼 미래도 위험해져."

"괜찮아요. 감수해야 할 일이죠."

임 상무가 카페 내부를 쓱 둘러봤다. 아파트촌 상가에 위치한 카페이므로 아는 사람이라도 있는지 살피는 듯했다.

"얼마나…?"

"400억이요."

"뭐! 400억!"

자신도 모르게 새어나온 임 상무의 놀란 소리에 주변 사람들의 시선이 잠시 쏠렸다. 임 상무가 그들을 향해 미안하다는 미소를 흘리더니 다시 굳은 표정으로 돌아왔다.

"목표를 크게 잡은 건 인정하마! 근데 이건 정말…. 만약에 성공하더라도 맘 졸이며 살게 될 거야. 감당할 수 있겠냐?"

"그럼요. 그러니까 상무님은 저에게 그냥 정보만 주시면 되는 거예요."

임 상무가 한참을 망설이다 다시 입을 열었다.

"최근에 장 이사가 윤 회장이랑 관계를 끊으려고 하는 모양이더라…."

"그럼 더 이상 비자금을 안 만든다는 건가요?"

"솔직히 장 이사 입장에서야 800억 정도는…, 그리 엄청난 돈도 아니지. 결국은 합법적인 승계를 위해 우회적으로 주식을 매입해야 하는데…, 그 방편으로 계열사를 하나 차릴 모양이더라."

미래의 눈빛이 반짝였다. 대충의 그림이 예상됐다.

"그 계열사가 윤식품을 대신할 식자재 업체가 되겠군요."

"그렇지!"

"그걸 윤 회장도 알고 있나요?"

"아직 모르는 거 같더라. 아마 알게 되면 둘 사이가 틀어지겠지. 그 전에 장 이사가 먼저 비자금을 옮기려고 할 거다. 장 이사가 그쪽으로는 여간 치밀한 인간이라서 말이지."

치밀하다는 임 상무의 말에 미래의 머릿속에 또 한 사람이 떠올랐다. 석훈이었다. 장 이사와 석훈, 둘은 다른 듯, 같은 구석이 있었다. 도플갱어를 만나면 한쪽은 죽어야 하듯, 석훈과 장 이사 둘 중에 한 명은 파멸돼야 했다.

미래가 커피를 한 모금 홀짝이고 입을 열었다.

"제가 윤 회장을 좀 만나봐도 될까요?"

임 상무가 말없이 고개를 끄덕였다.

* * *

윤식품은 평택에 있는 한 식품 유통회사였다. 커다란 냉동 물류창고엔 BNT그룹에 들어가는 거의 모든 식자재들이 보관되어 있었다.

"하…, 그 쥐방울만 한 놈이 나를 물려고 들어?"

말은 그렇게 했지만, 윤 회장은 속이 타들어 갔다. 미래가 알아본 바로는 윤식품 매출의 80%는 BNT그룹에서 나온다. 장 이사가 맘먹고 식자재 사업에 뛰어든다면, 회사는 그대로 고꾸라질 게 뻔했다. 게다가 물류창고에 미리 쌓아둔 재고도 엄청났다.

"근데 최 팀장은 왜 그걸 나한테 알려주는 건데? 혹시 이직이라도…?"

"왜요? 못 할 것도 없죠."

미래의 대답에 윤 회장의 입꼬리가 슬며시 올라갔다. 적의 불행은 나의 행복인 법.

"여기까지 왔는데 밥도 안 사주실 건가요?"

"당연히 사드려야지. 갑시다! 이 근처 괜찮은 삼계탕 집이 있으니!"

좌석식으로 구성되어 있는 별도의 방이 마련된 식당은 은밀한 얘기가 오가기 딱 적당한 곳이었다. 그렇게 적당히 사적인 공간에서 윤 회장은 미래가 어떻게 자신의 비자금을 알게 됐는지부터 물었다.

"저도 장 이사 뒤를 캐고 있었거든요."

"왜? 임 상무가 그렇게 하래?"

"아뇨. 전 그냥…. 장 이사 라인으로는 힘들 거 같아서요."

"빨리 라인 정리를 하겠다…. 뭐 그런 건가?"

윤 회장이 한쪽 눈썹을 올리며 의심스러운 눈초리로 미래를 바라봤다.

"이쁜 짓만 해서는 장 이사가 절 그냥 끌어줄 것 같지 않더라고요."

"하하, 이것 보게! 아주 주인을 콱! 물겠다 그건가?"

"안 될 것도 없죠. 팽당하지 않으려면 물어버리는 수밖에요…."

그때 삼계탕을 포함한 한 상이 차려졌고, 그 사이 대화가 잠시 멈췄다. 미래는 윤 회장을 유심히 살폈다. 직원들이 나가자 윤 회장이 직설적으로 말했다.

"난 장 이사랑 원만한 파트너로 지내고 싶어. 지금 최 팀장이랑 입장이 똑같은 거야. 어쩌면 나랑 같이 힘을 합할 수도 있겠구먼…."

"어떻게요?"

"그야 나는 모르지. 그건 최 팀장이 생각해야 할 문제 아니겠어?"

"장 이사가 홍콩 계좌로 비자금을 모으고 있다는 건 아시죠?"

미래의 말에 윤 회장이 짐짓 놀란 듯, 목소리를 낮춰 속삭였다.

"그 계좌는 솔직히 누구 계좌인지 나도 몰라. 그냥 그쪽으로 넣으라고 해서 넣는 것뿐이니까."

"계좌에 예금주 이름이 있을 거 아니에요?"

"곽철호라고 하던데…. 그게 어차피 차명 계좌니 이름

을 알아봐야 소용없는 거 아니야?"

"알겠어요. 제가 한 번 곽철호를 알아보죠. 그리고 알아낸 정보를 회장님께 공유해 드리죠. 이 정도면 서로 협력 관계라고 할 만하지 않나요?"

"이거 재밌겠네, 재밌겠어! 얼른 먹자고! 나는 우리 최팀장이 이렇게 시원시원해서 좋다니까."

사실 윤 회장의 진짜 속마음은 오로지 BNT그룹에서 윤식품의 지위를 지키는 것이었다. 미래가 그걸 모를 리 없었다. 그리고 미래는 그런 윤 회장의 마음을 이용하고 있는 것이다.

"참…, 이거 우리끼리만 극비로 진행해야 하는 거 알지?"

구차한 확인사살. 하지만 윤 회장이 걱정하는 바는 미래가 비자금 건을 다른 누군가에게 공개하는 것이었다. 그 부분만큼은 서로 지켜줘야 하는 것이었다.

"우려하시는 그런 짓은 안 해요. 걱정 마세요."

윤 회장이 묘한 웃음을 지었다. 어차피 비자금 내용을 알고 있는 미래였다. 다만 그녀의 계획 중에 윤 회장 개인과 윤식품에 피해만 없길 바라는 마음이었다.

* * *

"뭐? 벌써 일을 진행하자고?"

"일사천리로 진행하는 게 상책이야. 장 이사가 언제 비자금을 다른 데로 옮길지도 모르는 일이잖아."

"그야 그렇지만…. 좀 더 조사가 필요해. 아린이 아직 장 이사한테 백도어 프로그램을 심지 못했잖아."

"그렇지만 생각해봐. 어차피 장 이사 노트북만 있으면 비자금은 충분히 슈킹할 수 있어. 근데 굳이 시간 낭비할 필요가 뭐 있어. 괜히 그러다 변수만 더 생긴다고."

"석훈 씨가 생각하는 변수가 뭔데? 나도 아린이도 김상덕도 못 믿어서야?"

미래는 석훈의 속을 들여다보고 있었다. 석훈은 분명 평소보다 서두르고 있었다. 미래가 볼 때 치밀한 장 이사가 서두르는 석훈에게 당할 것 같지 않았다.

"그리고 장 이사가 정체도 모르는 투자자를 만나러 상해까지 올까? 난 잘 모르겠네."

장 이사를 상해로 불러들여야 하는 이유는 간단했다. 장 이사의 비자금 계좌가 있는 BDC은행은 중국 본토 외에서는 이체가 불가능했기 때문이었다. 그럼에도 미래는 굳이 상해에서 일을 처리할 필요가 있는지 의문스러웠다.

"알겠어. 그럼 좀 더 있어 보자고. 네 말대로 천천히 그리고 조심스럽게 말이야."

석훈이 한 걸음 물러섰다. 미래가 그런 석훈을 외면하며 입을 열었다.

"새로운 정보가 있어."

"뭔데?"

"장 이사의 비자금 관리책을 알아냈어."

"누군데?"

"곽철호. 아직 이름만 알아. 중국에 있다고 했어. 어차피 상해에서 장 이사를 처리할 거면 현장 답사도 할 겸 미리 그쪽에 가서 곽철호에 대해 알아보는 게 어때?"

"음…, 그것도 나쁘지 않은 생각이네. 어차피 김상덕 씨도 그쪽에 있으니까."

미래는 석훈을 상덕에게 붙여놓음으로써 석훈이 미심쩍어하는, 다른 팀원에 대한 불안감을 어느 정도는 해소할 수 있을 거로 생각했다. 그리고 한편으로는 계획이 석훈 위주로 돌아가는 게 불만스러웠다.

'괜히 일 망치게 놔둘 수는 없지….'

이런저런 생각에 휩쓸리던 미래가 내친김에 한 발 더 나아갔다.

"그래서 언제 갈 거야?"

"여기 정리 좀 하고 나면…."

"석훈 씨가 정리할 게 뭐가 있다고 그래?"

"빌라 문제…. 은행에서 경매에 넘기려고 하는데 그거는 막아 놔야지."

"은행이 피도 눈물도 없는 거는 잘 알잖아? 그게 막는다고 막아지는 일이야?"

"뭐…, 은행 일도 결국엔 사람이 하는 거잖아."

사실 지난 사건의 와중에 석훈에게는 미래 몰래 챙겨 둔 천만 원이 있었다. 홍신소 홍 사장에게 잔금까지 췄다 고 했지만, 실제 석훈은 홍 사장에게 잔금을 주지 않았다. 자신들을 배신하고 상덕과 아린에게 양다리를 걸친 홍 사 장에게 잔금을 치를 이유는 전혀 없었다.

이 선생. 이러면 안 되는 거 알지? 그게 내가 지시한 게 아니고…. 우 실장이 단독으로 그런 거야. 내가 그놈들이 그런 줄 어떻게 알았겠어? 근데 나도 먼저 그쪽에 돈을 입금한 상태라 내 입장이 난감하다고….

홍 사장은 쉬지 않고 잔금을 받아내려 석훈에게 메시 지를 날렸지만, 석훈은 아무런 대꾸도 하지 않았다. 석훈 에게 홍 사장의 억지가 통할 리가 없었다. 석훈은 오히려 미래에게서 챙긴 천만 원을 가지고 빌라를 담보 잡은 은 행 지점장을 만났다.

적당한 사적 공간이 확보되는 한정식 식당에서였다.

"오랜만입니다."

"잘 지내셨죠? 이번 일은 좀 안타깝게 생각합니다."

"아닙니다. 제가 죄송하죠. 은행에 큰 폐를 끼쳤으니 까요."

채무자가 채권자를 직접 찾아가기란 쉬운 일이 아니

다. 그리고 그런 채무자에게 채권자는 어느 정도 안도의 마음을 가지게 마련이다. 석훈은 그런 지점을 파고들었다.

"단도직입적으로 말씀드리자면, 제게 이번 대출 건을 해결할 시간이 필요합니다."

"그게…, 저희도 대출 연장은 심사 기준이라는 게 있어서…."

지점장의 말이 채 끝나기도 전에 석훈이 천만 원이 든 봉투를 내밀었다.

"이거 얼마 되지는 않는 돈입니다. 직원들과 회식 한 번 하십시오."

"안 됩니다. 이러시면 곤란합니다!"

지점장은 손사래를 쳤지만, 석훈은 최대한 정중하게 다시 요청했다.

"아시다시피 사업이라는 게 하다 보면 현금 회전이 잘 안 될 때가 있죠. 제가 중국 쪽에서 받을 잔금이 꽤 있습니다. 몇 개월만 더 연장해주시면…, 깔끔하게 처리될 겁니다. 그리고 이건 받아두시죠. 민망하지만 정말 밥값 정도입니다."

"허엄…, 알겠습니다. 그럼, 대출 연장은 제가 처리될 수 있게 힘을 써보겠습니다. 단, 지금 확답은 못 드리는 점 이해하시죠?"

"물론입니다. 사람 일에 확실한 게 얼마나 되겠습니까?"

석훈이 하고자 하는 말을 마쳤을 때, 음식이 들어왔다. 지점장은 석훈과 은밀한 눈빛을 주고받으며 겸연쩍은 미소를 지었다.

12
설계(2)

아린은 자신을 스폰서의 세계로 끌어들였던 필두를 찾아갔다.

"야, 내가 널 어떻게 믿어?"

"그냥 한 번 도와달라는 거예요. 원하셨던 대로 석훈 오빠가 망가졌잖아요."

"내가 원하는 건! 그 자식이 망가지고 말고의 문제가 아니야. 오직 내가 못 받은 돈을 달라는 거였지…, 쯧!"

"그 돈 받았으면 같이 감방에 들어갔어야 했을걸요?"

"그런가…?"

필두가 차갑게 웃었다.

"이번엔 그래서 뭐 어떻게 하겠다는 거야?"

"장 이사랑 연결될 수 있게 해주세요."

"뭐, 장 이사? 이게 미쳤나? 괜히 그러다가 나 죽을 일 있냐, 무슨 꿍꿍이야?"

"이왕 공사 칠 거면 사이즈를 좀 크게 가려고요."

필두가 의자에 몸을 묻은 채 고개를 절레절레 흔들었다.

"아서라…. 모름지기 자기 그릇에 맞게 살아야지. 안 그러면 감당 못 해 판에서 튕겨 나가는 수가 있어. 무슨 생각하는지 모르겠는데…. 장 이사 건드리지 마라. 석훈이랑은 차원이 달라."

아린이 예상했던 반응이었다. 필두는 돈이 눈에 보이지 않으면 움직이지 않는 인물이었다.

"선금으로 천, 연결되고 나면 천! 어때요?"

합이 2천만 원이었다. 표정을 고쳐잡은 필두가 아린을 쓱 쳐다보더니 이내 다시 고개를 떨궜다.

"내가 연결시켜주고…, 그 다음에 잘 안 되면 어쩔 거야?"

"그거야, 제가 알아서 할 일이죠."

"솔직히 말해봐. 너 장 이사한테서 얼마나 공사 칠 수 있을 거 같아?"

"적어도 집 한 채 값은 받아야겠죠?"

"있는 인간들이 들춰보면 얼마나 치사하고 더러운지

알아? 아마 널 계속 의심하고 시험할 거다."

"각오하고 있어요. 공사 치는 데 너무 쉬우면 그것도
재미없죠."

아린이 꼬았던 다리를 반대편으로 다시 꼬면서 필두
의 눈치를 살폈다.

"그래! 뭐, 돈 준다는 데 해야지. 근데 오늘 네가 날 찾
아온 건 없었던 일인 거다. 무슨 얘긴지 알지?"

"두말하면 잔소리!"

* * *

장 이사는 의심이 많은 인물이었다. 그렇기에 업계에
서도 입이 무겁기로 소문난 필두를 통해서만 스폰서를 공
급받았던 것이었다. 장 이사는 필두로부터 아린에 관한 정
보를 제출하게 했으며, 비서를 통해 사전 면접을 거쳤다.
아린은 BNT그룹의 르팡 강남점에 재직하던 기간은 해외
에 체류했던 것으로 서류를 꾸몄다. 그나마 필두가 아니
었다면 성사되기 힘든 스폰이었다.

"그래서 그 기간에 벤쿠버에만 있었다는 건가요?"

"거의요. 아! 딱 한 번 아는 언니가 있어 시애틀에서 샌
프란시스코까지 여행한 적은 있었어요."

비서는 말없이 고개를 끄덕였다. 어디선가 한 번은 들
어봤음 직한 직장을 그만둔 20대 여성의 얘기였기 때문이

었다. 장 이사의 비서라고 소개한 사람과 마주한 아린이 가능한 당당한 자세로 물었다.

"그나저나 조건은 어떻게 되죠?"

"일주일에 한 번 만나는 걸 기본으로 합니다. 그 외 원하실 때는 언제든 응하셔야 하고, 정해진 오피스텔로 오시면 됩니다."

"그래서…, 얼마라는 건가요?"

아린이 쪽 눈을 가늘게 뜨며 비서를 바라봤다. 하지만 상대의 눈동자에 흔들림이 없었다.

"1회에 100만 원입니다. 말씀드렸다시피 기본급이 4백이네요. 그 외 이사님의 마음에 드시면 그 몇 배의 금액도 가능하겠죠."

비서의 입꼬리가 묘하게 말려 올라갔다. 정중하면서도 한편으로는 상대를 경멸하는 눈초리. 아린은 그 시선을 외면하면서 말을 이었다.

"그 정해진 오피스텔이라는 데서 제가 계속 지내도 되는 건가요?"

"물론이죠."

"좋아요. 그렇게 알고 있을게요. 연락주세요."

아린은 북적거리는 카페를 빠져나와 택시를 잡아탔다.

"중곡동이요."

아린의 거처는 빌라가 빼곡이 밀집해 있는 중곡동이었

다. 아린의 집은 그 빌라 밀집 지역에서도 외떨어진 엘리베이터도 없는 5층 빌라의 맨 꼭대기 층이었다. 아린이 힘겹게 문을 열자 무겁고 차가운 공기가 감쌌다. 고개를 든 그녀의 시선이 향한 곳은 결로 현상으로 천정에 슬어 있는 곰팡이였다.

"젠장…, 열심히 살았는데 왜 이 모양이지?"

아린이 전화를 걸었다. 설계를 주도한 석훈이었다. 그리고 그 설계에 따라 자신에게 장 이사와의 관계를 강요한 당사자였다.

"저에요. 아린."

"그래? 잘 만났어?"

"네…, 이거 정말 백억씩 나눠 가질 수 있는 거 맞죠?"

"잘되면 가능하지."

"가능한 게 아니라 확실해야 해요!"

"아린아, 난 더 절박해. 내가 가진 전부가 뭔지 알지? 그 빌라가 은행에 넘어가게 생겼어. 우리 잘하자."

아린이 전화를 끊고 테이블에 쌓인 독촉장을 신경질적으로 내던졌다. 카드사로부터 온 독촉장들이었다. 수천만 원에 달하는 빚은 이제 갚을 길이 막막했다. 차라리 장 이사의 스폰을 계속 받는 게 더 현실적인 방안이 아닐까 유혹에 휩싸이기도 했다.

'그래, 석훈 오빠는 돈 나올 구멍이 없고, 장 이사를 털

어먹을 계획은 너무 허술해….'

아린은 아직 마음의 갈피를 잡지 못하고 있었다. 그때 상덕으로부터 메시지가 도착했다.

아린아, 어디니?
└ 어디긴 집이지.
밥은 먹었어? 같이 먹을까?
└ 아니야, 오늘은 좀 바빠. 주말에 보자.

메시지를 확인하던 아린은 마음이 따뜻해지는 걸 느꼈다. 상덕이라는 남자, 절대 자신의 기준에 충족되지는 않는다고 생각하지만, 자신을 진심으로 생각해주는 유일한 남자였다.

* * *

아린이 장 이사를 처음 만난 건 그의 차 안에서였다. 그의 리무진은 운전석과 뒷좌석이 분리되어 있었다. 당연히 기사는 뒷좌석에서 일어나는 일에 대해 알 수 없었다. 장 이사는 남들의 눈이 미치지 않는 곳에선 과감했다.

"이름이 뭐라고?"

"아영이요. 저도 외식업에 관심이 많아요. 나중에 돈 모아 레스토랑 차리려고요. 이래 봬도 저 요리를 아주 잘 하거든요."

"그래…, 레스토랑 좋지."

장 이사는 아린이 하는 말에는 전혀 관심을 가지지 않은 채, 그녀의 원피스 밑으로 손을 넣었다. 팬티에 손을 우겨넣고 아린의 음부에 손가락을 들이밀었다. 돈을 지불했으므로 맘대로 할 수 있다는 듯 손가락의 움직임에 거침이 없었다.

"저기 오빠, 우리 편한 데 가서 하면 안 돼? 오피스텔 가서 하자? 응?"

장 이사가 팬티에서 손을 빼며 아린의 눈을 빤히 응시했다. 음흉하고 냉정한 얼굴이었다.

"야! 넌 내가 하고 싶을 때 하는 년이야. 뭔 말이 이렇게 많아? 스폰 안 하고 싶어? 안 할 거면 당장 내리든가!"

그 순간, 아린은 설계고 뭐고 따귀를 올려붙이고 당장 차에서 내리고 싶었지만, 그럴 수 없었다. 머릿속에 밀린 독촉장들이 날아 다녔다. 그렇게 눈을 질끈 감고 팬티를 내렸다.

"오빠, 하고 싶은 대로 해…."

한껏 비굴한 웃음을 만들어 흘렸다. 그제야 만족스런 표정을 지으며 장 이사가 달려들었다.

"그래, 내가 이 맛에 스폰한다! 흐흐!"

장 이사는 그 후 일주일에도 몇 번씩 아린에게 들렀다. 아린이 미처 석훈에게 일거수일투족을 보고할 수 없을 정도로 벅찼다. 그렇게 보름이 지났을 때, 아린은 석훈이 건넨 USB를 장 이사의 스마트폰에 설치하기로 마음먹었다.

장 이사는 늘 한 번의 섹스 후, 잠깐의 잠에 빠져들었다가 깨어 또 한 번의 섹스로 마무리하곤 했다. 문제는 그 잠깐의 수면 시간에도 장 이사는 무척 예민했고, 스마트폰은 그의 머리맡을 벗어나지 않았다.

아린이 결론 내린 기회는 단 한 순간. 두 번의 정사 후 장 이사가 오피스텔을 떠나가기 전 샤워하는 순간뿐이었다. 그 10분간의 시간, 스마트폰이 더러워지는 걸 싫어한 장 이사는 욕실에 들어갈 때만큼은 자신의 윗옷 주머니에 스마트폰을 끼워두었다.

"오빠 이제 나가야지. 나보고 깨워달라며. 7시야."

"어, 벌써 그렇게 됐나. 젠장 꼰대는 왜 하루가 멀다하고 집안 행사를 하는 건지, 참나!"

장 이사는 아버지이자 BNT그룹 회장인 장일호 회장에게 불만을 토로했다. 아직 완벽한 후계자로 인정받지 못하는 그였다. 장 이사는 그 무엇도 자기 손으로 이뤄낸 게 없었다. 장 이사만큼이나 냉정한 장 회장은 자기 아들에게조차 엄격한 성과 위주의 인사 잣대를 들이댔다.

아린은 그런 장 회장의 교육 방식이 장 이사의 인성을 삐뚤어지게 만들었을 거라 짐작했다. 장 이사는 귀찮다는 듯 일어나 욕실로 향했다. 그러다 고개를 돌려 자신의 스마트폰을 응시했다. 스마트폰은 TV 앞에 놓여 있었다. 아린은 일부러 그런 장 이사의 눈빛을 외면하며 자신의 스마트폰에 효과음이 들리는 게임을 열고 집중하는 척했다.

'최대한 생각 없어 보일 것! 그리고 정말 아무런 생각도 하지 않을 것!"

석훈에 이어 장 이사와의 스폰에 임하는 아린의 원칙이었다. 장 이사는 그런 아린을 슬쩍 쳐다보고 욕실로 들어갔다. 물소리가 들리자마자 아린은 자신의 핸드백에 숨겨뒀던 USB 장치를 꺼내 장 이사의 스마트폰에 꽂았다. 설치가 시작된다는 화면이 켜졌고, 1분간의 로딩이 시작되고 있었다.

그때, 갑자기 욕실의 문이 열리고 장 이사가 아린을 쳐다봤다.

"뭐해, 거기서?"

"오빠 씻고 나오면 한 번 더 하려고."

아린이 가운을 들춰 자신의 알몸을 드러냈다. 그 모습을 보는 장 이사의 눈빛이 음흉했다.

"기다려. 얼른 나갈 테니."

"대충 씻고 나와. 하고 나면 또 씻을 거잖아."

장 이사가 욕실로 서둘러 들어가자, 아린은 식은땀을 닦으며 얼른 장 이사의 스마트폰을 살폈다.

설치 완료, 장치를 분리하십시오.

아린은 얼른 USB 장치를 스마트폰에서 분리해 핸드백에 쑤셔넣었다.

'휴…, 이러다 제 명에 못 살겠네….'

장 이사는 욕실에서 나오자마자 아린에게 달려들었고, 아린은 불안한 마음을 숨긴 채 장 이사를 향해 야릇한 미소를 지었다. 그렇게 또 한 번의 섹스 후에야 장 이사가 자리를 비웠다. 오피스텔에 혼자 남은 아린은 석훈에게 전화를 걸었다.

"저 아린이요. 프로그램 심었어요. 상덕 오빠한테 켜보라고 해요."

이미 상해로 넘어가 있던 둘이었다. 잠시 후, 석훈에게서 다시 전화가 걸려왔다.

"돼요?"

"어, 성공이야. 수고했어."

"그럼 나 장 이사 스폰 때려치워도 되는 거예요?"

"미안한데 조금만 더 수고해줄 수 없을까? 장 이사가 상해에 오더라도 아린이 네가 필요할 것 같아서 말이야…."

"뭐예요! 난 프로그램만 심으면 되는 역할이잖아요!"

"미안하다. 내가 부탁할게. 조금만 더 장 이사 옆에 붙어 있어 줘."

전화를 끊은 아린이 침대에 몸을 던졌다. 머릿속이 복잡했다. 석훈의 설계에서 살아나갈 구멍을 찾아야 한다. 장 이사 성격에 자기가 백도어 프로그램을 심은 사실을 알면 가만 있지 않을 것이다. 쥐도 새도 모르게 죽을지도 모를 위험한 일이라는 생각에 미치자 머리칼이 섰다.

'위험한 일은 다 나한테 맡겨놓고, 자기는 저 멀리 상해에서 숨어 있겠다는 말이지….'

아린은 그런 석훈을 더 이상 신뢰할 수 없었다. 그렇다고 지금 장 이사에게 모든 걸 털어놓을 수도 없는 노릇이었다. 진퇴양난! 아린은 머리가 아팠다.

'내가 그랬다는 증거는 없는 거잖아. 그리고 최 팀장이랑 사이가 안 좋으니, 위험한 상황에 몰리기라도 하면 최 팀장한테 뒤집어씌우고 난 빠져나와야겠다.'

아린은 생각이 미래에게 미치자 그녀에게 당했던 과거의 일들이 떠올랐다. 미래 역시 그녀가 기댈 수 있는 인물은 아니었다. 일이 잘 되더라도 자신의 약점을 꼬투리 삼아 끊임없이 자신을 무시할 게 분명했다.

'그래, 적당히 다 잘라내야겠지….'

지금 아린에겐 자신을 진심으로 생각해주는 상덕조차 잘라내야 할지 모를 사람이었다. 자신의 모든 과거를 알고 있는 사람이었기 때문이다. 그렇게 완벽하게 과거를 청산하고 새 출발하고 싶었다. 그게 아린 자신이 원하는 유일한 길이었다. 그러려면 석훈의 계획이 성공하도록 일단은 붙어 있어야 했다. 그렇게 아린은 자신의 계획을 결론지었다.

13

설계(3)

"미래 씨 얘기가 맞았네요. 800억 원이 들어 있는 계좌를 확인했습니다."

"무슨 은행이죠?"

"홍콩에 있는 BDC 은행이요."

"그럼 맞을 거예요. 윤 사장이 돈을 이체해주는 데가 바로 BDC 은행이니까요."

"근데, 이제 이걸 어떻게 할 거죠?"

상덕이 석훈을 돌아보며 물었다.

"우리가 쥐고 있는 카드는 결국 장 이사의 노트북과 스마트폰을 들여다보는 것밖에는 안 되잖아요. 은행 보안을 뚫을 수 있는 것도 아니고요…."

"그렇죠…."

"인출하려면 결국 장 이사가 직접 해야 한다는 건데…."

석훈이 관자놀이를 긁으며 창문을 열어젖혔다. 한국에 돌아온 석훈의 아지트는 오래된 9인승 승합 차량이었다. 홍 사장에게 의뢰해 상덕을 잡았던 것과 같이 자신이 위치를 추적당하는 상황을 미연에 막고자 한 조치였다. 석훈은 차량의 뒷좌석 부분을 모두 뜯어내, 상덕이 작업할 수 있는 임시 사무실을 만들었다.

"상덕 형님, 이제 그냥 석훈이라고 부르세요. 불편합니다."

"그…그래도."

"괜찮아요! 지나간 일은 다 퉁치기로 한 거 아닙니까!"

"그…그렇지."

상덕은 아직 석훈에게 거리감을 두고 있었다. 단지 석훈이라는 존재 자체를 믿지 못해서가 아니었다. 직감으로 아린에게 아직 석훈에 대한 감정이 남아 있다는 사실을 눈치 채고 있었던 것이다. 아린은 물론 겉으로는 석훈을 경멸한다고 했다.

"저기 석훈 씨…, 아린이가 장 이사를 상해까지 데려오는 건 너무 위험하지 않을까?"

"상해에서는 장 이사가 홍콩 계좌에 직접 접근할 수 있어요. 우리도 경찰 추적을 피하기도 유리하고요."

"장 이사를 무작정 옥박지른다고 해서 400억이나 되는 돈을 내놓을까?"

"그러니까 뭔가를 만들어봐야죠. 저도 고민 중이에요."

"우리 아린인 더 이상 연루되지 않게 해줘."

석훈은 아린을 언급하는 상덕이 불만스러웠다. 모두가 정확히 100억씩 나눠 갖는 구조였다. 누군 덜 기여하고 누군 많이 기여할 수는 없는 노릇이었다.

"형님이 아린이에게 사적 감정을 가진 건 안다고요! 근데 형님, 일이 먼저예요. 그리고…, 막말로 100억이면 아린 같은 여자는 생각도 안 날 겁니다!"

"하… 함부로 말하지 마!"

상덕이 의자를 홱 돌리며 석훈의 말을 막아섰다. 조용한 성격의 상덕이었다. 그런 그의 갑작스러운 행동에 석훈이 놀라 주춤했다.

"진짜…, 사랑이라도 하는 겁니까?"

"대학 때부터 내가 좋아했던 여자야. 다른 누구와 비교할 수 없는 여자라고!"

"알겠어요. 근데 일이 끝나고 나면 계획이라도 있습니까? 둘이서요?"

"……"

상덕은 석훈의 말에 아무 대꾸도 하지 못했다. 아린이 아직 자신의 마음을 받아주지 않고 있기 때문이었다. 상덕은 이번 일만 끝나면 아린에게 어떻게든 고백해 볼 요량이었다.

"제가 볼 땐, 아린이 형님을 호구로 이용하는 것뿐이에요."

"잘…알지도 못하면서…."

"모르긴 뭘 몰라요? 옆에서 보면 다 보이는 건데…. 됐고! 이제 형님도 형님 갈 길을 가세요."

상덕이 대꾸 없이 침묵했지만, 사실 그 자신도 느끼고 있었다. 자신이 호구라는 것을 말이다. 상념에 잠긴 상덕에게 석훈이 단정적 어조로 말을 걸었다.

"아린이가 장 이사를 유인하는 게 아니라, 장 이사 스스로 상해에 오게 할 겁니다."

"어떻게?"

"꿈쩍 안 하는 사람을 움직이게 하려면 가장 아픈 데를 찔러야겠죠."

"제일 아픈 데라면…, 돈?"

"네. 비자금 실체를 알고 있다는 메일을 보낼 거예요. 일단 던져놓고 반응을 보는 거죠."

석훈은 다음날 팀원들을 모두 자신의 아지트인 승합차로 불렀다. 개조한 승합차가 아지트로 유리한 점은 직접 움직이며 팀원들을 픽업할 수 있다는 점이었다. 미래가 지내고 있는 강남의 오피스텔부터 중곡동 아린의 집까지 비밀리에 움직이며 팀원들을 픽업했다.

오랜만에 네 명이 한 팀으로 모였지만, 분위기는 꽤나 어색했다. 미래는 아린을 괴롭히던 직장 상사였고, 아린은 석훈을 구렁텅이로 몰아넣은 장본인이었다. 그리고 상덕은 아린에게 희망 없는 애정을 보내고 있었고, 미래와 석훈은 얄팍한 동업자일 뿐이었다. 석훈의 계획을 들은 미래가 먼저 입을 열었다.

"그러니까 투자자로 둔갑해서 상해로 장 이사를 유인하겠다는 거야?"

"그래, 비자금을 불려준다는데 만나보려고야 하겠지."

"안 속는다면?"

"다음 기회를 노려야지. 안 된다고 억지로 하다 보면 탈이 생기거든."

아린이 끼어들었다.

"난 시간 없어요. 이번에 안 되면 전 빠지겠어요."

상덕이 아린을 달래듯 말을 받았다.

"아린아…, 일단 석훈 씨 얘기 들어보자."

"아니, 오빠! 언제 석훈 오빠와 친해지기라도 한 거예요?"

상덕이 아린을 다독였지만, 그다지 통하는 것 같진 않았다. 그 모습을 가만히 지켜보던 석훈이 당사자로서 나섰다.

"아영아, 네 맘 이해해."

"하…, 아린이라니까요!"

"뭐 여하튼…. 최대한 성공할 수 있게 해보자. 100억이 그냥 생기겠니."

석훈의 현실적인 말에 아린은 입을 다물 수밖에 없었다.

"석훈 씨 계획…, 계속 얘기해 봐. 만나러 오면?"

미래가 석훈을 다시 다그쳤다.

"수면제를 먹이고 장 이사가 잠든 틈에 내가 장 이사 노트북을 가져올 거야. 그 디바이스로 접속해야 보안이 뚫리거든."

"뚫리는 거는 확실해?"

석훈이 상덕을 바라보며 눈빛으로 도움을 요청했다.

"가능할 것 같아요…. 저도 어떻게든 해보겠지만 시간은 좀 필요해요. 한 시간 정도?"

"상덕 형님이 호텔 근처에 대기하고 있다 노트북을 가져오면 해킹을 시작할 거야. 비자금의 딱 절반만 우리 쪽 계좌로 이체하고 나면 다시 조용히 갖다 놓는 거지. 그리고 장 이사가 눈치 채기 전에 우리는 이체 받은 계좌에서 다시 싱가포르 계좌로 넘겨놓을 거고."

"잠깐…. 그럼 아린이가 장 이사한테 수면제를 먹인다는 거야?"

"뭐, 그렇게 되겠지?"

그 말을 듣던 아린이 헛웃음을 내뱉으며 아지트 밖으로 나갔다. 그러고는 담배 한 대를 피워 물었다. 상덕이 그녀를 따라 나갔다.

"아린아, 괜찮아?"

"내 이럴 줄 알았어! 결국, 나를 미끼로 자기네들 돈 벌겠다는 거잖아!"

"그래도 저 둘이 계획을 짜온 거잖아."

"오빠가 그렇게 물렁하게 구니까, 저 사람들이 우리를 만만하게 보는 거라고!"

상덕은 그 순간 흥분한 아린의 입에서 빠져나온 '우리'라는 단어에 설레었다. 그는 아린과 점점 가까워질 수 있고, 종국에는 그녀와 미래를 꿈꿀 수 있다는 희망이 부풀어 오르기 시작했다.

* * *

상덕이 장 이사에게 보낸 투자자 사칭 메일에 의외로 빠른 답장이 왔다. 임 상무의 말대로 장 이사는 급한 상황이었다. 비자금을 만들어주던 윤 회장이 은근히 그를 압박하고 있었기 때문이었다. 잘못하면 그가 그리고 있는 그림이 깨질 수도 있었다.

일단 만나서 얘기합시다! 한국에 오시면 모시러 나가지요.

장 이사는 자신의 구장으로 정체불명의 투자자를 끌어
들여 상대를 검증하고자 했다.

죄송하지만, 전 일일이 고객들을 찾아가지는 않습니다. 상해에 사무
실이 있으니 그쪽에서 뵙죠. 제임스 김 드림.

상덕은 졸지에 기업 인수 합병을 미끼로 검은돈을 합
법적으로 세탁하는 투자업계의 숨은 고수가 되어 있었다.
몇 가지의 사실과 수십 가지의 거짓. 하지만 사람은 듣고
싶은 것만 듣고, 믿고 싶은 것만 믿게 되어 있다. 장 이사
는 자신의 800억 원의 비자금을 합법적으로 세탁해줄 누
군가를 만나기 위해 상해로 가는 걸 결정했다. 비서 한 명
도 대동하지 않은 채 홀로 말이다. 그 정도로 비자금에 관
련해서는 BNT그룹에 아는 사람이 있어서는 안 되었다.

"오빠! 나도 상해 따라가면 안 될까? 나 아직 한 번도
중국에 안 가봤단 말이야."

아린의 애교에 냉정한 장 이사의 마음도 차츰 경계를
풀고 있었다. 아무리 돈으로 엮였다지만 반복적인 관계는
상대를 허물어뜨리게 마련이다.

"너 따라와서 뭐할 건데?"

"나? 쇼핑해야지. 그리고 관광도 하고! 거기 와이탄이
죽인다던데 나 거기 오빠랑 같이 가고 싶어."

장 이사는 자신과 같이 와이탄에 가고 싶다는 아린의 말을 아무런 의심 없이 믿었다. 장 이사는 결국 와이탄이 내려다보이는 호텔을 예약했고, 그렇게 둘은 상해로 향하기로 했다. 모든 일정이 결정되자 아린은 석훈에게 전화를 걸었다.

"이번 일만 끝나고 나면 나한테 부탁 같은 거 하지 마! 알겠어? 이석훈 씨!"

"그래 수고해줘서 고맙다. 이번 일만 끝나고 나면…."

"정말이야! 나한테 위험한 거 또 시키지 말라고!"

석훈은 며칠에 걸쳐 약국을 돌아다니며 다량의 수면제를 구매해 두 개의 나누어 캡슐에 담았다. 두 번째 캡슐은 한 번의 실패에 대비해 다시 사용할 여분이었다. 그 수면제를 장 이사에게 먹일 사람은 아린이었다.

미래는 그런 석훈의 냉정한 결정들이 맘에 걸렸지만, 어쩔 수 없었다. 장 이사에게 실질적으로 다가설 수 있는 사람은 아린이 유일했다.

* * *

"너 중국에 와 본 적 있어?"

"아니요. 처음인데요."

"그래?"

장 이사가 슬쩍 아린의 눈치를 살폈다. 아린은 눈 하나

깜빡하지 않고, 거짓말을 하고 있었다.

"나는 일 때문에 만날 사람이 좀 있으니 쇼핑이나 하며 돌아다니고 있어. 나 신경 쓰이는 일 만들지 말고."

"그럼, 나 혼자 놀고 있어요?"

"어, 왜? 누구 만날 사람이라도 있어?"

"하하, 그럴 리가요. 누구랑 같이 온 것도 아닌데요. 뭐."

장 이사는 늘 그런 식이었다. 약간의 미심쩍은 상황에도 늘 확인하고 다짐을 받고자 했다.

"통역은 있어요?"

"한두 번 오가는 것도 아닌데 뭐. 그리고 만날 사람이 한국 사람이야."

"아…그렇구나."

장 이사가 만나기로 한 사람이 상덕이라는 것을 아린도 알고 있었다. 어눌한 상덕을 교육하기 위해 석훈과 미래가 최선을 다했지만, 오랜 시간 세상과 담쌓고 살아온 상덕을 노련한 비즈니스맨으로 둔갑시키는 건 아린이 생각하기에도 불가능에 가까웠다.

아린의 생각에 장 이사가 쉽게 속아 넘어갈 것 같지 않았다. 그는 비즈니스적으로는 능력이 뛰어나다고 할 수 없었지만, 그렇다고 허투루 속아 넘어가는 바보도 아니었다.

그는 여전히 예민했고, 여전히 은밀하게 사람들과 연락하며 나름의 정보를 취합하고 있었다. 사실 여러 날을 한 침대를 썼던 아린조차 장 이사가 누구와 연락하는지 알지 못했다. 괜히 불필요한 의심을 살 행동을 할 이유도 없었다. 아린은 더 이상 위험에 빠지고 싶지 않았다.

"나 저녁에 들어올 거니까 그때까지 들어와 있어."

"몇 시?"

"아홉 시."

아린이 말없이 고개를 끄덕였다. 그리고는 장 이사가 나가자마자 핸드백에서 담배를 꺼내 물었다.

그때, 석훈에게서 메시지가 도착했다.

어디야?
└ 샹그릴라 호텔 1405호. 이제 어떻게 할 건데?
잠깐 나올 수 있냐?
└ 어디로?
난징동루 네가 잘 가던 카페.
└ 알겠어

아린이 장 이사에게는 중국이 처음이라고 했지만, 그녀는 석훈의 정체를 인터넷에 퍼트린 후 한동안 상덕이 있는 상해에 피해 있었다. 어쩌면 그때가 제일 맘 편했던 순간이었는지도 몰랐다. 상덕이 옆에 붙어 그녀가 하고 싶은 걸 하게 했고, 가고 싶은 곳이라면 어디든 데려다줬다. 하지만 그녀는 상덕에게서 머물고 싶지는 않았다. 아직 그녀는 젊었고, 하고 싶은 게 많았다. 상덕은 그런 아린에게는 성에 찬 상대가 아니었다. 완벽하지는 않아도 그럴듯해 보이는 남자친구. 그게 작게나마 그녀가 욕망하는 최소한의 그림이었다.

난징동루의 카페는 그때 아린이 유일하게 혼자 다니던 카페였다. 그 사실을 상덕이 알고 알고 있다는 사실에 놀랐던 적이 있었다. 그때 아린이 상덕에게 물었었다.

-상덕 오빠 여기 어떻게 알았어?

-그…그야 네가 자주 가던 데니까.

상덕이 그렇게 얼버무렸지만, 아린은 상덕이 자신을 따라다닌다는 사실을 그때 눈치챘었다.

"오랜만에 만났는데 너무 인사도 없이 그러는 거 아니야?"

"우리가 뭐 인사하고 호호 웃고 그럴 사이인가요?"

"하긴…, 어쨌든 이거 받아."

석훈이 아린에게 두 개의 수면제 캡슐을 내밀었다.

"이게 뭔데요?"

"농축 수면제. 오늘 밤에 장 이사한테 먹여."

수면제를 받아든 아린의 얼굴이 일그러졌다.

"뭐, 이걸 먹이라고? 눈치채지 않겠어? 장 이사가 바보인 줄 알아?"

"아린아, 이것만 해주면 네 역할은 끝나. 나머지는 정말 우리가 알아서 할게. 그리고 장 이사가 잠들면 너는 짐 가지고 상덕 형님 오피스텔로 와."

"……."

아린은 수면제를 장 이사 모르게 먹이는 게 쉽지는 않겠지만, 오늘밤이면 당장 장 이사에게서 벗어날 수 있다는 생각에 마음을 다잡았다.

"이것만 하면 내 돈 백억은 무사히 챙기게 되는 거지?"

"물론이지. 일단 싱가포르 차명 계좌에 각각 백억씩 들어갈 거야. 그 다음에는 네가 원하는 대로 하라고. 아시아 어디에서든 돈을 인출할 수 있으니까."

아린은 입술을 꾹 깨물었다. 수면제만 장 이사에게 먹여 잠재우고 나면 이 지긋지긋한 인간들을 잊고 새 출발을 할 수 있다.

#14
실종

상하이에 도착하셨나요?
  └ 푸동에 있는 호텔입니다. 어디로 가면 되나요?
갑자기 급한 일정이 생겨 푸동 쪽으로 이동하기 힘들 것 같습니다.
혹시 제가 있는 구베이 쪽으로 와주실 수 있나요?

한 차례의 메시지 교신 후 한동안 장 이사에게서 답이 없었다. 비즈니스 출장까지 온 마당에 미팅 장소를 변경한다는 건 상대를 미심쩍게 볼 여지가 많았다. 더군다나 한 번도 만나지 못했던 상대라면…. 석훈과 상덕은 어느 때보다 긴장에 휩싸여 손바닥에 땀으로 젖는 것조차 몰랐다. 그 몇 분의 기다림이 둘에겐 몇 시간 같았다. 그리고 마침내 답변이 왔다.

┗ 그러시죠. 계신 곳으로 가겠습니다. 주소를 보내주시죠.

구베이에서 푸동까지는 한 시간도 넘게 걸리는 도심 반대편 방향이었다. 그만큼 석훈과 상덕은 장 이사의 노트북을 해킹할 시간을 번 것이었다. 둘은 메시지 수신이 끝나기 무섭게 밖으로 나갔다. 오늘따라 하늘엔 잔뜩 구름이 끼었다. 석훈은 볼에 살짝 떨어지는 빗방울을 느꼈다.

"취 푸동 샹그릴라!"

상덕이 택시를 잡아타고 샹그릴라 호텔을 외쳤다. 시간이 많지 않았다. 호텔 로비에 도착하자 로비의 소파에 아린이 앉은 채 석훈 일행을 바라봤다. 그리고는 태연스럽게 일어나 엘리베이터로 향했다. 엘리베이터의 문이 닫히자마자 아린이 석훈에게 홱 돌아보며 급하게 물었다.

"왜 갑자기 여기로 온 거예요? 나보고 수면제로 장 이사를 잠재우라면서요?"

"아린이 네가 수면제를 먹이지 않고도 일을 해결할 수 있을 것 같아서."

"어떻게요?"

"우리가 구베이 쪽으로 장 이사를 오게 했거든. 아마 좀 이따 장 이사가 호텔에서 나갈 거야. 그럼 곧바로 우리한테 연락해 줘."

아린은 갑자기 변경된 계획이 불안한 표정이었다.

"알겠어요. 14층이에요. 여기 층에 방을 달라고 해요."

아린은 자신들이 묶고 있는 방 호수와 어디에 석훈 일행이 투숙해야 좋은지 알려주었다.

"장 이사 노트북은 아직 캐리어에 들어 있을 거예요. 아직 나도 못 봤거든요."

"그걸 확인했어야지!"

"그럼 짐 검사라도 하자고 해요?"

석훈이 다그치자 아린이 신경질적인 반응을 보였다.

"일단…, 우린 방 잡고 있을 테니까 장 이사 나가면 바로 연락해."

"알겠어요."

아린은 차갑게 뒤돌았고, 상덕은 그런 그녀의 손을 슬며시 잡아줬다.

그리고 그게 그들이 상해에서 본 아린의 본 마지막 모습이었다.

14층에 투숙한 지 두 시간이 흘렀지만 아린에게서는 어떤 메시지도 오지 않았다. 조급한 마음에 상덕이 문자를 보냈지만, 역시 답장은 없었다. 모든 게 암흑 속에 가려진 순간들이었다.

"안 되겠어! 내가 가 볼 거야."

"어떻게 하시려고요?"

"뭘 어떻게 해! 아린이한테 무슨 일이 생긴 건지도 몰라."

상덕은 막무가내였다.

"형님, 지금 메시지를 보내기 애매한 상황일 수도 있잖아요. 장 이사와 뭐 침대에서 그럴지도 모르는 거고요…."

그러나 석훈의 말이 끝나기도 전에 상덕은 호텔 14층 복도로 뛰었다. 그리고 석훈이 말릴 틈새도 없이 장 이사의 방 문을 두드렸다. 안에서는 어떤 인기척도 없었다.

"뭐예요? 안에서 문을 안 열고 있는 거 아니에요?"

"아니야…, 안에 사람이 없어!"

상덕은 급하게 로비로 내려가 장 이사의 호텔 퇴실 여부를 확인했다.

"뭐래요?"

"두 시간 전에 퇴실했대!"

"네? 그럼 우리 만나고 바로잖아요! 아린이가 우릴 배신한 거 아니에요?"

상덕이 무서운 눈으로 석훈의 멱살을 잡았다.

"넌 걱정도 안 돼? 아린이가 어떻게 됐는지는 관심도 없는 거냐고!"

"잠시만요…. 형님, 진정하시고요."

"뭘 진정해? 전부 네가 계획한 거잖아. 근데 지금까지 전부 아린이만 위험하게 만들었어! 안 그래?"

"그건 각자의 역할 분담이었잖아요…."

"그래…, 각자. 그러니까 이제부터는 각자 움직이자고."

상덕이 그 말을 뒤로하고 로비 밖으로 나가 혼자 택시를 탔다.

"상덕 형님!"

석훈이 불러봤지만 소용없었다. 석훈은 스마트폰을 꺼내 미래에게 메시지를 남겼다.

돌발상황 발생. 장 이사와 아린이 사라짐.

* * *

석훈은 상해를 떠날 수 없었다. 자신의 앞날이 걸린 일이었다. 상덕과 함께 지내던 홍첸루의 오피스텔에서 계속 지내며 상황을 지켜봐야 했다. 문제는 상덕에게도 연락이 되지 않는다는 사실이었다.

'이 인간은 도대체 어디서 뭘 하는 거야!'

미래가 장 이사의 행방에 대해 알아보고 다닐 때쯤 석훈에게 한 통의 전화가 걸려왔다. 중국 번호로 걸려온 전화였다.

"여보세요?"

"나 장선호입니다."

장 이사에게 직접 걸려온 전화였다. 갑작스런 상황에

석훈은 입마저 얼어붙은 듯 아무 말도 못했다.

"저를 공사 치려 하셨다고요?"

"무슨 말이시죠?"

"아린이가 다 불었습니다. 처음부터 의심하고 있었는데…, 역시나더군요. 사람은 본바탕이 안 바뀌는 법이죠. 한국 경찰에는 고소해 놨습니다. 불법 해킹과 사기 미수죄로요. 한국에 들어오면 제가 직접 교도소로 면회를 가죠."

"무슨 말씀인지…? 전혀 이해 안 가는 얘기를 하시네요. 처음 듣는 얘기들입니다. 그리고 저 아세요?"

"물론이죠. 전과가 있으시잖아요. 참! 그리고 한때 유명했었죠. 우성고 쓰레기 교사 이석훈 선생님!"

장 이사의 말을 듣는 순간 석훈은 온 몸이 얼어버렸다. 갑작스러운 장 이사의 역공이 석훈의 마음 한 구석에 도사리던 공포심을 자극했다.

"그럼 한국에서 뵙겠습니다! 아니면 영원히 중국에서 떠도시던가요."

차갑고 이성적인 말투. 석훈은 장 이사가 자신과 같은 부류일지도 모른다는 생각에 소름이 끼쳤다.

그렇게 며칠이 지났다. 한국에서 가져온 돈은 점점 떨어져 가고 있었고, 한국에 있던 미래 역시 장 이사로부터 압박을 받고 있다는 소식이 전해졌다.

"나한테 은근슬쩍 묻더라고. 아린이가 분명히 나까지

도 불었을 것 같은데…. 어쨌든 난 무조건 여기서 버틸게. 내게 장 이사 약점이 있는 걸 아니 함부로 하진 못할 거야."

미래가 말한 장 이사의 약점이란, 지난번 임 상무를 몰아낼 때 공모했던 일일 터였다. 그렇다면 장 이사에게도 미래는 당장 쉽게 할 수 없는 눈엣가시 같은 존재일 것이다.

'남 걱정이나 하고 있을 때가 아니지….'

"장 이사가 정말 나를 고소했는지 알아봐 줄 수 있어?"

"한 걸로 알고 있어. 경찰에서 정식으로 수사를 시작할지는 모르지만, 석훈 씨 발을 묶어두려는 의도겠지."

"그렇군. 일단 알겠어."

알겠다고 얘기는 했지만, 뾰족한 대책은 없었다.

띵똥! 띵똥!

벨이 울렸다. 매 끼니마다 시켜먹는 배달 음식이었다. 플라스틱 용기에 담긴 반찬과 밥이었다. 중식과 한식의 묘한 경계에 있는 음식이었다.

"30위안입니다."

조선족인 듯한 그의 말투가 이제 친근하게 느껴졌다. 그런데 음식을 내려 놓은 그 사람의 행동에서 뭔가 전과 다르다는 낌새를 눈치챘다. 석훈이 무심한 척 물었다.

"왜요? 뭐 볼 일이라도 남았어요."

"아입니다. 내일도 시킬 겁니까?"

"내일은, 내일 가봐야 알겠죠."

석훈이 퉁명스럽게 그를 보낸 후 방안으로 들어왔다. 배달원의 미심쩍은 행동은 석훈으로 하여금 부주의했던 그간의 상황을 복기하게 했다. 음식점의 이름은 진달래. 홍첸루 중심가에 있었다. 주로 방문하는 손님들은 한국인. 배달원은 매번 바뀌지만 세 명을 넘지 않는다. 가끔은 식당 주인이 배달을 올 때도 있었다.

'뭘까?'

석훈은 배달원이 놔둔 음식을 포장도 뜯지 않은 채 조심히 살폈다. 그러다 문득 배달원이 음식을 내려놓던 자리에서 순간적으로 쳐다봤던 시선이 이상했음을 기억해냈다. 배달원의 시선을 좇았다. 그 자리엔 통신을 위해 설치한 케이블 모뎀이 있었다. 모뎀에서 빨간 불이 미세하게 깜박이고 있었다.

"어라! 이것 봐라!"

석훈이 급하게 모뎀의 전원을 껐다. 하지만 여전히 모뎀의 빨간불은 깜박거리고 있었다.

'뭔가 있다!'

석훈은 조심히 모뎀을 분리했다. 보드가 들어 있는 외형을 분리하자 그 안에서 소형 카메라가 나왔다. 그리고 카메라에 연결된 케이블은 마치 통신선과 하나인 것처럼 붙어 뒤 쪽 벽면을 따라 천정으로 이어져 있었다. 석훈은 그 카메라를 들고 급하게 밖으로 나갔다. 각종 전자 제품을 파는 매장에서 확인해봐야 할 것이 있었다.

"이거, 이우 시장에서 많이 파는 카메라인데…. 요즘은 성능이 아주 좋거든요. 녹음도 될 거예요. 근데 이거 어디서 났어요?"

"아닙니다. 친구가 산 건데 비슷한 걸 구할 수 있을까 해서요…."

"어 잠깐만요…. 내가 구해줄 수 있으니까 잠깐만 기다려요."

무궁화 전자라는 간판이 붙은 매장 사장은 친절한 설명 끝에 물건을 구한다며 어디론가 전화를 걸었다. 그 틈을 이용해 석훈은 조용히 밖으로 나왔다.

'완전 역으로 당했군….'

석훈은 머리를 식힐 필요가 있었다. 한두 번 들렀던 근처 사우나로 무작정 들어간 석훈은 뜨거운 탕에 몸을 담근 채 그동안의 상황들을 곰곰이 되짚었다.

석훈은 그간 '누가 배신했는가?'라는 프레임에 갇혀 있었다고 판단했다. 우리 중 누가 배신한 것이 아니라 외부의 누군가가 공격해 들어온 것이라면?

'누굴까…?'

언제나 그렇듯 석훈은 확실한 사실부터 하나씩 짚어

보기로 했다. 몰래 카메라를 설치한 건 상덕의 사무실을 알고 있었다는 뜻이다. 그 사무실을 아는 사람은…, 우 실장? 우 실장은 석훈 일행의 세세한 계획을 알지 못한다. 홍 사장에 고용된 현지 브로커일 뿐이다. 그렇다면 홍신소 홍 사장이….

3장

불신의 시작

15

불신

아린은 한 달 만에 완전히 망가진 채로 돌아왔다. 그녀는 BNT그룹에 남아 있던 미래에게 연락을 취했다고 했다. 미래가 석훈에게 자세한 상황까지는 얘기하지 않았지만, 아린이 그간 장 이사에게 감금되어 있었다고 했다. 장 이사라면 감금된 아린을 학대하고도 남았을 터였다.

그리고 석훈은 한 달 만에 아린을 상해의 한 카페에서 다시 만났다. 석훈은 그녀에게 쉽사리 위로의 말을 꺼낼 수 없었다. 모든 것이 자신의 계획으로부터 벌어진 일이었다.

"어디서부터 뭐라 말을 해야 할지 모르겠는데…."

"그딴 얘기 듣고 싶지 않아요! 그나저나 상덕 오빠가 어디 있다고요?"

아린이 차갑게 석훈의 말을 끊었다. 그리고는 전화상으로 석훈이 말했던 상덕의 행방부터 물었다. 그녀는 비로소 단 한 명의 온전한 자기 사람이라고 생각한, 상덕을 찾기 위해 상해를 다시 찾은 것이었다.

"아마도 우 실장이 관계된 것 같아. 우 실장을 움직이는 흥신소의 홍 사장이란 자가 개입되었다는 예감이 들거든. 감방에서 만나기 전부터 위험한 인간이었어. 장 이사 말 중에 한 가지 맞는 말이 있다면 그건 사람의 본성은 바뀌지 않는다는 거야."

"그 말, 참…, 질리게 많이 들어본 말이네요."

"오해는 마라. 아린 넌 좋은 사람이니까."

석훈은 자신의 말이 맞고 안 맞고는 중요하지 않았다. 중요한 건 뿔뿔이 흩어진 멤버들을 다시 모으는 일이었다.

"어쨌든 난…, 상덕 형님이 어디 있는지 짐작할 수 있을 거 같아."

"그게 어디냐구요?"

"잘 생각해봐, 상덕 형을 쓸모로 하는 데가 어디겠어?"

"글쎄요…. 전 누구처럼 사람을 쓸모에 따라 생각해본 적은 없으니까요!"

석훈을 대하는 아린의 태도가 처음보다는 누그러들었

지만, 여전히 까칠했다.

"상덕 형님은 해커이자 프로그래머잖아. 홍 사장은 자기가 운영하는 도박 사이트나 보이스피싱 사이트, 둘 중 하나에 이용하려고 할 거야."

"흠…, 뭐 그렇다고 해두죠. 그래서 이제 어쩌실 건데요?"

"찾아야지. 어디에 있든."

"그 말 믿어도 되는 거죠?"

"지금 내가 거짓말을 할 이유가 없잖아. 그리고 어쩌면 지금 일이 다 나로부터 시작된 일이기도 하고."

"알겠어요. 이번에는 믿어보죠."

그 말을 남긴 채, 아린은 다시 서울로 돌아갔다.

석훈은 이제 아린에게 확실한 뭔가를 보여줘야 한다고 생각했다.

석훈이 상덕을 찾기 위해 해야 할 첫 번째 일은 한국에 있는 홍 사장을 만나는 것이었지만, 그러기에는 하나의 문제가 있었다. 입국장에서 바로 경찰에 붙잡힐지도 모른다는 사실이었다. 그렇게 되면 상덕을 찾기는커녕 재범으로 몇 년이 될지 모를 감방 생활을 다시 해야 할지도 모른다.

지금 상황에서 믿을 건 미래밖에 없었다.

'어쨌든 팀을 다시 결합해야 하고, 우선은 미래에게 의

지하는 수밖에 없다.'

석훈은 미래에게 메시지를 넣었다.

미래야, 나 귀국해도 되는지 좀 알아봐 줘.
└ 경찰이 수사 시작했어. 석훈 씨 지명수배가 내려졌다고…. 출입국
  관리소에서도 분명히 정보가 들어갔을 테고….

석훈은 갈등했다. 미래에게 위험하게 홍 사장을 직접
만나보라고 할 수도 없는 노릇이었다.

└ 무슨 일인데? 최대한 내가 여기서 해결해 볼게.
홍 사장이라고…알지? 홍첸루 오피스텔 찾아냈던 그 흥신소 사장 말
이야.
└ 그 사람이 왜?
아무래도 이번 계획이 실패한 게 그 인간 때문인 거 같아.
└ 왜? 무슨 근거라도 있어?
여기에 몰래 카메라가 설치돼 있었어. 우리가 무슨 얘기를 하고 뭘 계
획하는지 다 들여다보고 있었다는 거지!

미래는 한동안 답장을 보내지 않은 채 고민했다. 홍
사장이라는 사람에게 어떻게 접근할지 고민스러웠기 때
문이었다.

내가 한번 알아볼 게.
└ 그래 줄 수 있겠어? 미안해 이런 일까지 맡겨서.
괜찮아, 우린 팀이잖아.

미래의 입에서 처음으로 팀이라는 말이 나왔다. 함께 모여 계획을 짤 때도 미래는 한 번도 우리라는 표현이나 팀이라는 표현을 쓰지 않았었다. 그만큼 미래는 다른 이들로부터 거리를 두고 있었던 것이었다.

* * *

석훈이 알려준 홍 사장의 사무실은 역삼동의 한 골목에 있었다. 바로 한 블록만 나가면 즐비한 대형 빌딩들에 끼어 있는 이면도로의 어둑한 건물이었다. 건물은 강남에 있다는 걸 제외하고는 낡아서 재개발에 들어갈 것 같은 외관이었다.

"어떻게 알고 오셨어요?"

홍영철. 사장의 이름은 홍영철이었다. 사무실엔 그저 채무 변제 상담이라는 글귀만 적혀 있을 뿐이었다. 그의 첫마디는 손님을 맞이하는 환영의 인사가 아니라 상대에 대한 신분 확인 절차였다.

"그것까지 얘기해야 하나요?"

"근데 어디서 많이 보던 얼굴인데…."

말아 올린 머리, 그리고 안경과 바바리코트. 그 정도가 미래가 할 수 있는 최대한의 변장이었다. 하지만 그걸로는 부족했다.

"장선호 이사 아시죠?"

미래는 상대를 속일 수 없다는 걸 본능적으로 알아챘다. 그리고 정공법으로 부딪치기로 했다.

"아이고! 이게 누구야. 이석훈 선생 옛 애인이시네! 안 그래도 어디서 많이 봤다 싶었는데… 근데 여긴 어쩐 일이고?"

"제가 먼저 물어봤잖아요. 장 이사 아냐고요?"

"그건 왜 묻는데? 대놓고 이렇게 노골적으로 나오면 곤란하지."

홍 사장의 대답은 장 이사를 안다는 대답이나 다름 없었다.

"어떻게 거래를 했는지 모르겠지만…, 거기서 얼마 받았어요?"

"하하, 당돌하네! 내가 얼마 받았는지 알면? 웃돈이라도 얹어 주시게?"

"못할 것도 없죠. 어차피 당신들 돈으로 움직이는 사람들 아니에요?"

미래는 홍 사장이 설마 강남 한복판에서 자신을 해코지하지는 않을 거라 생각했다. 하지만 공포는 육체를 먼저 지배하는 법. 미래의 무릎은 그녀의 의도와는 다르게 바르르 떨리고 있었다.

"이봐…, 아가씨! 최미래 씨! 솔직히 말해, 우리가 무섭지? 크흐흐흐."

홍 사장이 미래의 뒤에 서 있는 덩치를 향해 비릿하게 웃자 그의 누런 이가 드러났다. 미래는 자신의 무릎을 손으로 꽉 쥐었다.

"그래 들어나 보자고…. 원하는 게 뭐야?"

"이석훈 씨 고소 취하할 것, 그리고 김상덕 씨 행방을 알아봐 줄 것. 이 두 가지요."

"미안하지만 둘 다 안 되겠어. 이석훈 선생은 지금 형사 건으로 고소된 거라, 당사자인 장선호 이사가 고소 취하한다고 될 문제가 아니지. 그리고 김상덕은…, 글쎄 나도 모르겠는데?"

미래는 자신이 원하는 답을 하나도 얻지 못했다. 역시 자신의 패를 다 보여주는 정공법은 홍 사장 같은 능구렁이 같은 사내에게는 통하지 않았다.

"알겠어요. 그럼 더 이상 할 말은 없는 거 같네요. 일어나죠."

"잠깐! 잠깐만…. 돈 얘기는 마저 하고 가야지. 얼마나 준비할 수 있는데? 혹시 알아? 내가 해결해 줄 수 있는 게 있을지도…."

"저번에 당신들이 이석훈 씨한테 받은 돈 만큼요."

"에이 그 정도로는 힘들지! 장 이사를 움직여야 하는데, 우리를 무슨 호구로 아는 것도 아니고, 쯧!"

미래는 테이블 위에 놓인 명함을 집어 들었다. 명함에

는 [채무 변제 상담 명성 컨설팅]이라는 문구가 적혀 있었다.

"그래, 돈 좀 잘 한번 만들어봐. 그리고 며칠 내로 연락 안 주면 최미래 당신이 여기 다녀간 사실이 장 이사한테도 전달될 테니 그리 알고…."

홍 사장이 입꼬리를 말아 올리며 입구 문을 열어주었다.

"멀리 안 나갑니다!"

* * *

미래가 하고자 하는 건 홍 사장의 제안에 응하는 일이 아니었다. 미래에게, 세상은 있는 그대로 이해하고 하자는 대로 따라서는 아무 일도 이루어지지 않는 곳이었다. 남들이 순응할 때 미래는 어떻게든 문제를 해결할 최적의 방안을 찾아왔다.

'그저 책상 위에 앉아 있다고 성적이 오르진 않지!'

임 상무 역시 마찬가지였다. 미래에게 임 상무는 BNT 그룹에서 성공할 수 있는 방책이었다. 돌이켜보면 미래에게 임 상무는 배울 점이 많은 사람이었다. 미래는 그 점을 좋게 평가했었다.

"추 이사님 저 오늘부터 휴가계 제출했습니다."

"야! 너 아주 네 맘대로네! 이러려면 그냥 회사 그만두는 게 낫지 않아?"

"아니요. 제가 왜요? 전 끝까지 남아서 버틸 테니 추 이사님은 이사님 일에나 신경 쓰세요."

"뭐야! 이런 싸가지 없는…!"

미래는 추 이사의 욕지거리가 시작되기 전에 전화를 일방적으로 끊어버렸다. 미래에게 추 이사는 그저 장 이사에게 붙어사는 기생충일뿐이었다. 그런 면에서 전혀 다른 존재였던 임 상무의 자리를 차지하고 앉은 추 이사를 미래는 인정할 수 없었다.

미래는 휴가를 내고 홍 사장 사무실 주변에서 잠복했다. 마치 르포 기자라도 된 양, 홍 사장 주변에 머무르며 뻗치고 쓰레기통을 뒤졌다. 그렇게 험한 일을 마다하지 않은 끝에 홍 사장이 연결된 중국 현지의 장소를 확인할 수도 있는 단서 하나를 찾아냈다. 그것은 홍 사장의 사무실에서 봤던 꼬붕 덩치 녀석이 무심코 버린, 가스가 닳아 없어진 일회용 라이터였다. 라이터 표면에 새겨 넣은 중국 현지의 룸싸롱 상호와 주소를 확인하면서, 미래는 이들이 중국 현지와 연결된 완벽한 증거라 생각했다. '연길시 천지로 980호 황궁 KTV'

'여긴가…? 우 실장과 홍 사장이 연결된….'

미래는 핸드폰으로 라이터의 문구를 찍어 석훈에게 보냈다. 10분 뒤 석훈에게서 답장이 왔다.

그거 정말 황 사장 사무실에서 나온 거야?

  ㄴ 맞아. 거짓말할 이유가 없잖아. 이제 어쩔 거야?

어쩌긴…, 네 말이 맞는지 일단은 찾아가 확인해봐야지.

  ㄴ 연길까지?

이제는 석훈의 차례였다. 연길이건 러시아건 실마리가
보이면 달려들어 물어뜯어야 했다.

분명히 거기에 우 실장이 있겠지. 홍 사장이 우 실장 조직을 이용해
나쁜 짓들을 해왔거든.

  ㄴ 가게 되면 같이 가.

아니야. 이번에는 나 혼자 갈게. 그리고…, 부탁이 있는데.

  ㄴ 뭔데?

아린이 좀 만나봐 줘. 장 이사랑 같이 있는 것 같은데…. 도통 연락
을 안 받아.

  ㄴ 알겠어.

그렇게 미래는 상덕을 찾는 일은 석훈에게 맡기고 한
국에서 일어나는 일들에 대해 집중하기로 했다. 그러려
면 석훈이 말한 대로 아린의 행방을 먼저 확인해야 했다.

* * *

석훈은 중국 체류비자를 갱신했다. 브로커를 통해 초
청 비자로 갱신하여 몇 달간의 시간을 벌었다.

'출입국관리소에는 아직 수배 정보가 뜨진 않은 모양

이네….'

미래의 정보에 허점이 있을 수도 있다고 생각했다. 장 이사로부터의 협박이 의외로 빈틈이 있는 것도 같았다. 하지만 무시할 수만은 없는 일이었다.

'아쉬울 게 없는 만큼 빈틈이 없는 인간이니까….'

석훈은 연길로 가는 짐을 챙기면서 가스총과 전기충격기를 두고 갈등했다. 가스총이 필요하긴 했지만 공항 검색대를 통과할 수 있을지 의문이었다. 석훈은 두 가지 무기를 모두 챙기며 기차를 이용하기로 했다.

베이징을 거쳐 연길로 가는 고속열차는 가장 빠른 게 25시간 걸리는 노선이었다. 장춘까지 장거리 열차를 이용한 다음, 장춘에서 다시 연길로 갈아타야 했다. 어렵사리 구한 가스총과 전기충격기를 가져갈 수만 있다면 감수해야 할 수고로움이었다. 여정을 결정하고 미래에게 메시를 보냈다.

> 미래야 상해 사무실은 일단 정리했다. 상덕 형님 짐은 따로 물류 회사에 보관해 뒀어.
> └ 중간중간 연락해. 어떻게 돼 가고 있는지 나도 알아야 하니까.
> 물론이지.

고민은 나중에 하기로 했다. 우선은 우 실장을 찾는 게 먼저였다. 그 다음에 어떻게 할지는 연길에서 부딪치는 상황에 따라 대처하기로 했다.

'어차피 지금 계획해봤자 계획대로 되는 건 아무것도 없어!'

석훈은 상해에서의 설계가 실패로 돌아가는 과정을 돌이키며 생각을 달리 먹었다. 미리 계획하고 설계하지 않을 것! 닥치는 상황과 정보에 충실할 것! 그것이 불확실성 속에서 석훈이 취해야 할 유일한 전략이었다.

홍차오 기차역.

석훈은 미리 도착해 열차를 기다리고 있었다. 6월 초의 뜨거운 열기가 움직임을 둔하게 만드는 것 같았다. 개찰구 검색대 앞에서 석훈은 긴장했다. 캐리어 안에 잘 숨겨둔 가스총을 들키지 않아야 했다.

투과 검색대 앞에 피곤한 듯 심드렁한 표정의 역무원이 회전의자를 돌리며 앉아 있었다. 석훈은 일부러 한 무리의 여행객들이 쏟아지는 틈을 타 검색대 위에 캐리어를 올렸다.

삐삐! 금속 탐지기를 손에 든 역무원이 석훈의 몸을 훑었다. 석훈이 고개를 돌려 자신의 검은색 캐리어가 무사히 검색대 밖으로 빠져나오는 걸 확인했다.

"휴우…, 힘드네!"

석훈은 캐리어를 끌며 서둘러 열차 플랫폼을 향해 내려갔다.

#16
추적

생각보다 연길의 첫인상은 깔끔하고 조용했다. 다른 도시와 다른 점이 있다면 대부분의 간판에 한글이 병기돼 있었다. 곳곳에 한국인들이 많이 이용하는 듯한 술집과 음식점, 가게들이 눈에 띄었다.

황궁 KTV를 찾는 일은 그리 어렵지 않았다. 석훈은 주저함 없이 주점으로 들어갔다. 카운터에서 마담인 듯 보이는 중년 여자가 혼자 들어온 석훈을 빤히 쳐다봤다. 석훈이 단도직입적으로 찔러 들어갔다.

"혹시…, 우 실장 알죠? 언제쯤 여기 들러요?

"여기 오가는 사람들이 얼만데 하나하나 어떻게 기억합네까?"

여자의 대답이 퉁명스러웠다. 모르는 사람에게 굳이 고객들에 대해 언급하려 하지 않으려 하는 것이리라.

"여기 술값은 얼마인데요?"

"시간 제한 없이 테이블당 천 위안부터 시작이요. 아가씨 앉히면 300위안 줘야 하고, 지금 놀 거래요?"

"아뇨. 조금 이따 다시 다시 오겠습니다."

석훈은 분위기를 확인하고 일단 황궁 KTV를 빠져 나왔다. 마담에게 돈을 준대도 원하는 정보를 얻기는 힘들 성싶었다. 뭘 해야 할지 당장의 계획이 머리에 들어오지 않았다.

'일단 배부터 채우고 보자.'

석훈은 그곳에서 그리 멀리 않은 곳에 보이는 비교적 규모가 커 보이는 냉면집으로 들어갔다. 연길에서 본 여러 식당 중에도 꽤 규모가 있어 보이는 식당이었다. 중국인 직원이 메뉴판을 가져왔다.

"이거 하나 주세요."

"25원입니다."

석훈이 선금을 내밀며 직원의 눈치를 살폈다.

"여기 손님 중 혹시 이런 사람 본 적 있나요?"

우 실장의 사진을 본 직원이 아무것도 모른다는 듯 고개를 흔들었다. 그때 석훈의 핸드폰에 벨이 울렸다. 홍 사장으로 저장된 번호였다.

"뭡니까?"

"아니, 황궁까지 가셨대 그래, 거기를 어찌 알고? 전부터 느낀 거지만 이 선생도 참 대단하네! 대단해!"

홍 사장은 석훈이 연길에 와 있다는 걸 알고 있었다. 석훈이 마주쳤던 황궁 KTV의 마담이 홍 사장에게 연락한 게 분명했다. 미래의 예상이 정확히 들어맞았다. 이제 석훈이 확인한 연길은 분명 누구도 믿을 수 없는 낯선 도시이자 상대의 본거지였다. 석훈이 짐짓 너스레를 떨며 홍 사장의 말을 받았다.

"와! 홍 사장님이야말로 제가 여기 있는 걸 어떻게 아셨어요?"

"아휴! 나야 연길 바닥은 손바닥 보듯 빤하니까 하하! 그나저나 얼굴 한번 봐야지? 안 그래?"

"어디 계신데요?"

"나, 연길이지! 연길! 하하!"

홍 사장이 보통 인물은 아니었다. 그에게는 끈질긴 집념과 위험을 무릅쓰는 과감함이 있었다. 석훈에게 받을 잔금은 본인이 일 처리를 어떻게 했건 상관없이 무조건 받아 내야 할 자기 돈이었다. 그 원칙이 무너지면 그간 생존해 왔던 스스로의 방식 자체를 부정하는 것이라 여겼다. 그렇기에 홍 사장은 의뢰인에게 물불 가리지 않고, 무슨 수를 쓰더라도 잔금을 받아내곤 했다.

석훈 일당이 장 이사 주변을 맴도는 사실을 포착하여 역으로 장 이사에게 접근한 건 석훈이 예상치 못한, 홍 사장으로선 무척 당연한 일이었다. 그런 홍 사장의 이중 플레이로 장 이사가 상해에서 석훈 일당의 설계를 알게 된 것이었다.

'아린이도 그럼 장 이사에게 역으로 속았던 건가…?'

석훈이 주문한 냉면을 다 먹기도 전에 홍 사장이 일당들과 함께 냉면집으로 들어왔다.

"그러게 내가 뭐라 그랬어. 줄 건 주고 받을 건 받아야지. 이게 뭐야? 서로 불편하게…, 쯧!"

석훈은 그런 홍 사장을 경멸하듯 한 번 응시하고 먹던 냉면 그릇으로 고개를 숙였다. 후루룩 소리를 내며 냉면을 마저 먹은 석훈이 부러 트림을 크게 하며 입을 열었다.

"김상덕 씨 어디에다 팔아넘겼어요?"

"흐흐…, 그걸 내가 어떻게 알아? 지 발로 돌아다니는 걸 내가 묶어두기라도 했단 말이야?"

홍 사장이 능구렁이 같은 웃음을 지었다. 그런 그의 부정이 오히려 석훈에겐 상덕의 행방을 홍 사장 알고 있다는 확신을 심어주었다.

"됐고…! 장 이사한테는 얼마 받았어요?"

석훈이 상덕에게는 관심 없다는 듯 화제를 돌리자, 홍

사장의 눈빛이 슬쩍 흔들렸다. 여기저기 덫을 놓아두고, 덫에 걸리는 게 무엇이건 거기서 이익을 취하던 그였다. 상덕 또한 그렇게 쳐놓은 하나의 덫일 뿐이었다.

"대기업 자제분이라 그런가 깔끔하더라고. 크게 석 장!"

석 장이라는 말에 석훈이 입꼬리를 올리며 비웃었다.

"그 인간 생각보다 구두쇠네요. 우리가 그 인간한테 털어먹으려고 했던 게 사백 억인데…."

"어이쿠! 역시 이 선생이야! 우리와는 사이즈 자체가 틀리다니까!"

언뜻 비꼬는 말 속에 홍 사장의 눈빛이 미묘하게 흔들렸다. 먹잇감을 포착한 듯 그가 군침을 다시는 걸 놓칠 석훈이 아니었다.

"그래서 말인데…, 뭐 하나 알아봐 줘요."

석훈이 테이블 위에 작은 명함 하나를 꺼냈다. 곽철호, 라는 이름이 금빛으로 새겨진 명함은 미래가 윤식품 윤회장으로부터 입수했던 것이었다.

"뭐 하는 양반이야?"

"무역한다며 10년 전부터 중국 꽤 드나들던 양반이죠."

"이도 저도 아닌 뜨내기겠네…."

"그런 건 저도 잘 모르겠고 한번 알아봐 줘요. 이 사람 어디 있는지 알아봐주면 저도 장 이사 비자금이 어디 있는지 알려드리죠."

홍 사장이 눈을 굴리며 석훈의 눈치를 살폈다. 석훈의 눈빛엔 당신이 아무리해도 내 부탁을 들어주지 않으면 꿈쩍도 않겠다는 단호함과, 그 전엔 느끼지 못했던 느물느물한 여유까지 비쳤다. 아쉬울 게 없다는 눈빛이었다. 홍 사장이 헛기침을 뱉으며 말했다.

"알지, 내 원칙? 선금 50프로, 나머지는 정보를 넘기는 즉시!"

"홍 사장님, 원칙은 깨라고 있는 거겠죠. 여기 말고도 흥신소는 많습니다. 그래도 같은 교도소 동기라…, 먼저 기회를 드리는 것뿐입니다. 기회를 잡으실지 말지는 홍 사장님이 결정하시는 거고요."

석훈은 냉면 그릇을 들어 남은 냉면 국물을 과장되게 들이키곤 다리를 풀며 자리에서 일어섰다. 상덕에 대한 말은 일언반구 하지 않았다.

"곽철호…, 이 양반이 꽤 중요한 사람인가 보지?"

석훈이 홍 사장의 물음에 즉답을 미룬 채, 알 듯 모를 듯한 미소로 상대의 시선을 응시했다. 그렇게 뜸을 들인 석훈이 마침내 홍 사장의 욕심에 쐐기를 박았다.

"비자금 관리자니까요."

석훈의 말에 홍 사장의 눈빛이 반짝였다. 욕심은 사람의 눈을 멀게 하고 시야를 좁게 만든다. 그렇게 홍 사장은 석훈의 표정에 이는 변화를 미처 놓치고 있었다.

"그럼 연락 기다리죠."

"어! 그럼 그럼, 내가 특별히 이 선생 얼굴 봐서 이번에는 그냥 진행해 볼 테니까…. 한번 같이 알아보자고!"

석훈이 자리를 떴고, 홍 사장은 곧바로 어디론가 전화를 걸었다.

"어! 우 실장? 나야! 일거리 하나 들어왔으니 당장 상해로 가야겠어."

홍 사장의 조바심과 달리 우 실장이 곤란하다는 대답이 전화기 너머로 들려왔다.

"여기 장춘에서 지금 준비하는 사업이 있어서 당장은 힘든데…."

우 실장의 대꾸에 안달이 난 홍 사장의 목소리가 더욱 커졌다.

"이! 그 몸캠 사이트인지 뭔시, 거… 애들 코 묻은 돈 빼앗아 얼마나 벌 수 있다고!"

"거, 홍 사장은 꼭 이렇게 사람 무시해야 성에 차오? 나도 홍 사장처럼 똑같이 눈 달리고 코 달린 인간이요!"

우 실장의 반응에 홍 사장이 답답하다는 듯 한숨을 쉰 후 톤을 높여 말을 이었다.

"이번에는 사백억이 걸렸어. 사백억이! 그거면 나나 우 실장이나 이 바닥 뜨는 거야! 어디 물 좋은 데서 남은 인생 즐기며 살면 된다고! 알아?"

"뭐!…알겠소, 내 바로 준비할 테니 자세한 건 또 통화합세…."

홍 사장이 대놓고 말한 자금의 규모에 우 실장 또한 달리 생각할 여지는 없었다. 자신에 대한 은근한 홍 사장의 무시가 목에 걸렸지만, 그간 빈말은 하지 않았던 홍 사장이었다. 그렇게 석훈이 던진 밑밥이 중국 내 팀들을 자극해 들어갔다.

"야! 강이야! 너 내일 나하고 상해 좀 다녀와야겠다."

우 실장이 부하 중 골격이 탄탄한 사내에게 말했다. 우 실장이 홍 사장의 전화를 받았던 장소는 장춘의 한 골목식당이었다. 둥근 탁자를 사이에 두고 남자들이 웃통을 벗은 채 맥주병을 쌓아 놓고 식사를 하던 참이었다. 그들 틈에 몸을 잔뜩 웅크린 초라한 사내가 밥을 욱여넣고 있었다. 상덕이었다.

* * *

곽 사장이라는 인물은 심천을 근거지로 하는 인물이었다. 한인 사회는 좁은 세계였다. 곽 사장은 한때 무역으로 활약했던 시절이 있어 상해의 한인 중에는 그를 아는 사람들이 제법 있었다. 석훈은 그들에게 적당한 술과 음식을 접대하는 정도로 곽 사장에 대한 꽤 많은 정보를 얻을 수 있었다.

그렇게 얻은 정보를 종합하면, 한 마디로 전설적인 짝통 장사꾼이었다. 90년대 후반부터 중국 생활을 시작한 그는 짝통 물건을 한국으로 들여보내는 일에 일가견이 있었다. 인터넷도 없던 시절, 그는 오토바이를 타고 짝통을 만드는 공인들을 찾아 광둥성의 이곳저곳을 안 찾아간 곳이 없었다.

"사람 호탕하고 괜찮았어. 뭐 돈을 써본 사람이 쓴다고, 짠돌이처럼 굴었으면 주변에 사람이 없었겠지."

"지금은 뭐 하는데요?"

"곽 사장을 마지막에 봤을 때는 인터넷 사업한다고 그랬던 것 같은데…. 아마 잘 안 됐을 거야. 짝통 만들던 사람이 진짜 자기 물건을 만들어 파는 일은 잘 못하거든…."

"왜요?"

"마진이 다르잖아. 열 배, 스무 배 마진으로 움직이던 사람이 겨우 삼사십 프로의 마진을 보고 물건 만들라고? 못 해! 암, 못 하고 말고!"

탐문해본 바에 의하면, 그 후 곽 사장은 사업에서 실질적으로 손을 뗀 상태였다.

"저기…, 심천에서 지내고 있을 거야. 원래 심천이 정품 브랜드 공장들이 제일 많던 곳이거든. 홍콩과도 가깝고. 대부분 짝통이 홍콩을 통해 한국으로 들어오곤 했으니까."

"혹시 연락처 아세요?"

"웨이신 있어?"

"그럼요."

석훈이 만난 광저우의 한인이 곽 사장의 웨이신 아이디를 알려주었다. 그렇게 추가한 웨이신 계정엔 곽 사장의 호화로운 행보가 들어 있었다. 그리고 곽 사장 주변엔 늘 애인인 듯한 여자가 함께 있었다.

석훈은 호텔 방에 앉아 계획을 그리며 가스총을 만지작거렸다. 석훈은 홍 사장 일행이 곽 사장을 찾는 건 시간문제일거라 생각했다. 홍 사장 패거리들보다 먼저 곽 사장에게 접근해야 했다. 만지작 거리던 가스총을 침대에 던지고 스마트폰을 들어 웨이신을 열었다.

장선호 이사에 대해 정보를 좀 드리고 싶습니다.

석훈은 곽 사장에게 메시지를 날렸다. 그리고 10분도 되지 않아 답장이 왔다.

나는 그런 사람 모르는데? 근데 당신 누구야?
  └ 지금 장 이사가 당신 담그려고 사람들을 보냈습니다. 만나 뵙게 되면 자초지종을 설명해드리죠.
누군지 몰라도 헛소리하지 말고, 이딴 연락도 하지 마!

예상했던 반응이었다. 석훈도 그가 호락호락 넘어오리라고는 생각하지 않았었다. 하지만 상관없었다. 석훈의 이번 목표는 곽 사장이 아니라 지금쯤 그의 옆을 맴돌고 있을 우 실장이었기 때문이었다.

약 세 시간의 비행, 그 사이 곽 사장은 안달하여 여기저기 정보를 캐느라 분주했을 것이다. 석훈의 예상처럼 곽 사장이 다급한 메시지를 보내왔다. 정보의 비대칭. 석훈은 분명 유리한 지점에 있었다.

누군지는 모르겠지만, 만나자.
 └ 그러시죠. 어디로 갈까요?
로후역 앞에 있는 샹그릴라 호텔 라운지.
 └ 몇 시에 만날까요?
와서 연락해라.

사실 석훈은 곽 사장을 만날 계획이 없었다. 그는 공항 택시를 잡아 타고 스마트폰을 꺼내 전화를 걸었다. 홍 사장이었다.

"어! 이 선생! 그거 말이야…. 내가 알아봤는데 그 인간 광저우에 있다고 하더라고."

"거의 맞추셨네요. 저도 나름대로 알아보니 심천에 있다더군요."

"아…, 뭐, 거기가 거기니까."

석훈의 심드렁한 대답에 홍 사장이 당황한 듯 얼버무렸다. 어떻게든 석훈을 따돌리고 곽 사장에게 접근해 비자금을 혼자 해먹으려는 홍 사장이었다.

"샹그릴라 호텔 라운지에서 내일 오전에 만나기로 했습니다."

"뭐? 이 선생 도대체 지금 어딘데?"

"시간이 없습니다. 이쪽으로 인원을 좀 보내주실 수 있나요? 저 혼자 어떻게 될지 모르는 일 아닙니까? 이럴 때일수록 힘을 합쳐야죠."

석훈은 홍 사장에게 생각할 여유 따윈 주지 않으려고 계획을 밀어부쳤다. 먹잇감을 앞에 놓고 외면할 홍 사장이 아니었다.

"알겠어. 우리 애들 보낼 테니까. 같이 공조를 잘 해보자고."

"그럼 홍 사장님만 믿고 오늘은 맘 편히 자겠습니다."

간단한 통화를 끝낼 때쯤 석훈이 탄 택시는 이미 샹그릴라 호텔의 로비 앞에 도착해 있었다. 후덥지근한 남방의 밤이었다.

17

역공(1)

다음 날 아침. 석훈의 예상대로 샹그릴라 호텔 라운지에 우 실장이 강이라는 부하를 데리고 나타났다. 상해에서 석훈의 뒤통수를 친 이후 처음 대면하는 그들이었다. 그들은 곽 사장을 잡기 위해 왔지만, 라운지에 곽 사장은 보이지 않았다.

"오랜만이구먼…. 근데 곽 사장이라는 인간은 왜 안 보이니?"

석훈은 뻔뻔한 우 실장의 얼굴을 잠시 노려봤다. 당장이라도 코를 뭉개버리고 싶었지만, 장 이사의 비자금과 나머지 팀원들을 생각하며 감정을 다잡았다.

"김상덕 씨 건 때문에 왔는데 우리 솔직하게 얘기 좀

할까요? 나랑 실장님 단둘이서."

석훈의 뜬금없는 얘기에 우 실장이 황당한 듯 눈을 동그랗게 떴다. 상황을 짐작하느라 잠시 생각하더니 입을 열었다.

"홍 사장이 무슨 비자금 얘기하고 그러던데…."

"그건 내가 흘린 정보죠. 아! 물론 장선호 이사한테 비자금은 있습니다. 그런데…, 그걸 어떻게 빼낼 수 있을까요? 아마 쉽지 않을 겁니다."

석훈의 선공에 우 실장이 입을 닫았다. 사실 우 실장은 홍 사장이 꺼낸 몇 백억이라는 자금 규모를 온전히 믿은 건 아니었다. 혹시라도 떨어질 게 있을 거라는 기대와 주요 거래처인 홍 사장의 말을 쉽게 무시할 수는 없어서 여기까지 먼 거리를 날아온 거였다. 현실적으로 쉽게 먹을 수 있는 것에 먼저 손이 가게 마련이었다.

"그러게 홍 사장은 우리를 왜 여기까지 불러서리…, 쯧!"

우 실장은 속으로 부아가 치밀었다. 수천 킬로를 날아왔는데 헛걸음으로 끝나나 했다. 차라리 진행하던 몸캠 사이트 사업을 더 밀어부쳐야 했다고 속으로 후회했다.

"그럼 곽 사장이라는 사람은 뭐이네?"

"그 사람은 제가 우리 실장님 만나려고 홍 사장한테 던진 미끼죠."

"하…, 이 아새끼 좀 보게! 그래 내한테 하고 싶은 말이 뭐이네?"

"김상덕 넘겨주시죠. 대가는 치르죠. 물론 홍 사장한테는 비밀로 하고 저와 직거래하는 겁니다. 중간에 낀 사람이 없어야 남는 게 많은 법이니까요."

그렇지 않아도 홍 사장한테 불만이던 우 실장에게 석훈의 말은 굳이 거절할 필요 없는 제안이었다. 우 실장이 머리를 굴리는지 말 없이 석훈을 빤히 쳐다봤다. 아마도 석훈이 얼마의 돈을 내놓을 수 있을지 궁금할 터였다. 석훈의 우 실장의 속내를 읽은 듯 입꼬리를 올리며 말을 이었다.

"3천만 원. 싫으면 말고요."

"한 가지만 물어보자. 김상덕을 그 돈 주고 빼내고 싶다는 건…. 가가 그만한 가치가 있어 그러는 거 아니네?"

맞는 말이었다. 비자금을 털기 위한 설계에 상덕의 백도어 프로그램이 전적으로 필요했다.

"나 때문에 이 일에 휘말렸으니 내가 해결해야겠죠. 근데 나도 예산이라는 게 있거든요. 김상덕 씨한테 내가 쓸 수 있는 돈은 딱 3천만 원! 싫으면 하지 맙시다! 이 거래!"

"4천!"

"실랑이하러 온 거 아닙니다. 3천만 원 싫으면, 그냥 김상덕을 죽이든지 말든지, 알아서 하시고…!"

석훈이 쇼파에서 몸을 일으켰다. 협상이 깨지는 거에

대한 아쉬움은 없다는 제스처였다.

"아…, 알았어! 이거 홍 사장한테 안 흘러가는 거지?"

"홍 사장한테는 바람맞았다고 하면 될 겁니다. 저도 굳
이 홍 사장한테 연락할 이유는 없으니 염려 놓으시고요."

"보름 뒤에 돈 갖고 장춘으로 와라! 그때 교환하자."

석훈이 우 실장에게 악수를 청한 뒤, 돌아서며 씩 웃
었다.

* * *

우 실장과 담판을 지은 1주일 뒤, 석훈은 일산에 있는
원룸에 있었다.

오천만 원. 석훈의 눈앞에 지난 5년간 자신의 모든 것
을 걸고 추진했던 빌라 건물을 처분하고 남은 돈이 놓여
있었다. 오만 원권 천 장. 한 장의 무게 0.97g, 1kg도 되지
않는 한 뭉치의 돈일 뿐이었다.

'다시 처음으로 돌아온 건가…?'

석훈의 교사 자리를 두고 돈을 받았던 박 교감은 이제
교장이 되어 있었고, 석훈과 함께 박 교감 라인에 섰던 최
선생은 최연소 교감의 자리에 올라 있었다. 석훈 자신만
빼고 모두가 잘된 것 같았다. 묘한 외로움이 석훈을 감쌌
다. 석훈은 눈앞에 놓인 자신의 모든 것이자 한 뭉치의 돈
을 종이에 잘 감싸 챙겼다.

그때 테이블 위의 핸드폰이 울렸다. 미래였다.

"석훈 씨! 한국에 들어왔다고? 어떻게 들어왔어?"

"이판사판이었지. 아직 밀항 루트가 남아 있더라고."

"뭐, 밀항…?"

"그럼 어쩌겠어? 출입국관리소에서 잡히면 안 되잖아. 그런데 지금 어디야?"

다음날, 석훈은 빌라에 세워두었던 승합차를 끌고 강남으로 진입했다. 강남의 뒷골목에 이르러 기어를 앞으로 밀어 넣으며 천천히 미래가 근무하는 BNT그룹 본사 건물에서 두어 블록 떨어진 곳에 주차했다. 얼마 뒤 또각거리는 하이힐 소리와 함께 낡은 승합차 문을 여는 사람이 있었다. 미래였다.

석훈을 보자마자 미래가 급하게 물었다.

"어떻게 된 거야?"

"내가 한국에 오지 않으면 해결이 안 되겠더라고…."

"뭐가?"

"상덕 형님이 어디 있는지 확인했어."

"어떻게?"

"미끼를 던지니 물더라고 곽 사장한테 딱 붙어 있었더니 우 실장 일당이 그쪽으로 찾아왔더라고."

미래가 걱정을 담은 눈빛으로 석훈을 살폈다.

"우 실장이 상덕 씨를 데리고 있는 거야? 석훈 씨 말이 맞았네?"

"돈을 요구하더라."

"얼마나?"

"삼천만 원…."

"돈은 있어?"

"어. 빌라 건물 처분했거든."

석훈의 대답에 미래가 석훈을 쳐다볼 뿐, 다른 말은 하지 않았다. 빌라가 석훈이 애지중지하던, 그의 마지막 희망이었다는 사실을 잘 알고 있는 미래였다.

"그리고 석훈씨… 아린이와도 연락이 됐어."

"뭐…? 걔는 그동안 도대체 어디서 뭘 하고 있었던 거야!"

"장 이사가 못된 짓을 했더라고."

"못된 짓이라니?"

"섹스 동영상을 찍었어. 아린이 걸려든 거지…."

미래의 말에 석훈은 자책했다. 아린을 장 이사에게 접근시킨 건 자신이었다.

"장 이사 털어먹자는 계획은 내가 먼저 제안한`거였잖아…. 석훈 씨만 너무 자책하지 마…."

"가보자. 아린이한테. 어디 있대?"

"중곡동."

석훈은 승합차의 기어를 넣으며 영동대교 방면으로 몰

왔다. 하늘이 어둑해지고 있었다. 아린을 찾아간다 해도 자신을 만나줄지는 장담할 수 없었다. 하지만 걱정과 달리 연락을 받은 아린은 모자를 푹 눌러쓴 채 밖에서 석훈과 미래를 기다리고 있었다.

"정말, 상덕 오빠가 어디 있는지 찾았다고요?"

"그래, 장춘에 감금되어 있어."

"어쩔 거예요? 그냥 놔두자는 건 아니죠?"

아린이 잔뜩 날카로워진 목소리로 물었다.

"그쪽에서 3천만 원을 요구하는데…. 그 돈은 내가 마련했으니 문제 없을 거다."

"웬일이에요? 짠돌이가…."

비꼬는 아린의 말에 미래가 한마디 던졌다.

"김아린! 그 돈…, 석훈 씨 빌라 처분하고 남은 돈이야. 석훈 씨도 자기 거를 다 내놓은 거라고…. 그런데 그따위로 말을 해야 되겠니?"

미래의 다그치는 말투에 아린이 미래를 쏘아보며 날카롭게 대꾸했다.

"아직도 내 상사인 줄 아나 보지?"

장 이사에게 섹스 동영상을 찍혔다는 아린 역시 밑바닥이었다. 아린의 얼굴은 전과 달리 화장기가 전혀 없었다. 퍼석해진 피부밑으로 푸른 실핏줄이 드러나 있었다.

석훈이 티격태격 감정에 잡힌 둘을 가만히 쳐다보다

조용히 입을 열었다.

"아린아…, 너한테 사과하고 싶다."

"갑자기 또 무슨 꿍꿍이야?"

"너 빚이 5천이라고 했지?"

"그거야 내가 알아서 할 문제고…."

석훈은 자신의 원룸에서 챙겨두었던 돈뭉치를 꺼내 아
린에게 내밀었다.

"이게 내가 가진 돈 전부야."

아린이 얼떨떨한 표정으로 돈뭉치와 석훈을 번갈아 응
시했다.

"다…, 얼마인데?"

"5천. 이거면 네 빚 다 갚고 새 출발할 수 있을 거다. 물
론 원했던 방식의 돈은 아니겠지만…, 그리고 장 이사가 널
촬영했다던 그거…."

석훈이 말이 끝나기도 전에 아린은 그의 말을 막아섰다.

"상관없어. 장 이사 그 새끼가 그걸로 뭘 어떻게 하건
상관 안 해…, 시발!"

"우린 상덕 형님을 구해내고 장 이사 비자금을 끝까지
쫓아가 털 계획이야. 물론 계획에 성공하면 당연히 네 몫
도 있을 거고. 그런데 넌 이쯤에서 빠져."

"내가, 왜…?"

"이제는 내가 역할을 할 차례잖아. 그동안 수고했어.

김아린!"

석훈이 처음으로 아린의 손을 진심으로 잡아줬다. 그 순간 아림의 마음에 쌓인 석훈에 대한 악감정의 일부가 녹아 내리는 듯했다.

"이제, 어떻게 할 건데?"

"일단 상덕 형님부터 찾고 봐야지."

아린이 고개를 떨군 채 침묵했다. 울고 있었다.

"우리 간다!"

"아린아, 장 이사가 가지고 있다는 그 영상, 그것도 최대한 할 수 있는 데까지 수습해볼 테니 너무 걱정하지 마."

비로소 아린이 고개를 들었다. 눈이 붉게 충혈되어 있었다.

"아니! 그딴 건 신경 쓰지 말고, 장 이사 비자금 터는 데만 신경 써! 석훈 오빠, 오빠가 분명히 말했다. 내 몫도 있는 거라고! 꼭 성공해, 꼭! 반드시!"

석훈과 미래가 말없이 아린의 눈을 보며 고개를 끄덕였다.

* * *

석훈은 우 실장과 만나기로 한 며칠 전에 장춘역에 미리 도착했다. 우 실장 일당을 무작정 믿고 있을 수만은 없었다. 확인해본 바로, 그들이 머무는 곳은 장춘역에서 그리 떨어지지 않은 곳이었다. 어두컴컴한 상가에 상인들이 절반만 문을 연 채 의욕 잃은 표정으로들 앉아 있었다. 한 블록 떨어진 도매시장에 사람들이 바글대는 분위기와는 상반되는 모습이었다.

'이런 곳에 놈들 아지트가 있다고?'

연길의 또 다른 조선족 건달에게 부탁한 일이었다. 그들은 홍 사장 일당보다 일 처리가 빨랐다. 홍 사장과 우 실장은 그저 그렇고 그런 양아치 중 하나일 뿐이었다.

'이 분야 역시 자유 경쟁 시장이다. 굳이 홍 사장에게만 의존할 이유는 없지!'

그들이 알려준 바에 따르면, 우 실장이 머무는 숙소는 쉐이지앙빙관(水江宾馆). 낡은 상가 건물 사이에 끼어 자리하고 있었다. 벽을 맞대고 있는 한쪽 건물은 헐고 새로 짓는지, 철근이 얼기설기 엮인 채 공사가 진행 중이었다.

한낮의 더위를 이기지 못한 인부들이 기계를 멈추고 한쪽 그늘에 모여 휴식을 취하고 있었다. 석훈도 뜨거운 햇볕에 땀범벅이 됐다. 석훈이 인부들을 일별하며 빙관에 들어서자 카운터에 앉아 있던 여직원이 응대했다.

"이틀 묵을 방이 있을까요?"

우선은 이틀간 방을 빌리기로 했다. 여직원이 305호 방키를 내주었다. 계단을 걸어 올라간 3층 복도가 담배 연기로 가득 차 있었다.

끼익! 복도 끝쪽 방에서 문이 열리며 웃통을 벗어 제 낀 빡빡머리의 사내 둘이 나왔다. 순간 석훈은 긴장했지만, 사내들은 마주오던 석훈을 쓱 훑더니 곧장 지나쳐 계단으로 내려갔다.

차림새로 보아 공사장 인부들로 생각되었다. 한낮의 더위로 작업이 중단된 동안 숙소에 들어와 잠시 쉰 것이리라.

305호의 문을 열고 들어간 석훈이 들고온 짐을 풀었다.

바깥으로 난 창문을 통해 쉐이지앙빙관에 드나드는 모든 사람을 관찰할 수 있었다. 석훈이 에어컨을 튼 후, 빙관과 창문 밖 골목 구조를 유심히 살펴 머릿속에 그려넣고 침대 위로 몸을 던졌다. 깜박 잠들었던 석훈이 놀란 듯 몸을 일으켜 창으로 눈을 돌렸다. 맞은 편 건물이 방안으로 길게 그림자를 드리우고 있었다. 그 시각부터 석훈은 아침과 저녁 시간대에 창문에 몸을 붙이고 드나드는 모든 사람들을 눈에 넣었다.

그렇게 이틀을 보낸 석훈이 우 실장 일당을 발견한 곳은 의외의 장소였다. 정오가 지났지만, 아직 태양이 뜨거운 입김을 거두기엔 한참 기다려야 할 오후 두 시, 드나드는 사람이 더 이상 없을 거라 생각한 석훈이 허기를 해결하기 위해 인근 식당을 찾았다. 끼니를 때울 수 있는 면 요리 하나를 시킨 후 하릴 없이 스마트폰을 만지작거리고 있었다.

시야가 살짝 틀어진 식당의 한쪽 별실에 한 무리의 남자들이 웃통을 벗고 시끌벅적 먹고 마시고 있었다.

그때였다. 석훈에게 익숙한 말투가 소란속에 섞여 들렸다. 석훈이 가만히 두 손으로 얼굴을 감싸쥐고 팔꿈치를 테이블에 기대 숙이며 들려오는 소리에 귀를 기울였다.

"야! 한국에 돈 벌러 간 수용이 바람났다더라!"

"그 집안 거, 콩가루 집안이구나야. 마누라도 딴 놈이랑 놀아난다는데, 하하!"

"뭐 이러나저러나 돈 부쳐주니 붙어먹고 있는 거 아이겠나! 니들도 열심히 하라!"

"근데, 저 돼지 새끼는 만날 처먹기만 하고 일을 안 하니, 정작 우리 일을 시작도 못 하는 거 아이네, 쯧!"

혹시나 했던 예상대로 그 목소리에 우 실장의 목소리가 섞여 있었다. 그리고 유심히 살핀 공간 한 구석에 그릇에 고개를 박고 그들이 처먹기만 한다고 얘기했던 돼지 새끼, 상덕이 있었다. 상덕은 한동안 씻지도 못했는지 뒷머리가 기름지게 떠져 있었다. 여전히 티셔츠 옆으로 옆구리 살이 삐져나와 있었다.

18

역공(2)

"아린을 이용해 나한테 접근시킨 게 미래 씨 생각인가?"

"그게…, 무슨 말씀이시죠?"

"시치미를 떼고 넘어갈 문제는 아닌 것 같은데…, 그렇죠?"

밀폐된 임원실에서 장 이사가 평소와 달리 미래에게 바싹 다가왔다. 그러더니 손가락으로 미래의 가슴팍을 콕콕 찌르며 말을 이었다.

"감히 내 돈에 손을 대려고 해? 너희 같은 밑바닥 인생들은 절대 넘볼 수 없는 세계가 있어…. 물론 넌 똑똑하니까 금방 이해하겠지? 세상에는 안 되는 게 있다는 거 말이야?"

"이사님, 지금 이러시는 거…."

"뭐? 성추행으로 고소라도 하시게? 그럼 네가 저지른 그 발칙한 짓거리들도 다 알려질 걸."

순간 미래의 머릿속에 아린의 얼굴이 새겨졌다. 아린 혼자 감내했을 공포와 두려움이 잠깐이나마 자신의 것인 양 소름이 돋았다. 그 마음속 두려움을 꾹꾹 눌러 담고, 장이사의 눈을 정면으로 응시하며 낮지만 단호한 목소리로 입을 열었다.

"이사님이 치졸하게 협박용으로 찍어뒀다는 그 영상도 같이 공개된다면 나쁠 것도 없죠."

"무슨 영상? 아린이가 그러던가? 난 모르는 일이라고 잡아떼면 그만이야! 게다가 그 영상은 말이지…, 네따위가 찾을 수 있게 놔두지 않았거든. 하하!"

장 이사가 미래의 귓가에 입술을 바짝 붙이고 속삭였다. 장 이사의 불쾌한 숨결이 느껴졌다. 혐오감이 소름으로 돋았다.

"석훈 씨 수사, 중단하게 해줘요."

"네가 원하는 게 그거야?"

미래는 추 이사를 통해 몇 번의 면담을 신청했었다. 하지만 장 이사는 상해 사건 이후 계속 미래를 피했다. 당사자 간 풀어야 할 일이었지만 장 이사는 그 일을 회피했다.

장 이사 역시 속으로는 겁을 집어먹고 있었다. 치밀한

성격이었지만 살면서 한 번도 직접적 위협을 당해본 적 없는 그였다. 그러니 그가 할 수 있는 대처라곤, 위협적 상황으로부터 최대한 멀어지는 것이었다. 그런 차원에서 석훈에 대한 형사 고발과 아린에 대한 협박은 둘 모두를 조용하게 만들려는 목적이었다.

하지만 당장에 어찌할 수도, 멀리할 수도 없는 눈엣가시가 있었다. 미래였다. 주변에 붙어 결코 쉽게 떨어지지 않는 존재. 미래가 장 이사에게는 최대의 골칫거리였다. 소파에 눌러앉은 장 이사가 턱을 치켜들고 미래를 응시했다.

"어떤 거래든 오가는 게 맞아야 성사되는 거 아니겠어?"

"이사님이 원하시는 게 뭐죠?"

"최 팀장이 BNT그룹을 떠나는 거!"

장 이사의 제안에 미래는 그간 쌓아왔던 시간과 경력이 한순간에 무너진다고 생각했다. 사내에 퍼진 임 상무와의 불륜설에도 이를 악물고 버텼던 미래였다. 협력사 사장들과 후배들로부터 미친개라는 소리를 들으며 위로 위로 올라가고자 했던 그녀였다.

"못 하겠다면요…?"

"그럼, 어쩔 수 없지. 이석훈은 계속 도망자 신세가 되는 거고…, 김아린은 언제 동영상이 유출될지 모를 불안감을 안고 사는 거지."

"그걸 어떻게 믿죠? 석훈 씨에 대한 수사 중단이야 확인할 수 있다지만, 동영상이 완전히 삭제됐다는 걸 어떻게 믿을 수 있냐는 거죠."

"그건 네가 할 고민은 아닌 것 같은데?"

급한 노크 소리가 들렸다. 뒤늦게 추 이사가 소식을 듣고 달려온 것이다.

"야! 최미래 너 여기가 어디라고 들어와!"

"놔두세요, 뭐 할 말이 있어서 왔겠죠."

장 이사가 미래에게 했던 좀 전의 목소리를 거두고 점잖은 말투로 추 이사를 말렸다. 미래는 그런 장 이사의 모습에 감춰진 위선을 느꼈다. 미래가 추 이사는 안중에 없는 듯, 허리에 손을 얹고는 장 이사를 내려다봤다.

"그렇게 하죠."

"어, 정말? 정말 회사에서 나가는 거지?"

장 이사가 놀란 눈으로 미래를 바라봤다.

"네. 제가 BNT에서 나간다고요! 하지만 약속이 안 지켜지면…, 당신이 벌인 온갖 추한 행적들을 다 까발릴 거니 그리 아세요!"

"그런 건 걱정하지 말고 얼른 사직서부터 써. 추 이사! 지금 당장 인사과에 연락해 최미래 팀장 사직 처리해 주세요."

늘 상황 파악에 뒤처지는 추 이사의 표정이 어리둥절했다. 장 이사에게 무슨 말인가 하려고 입술을 달싹거렸으나, 장 이사의 매서운 눈빛에 얼른 미래의 팔을 끌고 밖으로 나왔다. 장 이사 방을 나오자마자 미래가 추 이사를 향해 쏘아붙쳤다.

"이거 놔! 이 새끼야!"

"야! 너 어디서 막말이야?"

"너 같이 더러운 구정물 같은 새끼는…, 내 인생에 다시는 없을 거다!"

그렇게 추 이사를 향해 독하게 내뱉고 사무실을 빠져나왔다. 정작 밖으로 나왔지만 미래는 이제 뭘 해야 할지 당장에 감을 잡을 수 없었다. BNT그룹은 자기의 모든 것이었으며, 젊은 날의 모든 추억이 담겨 있었다. 미래는 이제 석훈처럼 자신에게도 남은 게 아무것이 없다는 사실을 받아들여야 했다. 알지 못하는 감정에 휩싸여 눈물이 흘렀다. 억울함과 회한의 감정이었다. 힘겹게 핸드폰을 꺼내 아린에게 문자를 보냈다.

아린아, 동영상은 내가 잘 처리했으니까 앞으로 걱정하지 말고 편하게 살아.
└ 어디예요? 도대체 어떻게 한 건데요?
회사 앞.
└ 잠깐 만나요. 우리.

어차피 미래에겐 당장 갈 곳도 없었다. 아린의 제의에

미래는 주저 없이 택시를 잡아 타고 중곡동으로 향했다.

* * *

장춘 쉐이지앙빙관(水江宾馆).

우 실장 일당은 4층의 방 세 개를 빌려 쓰고 있었다. 석훈은 데스크 직원에게 투숙일을 연장하며, 3층에 벌레가 나온다며 4층으로 방을 옮겨 달라고 했다. 우 실장 일당들이 오가는 상황을 방 안에서도 그대로 느낄 수 있는 위치였다.

석훈은 이틀 동안 우 실장 일당의 동선과 개별 특징들을 파악했다. 늘 우 실장의 곁에 붙어 다니는 덩치는 심천에서 봤던 강이었다. 나머지 세 명은 번갈아 가며 상덕을 감시하고 관리하는 듯했다.

상덕은 하루에 두 번 정해진 시간에 숙소 밖으로 나왔다. 아침 8시와 저녁 8시, 인근 식당에서 끼니를 해결하기 위해서였다. 석훈은 우 실장 일당이 따로 찢어지는 순간을 노렸다.

그리고 다시 하루가 지나 드디어 기회가 왔다. 저녁을 먹고 숙소에 돌아온 우 실장 일당이 한 명만 남겨 놓고 밖으로 나간 것이었다. 온 몸의 신경을 곤두세워 문 밖의 상황에 귀 기울이고 창 밖의 상황을 체크한 결과 확신한 절호의 기회였다.

'한 놈만 감시원으로 놔두고 술 마시러 가는 거다.'

석훈은 희생 없이 얻을 수 있는 건 아무것도 없다는 결의를 새기며 무기가 될 만한 물건들을 살폈다. 남아 있는 빡빡머리를 제압할 만한 물건으로 마땅한 건 딱 하나. 미래가 우 실장을 제압할 때 사용했던 전기 충격기였다. 만일에 대비해 가스총도 허리 뒤춤에 챙겼다.

저녁 아홉 시. 석훈은 대략 한 시간 정도의 여유가 있다고 생각했다. 최대한 빠른 시간 내에 빡빡이를 제압해 상덕을 빼내고 짐을 챙겨 빙관을 벗어나는 데 30분을 넘어서면 곤란하다. 석훈이 방문을 살짝 열어 복도 상황을 조심스레 살폈다. 청소하는 직원들은 해가 지고 나서부터 보이지 않았다. 변수가 있다면 4층 객실의 다른 투숙객들이었다.

석훈이 조심스럽게 405호로 다가가 문에 귀를 바짝 대고 문을 두드렸다. 안에서 기척이 들렸다. 심호흡을 하며 긴장을 잡는데, 문이 열렸다. 짐작대로 우 실장의 빡빡이 부하였다.

"너 누구니?"

"혹시 우 실장님 안 계십니까?"

"누구냐니까 기래?"

"전 이석훈이라고 합니다. 우 실장님과 미리 얘기된 걸로 아는데?"

석훈이 은근슬쩍 빡빡이를 밀며 안으로 들어가려고
했다.

"잠시만 기다리라!"

빡빡이가 확인을 하려는지 석훈에게 등을 돌리며 전화
기를 들었다. 석훈은 그 순간을 놓치지 않았다. 오른손에
쥔 채 주머니에 찔러 넣었던 전기 충격기를 꺼내 놈의 옆
구리를 찔렀다.

치지지직! 치지지직!

빡빡머리가 한 차례 몸을 비틀더니 통나무처럼 쿵, 하
고 바닥에 고꾸라졌다. 석훈이 고목처럼 누워 있는 빡빡머
리를 밀치고 급하게 방안으로 들어가자, 한쪽 구석에 노
트북을 켜놓고 작업하던 상덕이 비로소 놀란 눈으로 석훈
을 쳐다봤다.

"상덕 형님!"

"어…, 석훈 씨!"

뿌연 안경 너머로 석훈을 바라보는 상덕의 놀란 표정이
아직도 어찌된 영문인지 상황 파악이 안 되는 듯 멍했다.

"시간 없어요! 일단 여기서 나갑시다! 얼른 일어나요!"

"여권…, 우 실장이 갖고 있는데…."

"나중에 다시 만들면 됩니다. 일단 나가고 봅시다!"

상덕이 그제야 몸을 일으켜 자신의 짐을 챙겼다. 짐이
라고 해봐야 옷가지 몇 개 든 가방과 노트북이 전부였다.

석훈은 상덕을 이끌어 자신의 방으로 들어와 미리 싸둔 짐을 챙기고 재빨리 계단을 뛰었다.

"퇴이방!(퇴실합니다)"

카운터의 여직원이 급하게 움직이는 두 사람을 의심의 눈초리로 쳐다봤다. 하지만 석훈이 룸 키와 영수증을 내밀며 재촉하자 갸웃거리면서도 달리 할 바 없다는 듯 보증금을 내주었다. 빈관에서 시도때도 없이 일어나는 손님들의 일에 굳이 끼어들어 좋을 일 없을 거라는 평소 지론이 작용했을 터였다.

"석훈 씨, 여권 없이는 기차도 못 탈 텐데…."

"택시 타고 심양으로 가 영사관에서 임시 여권을 만들면 됩니다."

석훈은 그보다는 우 실장 일당이 쫓아오지 않을까 조바심이 일었다. 우선은 쉐이지앙빙관의 맞은편으로 도로를 건너야 했다. 늦은 시간임에도 차도는 오가는 차들로 붐볐다.

"뭐해요, 형님! 얼른 와요!"

먼저 차도 중간까지 치고 나간 석훈이 뒤를 돌아보며 상덕을 재촉했다. 상덕은 오랜 기간 갇혀 있던 탓인지, 상황 판단이 흐려져 있었다. 하지만 다그치는 석훈의 외침에 상덕이 발을 재게 놀릴 때쯤이었다. 석훈의 눈에 쉐이지앙빙관으로 들어가고 있는 우 실장 일당의 모습이 보였다. 다른 생각할 틈이 없었다. 석훈이 더 세게 상덕을 재촉했다.

"빨리빨리!"

상덕이 겨우 길을 건너 석훈을 따라잡았다. 마침 저쪽에서 오는 택시가 보였다. 석훈은 택시와 우 실장 일당을 번갈아보며 손을 흔들어 택시를 잡아탔다.

"콰이콰이, 취셴양!(심양으로 가 주세요!)"

택시 기사가 석훈이 알아들을 수 없는 소리로 뭐라고 말했다. 그때 정신을 차린 상덕이 빠르게 기사와 대화를 주고받았고, 그제야 택시는 출발했다. 고개를 돌린 석훈의 눈에 빙관 입구에서 우왕좌왕 두리번거리는 우 실장 일당이 들어왔다.

"석훈 씨, 이거 택시비 많이 나오는 거 아냐? 심양까지 몇 시간은 달려야 할 텐데…."

"형님, 이걸로 3천만 원은 아낀 겁니다."

"뭐? 3천만 원을 아낀 거라고…?"

우 실장이 상덕을 넘겨주는 대가로 받기로 한 금액은 3천만 원이었다. 하지만 석훈은 자신이 가진 돈 전부를 아린의 빚을 갚는 데 썼다. 미래가 애초에 내놓았던 자금도 바닥이었다. 물론 석훈은 자신이 지점장에게 갖다 준 천만 원의 내역에 대해서도 미래에게 솔직하게 털어놓았다. 결국, 석훈은 그렇게 자신이 직접 상덕을 구해낼 수밖에 없는 상황이었던 것이다.

"어쨌든 다행입니다. 이렇게 다시 만나게 돼서요."

"고마워. 저놈들 거 만들어주느라 아주… 개고생했거든…."

"몸캠 피싱 사이트 말이에요?"

"엇! 석훈 씨가 그걸 어떻게…?"

"다 아는 수가 있죠."

택시가 장춘 시내를 벗어나자 비로소 석훈이 여유를 찾은 듯 상덕과 웃으며 대화를 주고 받을 수 있었다.

"정말 나쁜 놈들이야, 물론 나도 떳떳한 사람은 아니지만…."

"그래서? 그 몸캠 피싱 사이트는 다 만들어준 겁니까?"

"하하…, 미쳤어? 마지막에 코드를 퍼블리싱해야 하는데 그걸 안 하고 버티고 있었거든…. 아마 저놈들 허탕쳤다고 아주 난리들일 거다!"

석훈이 상덕의 어깨에 팔을 감으며 웃었다.

"이제 우리 할 일을 다시 해봐야죠."

"무슨… 말이야?"

"장 이사 비자금 말이에요. 이번엔 800억 전부 털어먹을 겁니다."

"……"

장 이사 비자금 얘기에 상덕이 어리둥절한지 석훈을

빤히 쳐다보다 갑자기 생각난 듯 입을 열었다.

"근데 석훈 씨, 우리 아린이는…?"

"걱정하지 마요. 잘 있어요. 아린이 돈 문제도 해결됐고…, 어쨌든 걱정하지 않아도 됩니다."

그제야 상덕이 고개를 끄덕이며 창문 밖으로 시선을 돌렸다. 아린을 생각하는 상덕의 마음은 언제나 한결같았다. 그런 모습을 지켜보는 석훈은 처음으로 상덕이라는 남자가 부럽게 느껴졌다.

4장

끝까지 의심하라

재설계(1)

"장 이사 백도어 프로그램이 아직 꺼지지 않았더라고. 내가 계속 지켜보고 있었거든!"

상덕이 노트북을 가리키며 씩 웃었다. 미래는 이미 회사에 사직 전 남은 휴가를 내고 석훈과 만나기 위해 상해에 와 있었다. 아린을 제외한 나머지 멤버들이 다시 한 자리에 모였다.

이런저런 안부와 그간의 일들을 나누던 상덕이 역시 아린에 대해 가장 큰 관심을 나타냈다.

"아린 동영상은 딱 한 번 복사됐어. 복사된 디바이스의 아이피를 보니 장 이사의 사무실 데스크톱이야."

"그럼 그 동영상도 완전 삭제할 수 있다는 거네요."

"그렇지. 그래서 말인데 내가 직접 가서 삭제해야겠어…."

상덕이 앞뒤 없이 아린의 걱정으로 나서는데, 미래가 끼어들었다.

"장 이사 사무실에 들어가려면 보안키가 필요해요. 아무래도 제가 상덕 씨보다 낫겠죠. 우린 각자의 역할이 있어요. 자기 자리를 지켜야 한다는 거죠."

"그래도… 난, 아린 동영상을 삭제하는 게 무엇보다도 더 중요해요. 당장 갈 겁니다."

난감했다. 상덕을 말릴 명문이 약했다. 그에게는 장 이사의 비자금보다 아린이 더 중요했다.

그때, 누군가 방문을 두드렸다. 예상치 못한 상황에 긴장으로 굳어진 세 사람의 눈빛이 서로의 얼굴을 훑었다.

"누구지?"

석훈이 전기 충격기를 한 손에 쥐고 문 뒤로 바짝 귀를 기울였고, 상덕과 미래는 휘두를 만한 뭔가를 찾아 방 안을 살폈다. 그러는 와중에 밖에서 문을 두드리며 외치는 소리가 들려왔다.

"문 열어요! 저 아린이에요! 아린!"

분명 아린이었다. 상덕이 구출됐다는 소식에 급하게 날아온 것이었다. 상덕이 스프링처럼 튕기더니 벌컥 문을 열었다. 중곡동에서의 창백했던 모습과는 달리 다시 화려하게 차려입은 아린이었다. 아린이 커다란 선글라스를 벗으며 촉촉히 젖은 눈으로 상덕을 바라봤다.

"아린아…!"

상덕이 아린의 두 손을 꼭 잡았다. 말 없이 울먹이며 상덕의 눈을 바라보던 아린이 상덕을 덥석 끌어안았다.

"오빠! 도대체 어떻게 된 거야? 어디 있었어?"

"그…그게."

"난 오빠가 어디서 죽은 줄 알았잖아! 이제 다시는 어디 가지마! 알았지?"

"그…그래."

아린 품에서 상덕이 눈물 젖은 미소를 보였다. 갑자기 아린이 상덕을 밀치더니 입을 열었다.

"근데, 아까 문밖에서 잠깐 들었는데, 오빠가 장 이사한테 간다고?"

"아린아 네 동영상 말이야. 완전히 지울 수 있어."

"그거 지워주면 나야 좋지. 근데 오빠, 나한테 더 중요한 건 돈이야. 그 빌어먹을 장 이사 새끼의 비자금이라고!"

상덕이 그런 아린의 반응에 놀란 듯 머뭇거렸다.

"석훈 오빠가 장 이사 비자금 800억을 우리가 먹을 수 있대. 그것 털어 우리도 남들처럼 행복하게 살아보자. 응?"

상덕은 아린의 말 속에 붙어나온 '우리'라는 단어에 꽂혔다. 상덕에게는 그 이상의 무엇도 바라는 게 없었기 때문이었다.

"그래…뭐, 한번 해보자. 나야 예전처럼 하면 되는 거 잖아?"

"맞아! 오빠가 잘하는 거 계속하면 돼. 장 이사가 뭘 보고 뭘 듣는지…. 그리고 어떻게 움직이는지. 난 반드시 그 개새끼 돈을 훔칠 거야! 오빠, 도와줄 거지?"

아린의 물음에 상덕이 우스꽝스러울 정도로 고개를 아래 위로 흔들었다. 석훈은 아린의 진심을 100프로 확신할 수 없었지만, 장 이사의 비자금을 터는 계획에 도움이 되는 건 확실했다. 아린이 석훈에게 다가왔다. 아린의 표정에 그동안 숱하게 보여왔던 경멸은 없었다. 대신 결연함이 눈빛에 확고했다.

"이번에는 계획 잘 세웠어요? 이미 우리는 장 이사한테 다 노출됐는데 어떻게 할 수 있는 건지 궁금한데요?"

"자기들끼리 무너지게 해야겠지."

"어떻게요?"

석훈이 테이블 앞으로 모두의 머리를 이끌었다. 그리고 테이블 위로 곽 사장의 사진을 내밀었다.

"이 사람이 곽철호라는 인간이야. 장 이사의 중국 비자금 계좌를 관리하는 사람."

모두의 시선을 한 바퀴 응시하며 잠시 뜸을 들인 석훈이 상덕에게 물었다.

"형님! 장 이사 비자금은 아직 BDC 은행 계좌에 있는 거죠?"

"아직 그대로야. 계좌 이동은 없었어. 근데 정말 이 곽철호라는 사람하고 메시지를 많이 주고받더라고."

"내가 상덕 형을 잡아간 우 실장을 찾으려고 곽 사장을 한 번 건드렸었거든. 그때 아마 곽 사장이 장 이사를 한 번 떠본 적이 있을 거야. 형님, 어때요? 제 말이 맞죠?"

"맞아. 근데 둘의 신뢰 관계가 아직까진 확고한 거 같아."

"표면적으로는 그럴 겁니다. 신뢰가 없으면 할 수 없는 일이니까. 그런 관계는 작은 균열만 내줘도 틀어지게 되어 있죠."

"그럼 석훈 씨 계획은 뭐야?"

미래가 진지한 표정으로 물었다.

"장 이사한테 거짓 정보를 흘리는 거지. 곽 사장이 비자금을 슈킹하려 한다는 메시지"

"누가 보내는 걸로 하고?"

"아직 우리 중 장 이사에게 직접적으로 신분 노출이 안된 사람이 있지. 바로 상덕 형!"

"저번에도 상덕 씨 만나러 왔다 그런 일이 일어났는데…, 믿으려고 할까?"

"아마…, 믿을 거야. 제임스 김이라는 투자자와 우린

별개의 독립변수거든. 그리고 믿지 않더라도 상관없어."

"뭐…? 어떻게?"

미래와 아린이 의심 가득한 눈초리로 석훈을 바라봤다. 하지만 석훈의 눈빛에 흔들림은 없었다.

"그저 의심스런 단초 하나만 던져주어도 장 이사 같은 인물은 어떻게든 반응하게 될 거야. 원래 의심이라는 건 얼굴 맞대고 있지 않은 한 혼자서도 끝 없이 자라거든."

"그리고 나면…?"

"그 다음은 곽 사장이 움직일 차례지. 곽 사장은 자신이 팽당했다는 걸 알면 먼저 비자금을 챙겨 다른 데로 옮기려고 할 거야. 우린 그 순간을 노리는 거지."

가만히 듣고 있던 상덕이 조용히 입을 열었다.

"장 이사가 쥐고 있는 계좌에서 곽 사장이 돈을 빼낼 방법은 현금으로 인출하는 방법밖엔 없을 텐데…."

"빙고! 우린 곽 사장이 빼낸 그 현금을 노릴 거야."

미래가 무모하다는 듯 되물었다.

"800억이야! 그걸 현금으로 찾을 거라고?"

"500유로 화폐로 바꾸면 그리 큰 부피도 아니야. 캐리어 하나에 다 들어가는 양일 거라고."

"그걸 어디에 보관할 건데?"

"곽 사장이 옮기려고 하는 장소에 보관해야겠지!"

* * *

석훈이 알아본 바에 따르면, 곽 사장은 도박광이었다. 그는 마카오의 대표적인 카지노, 벨리지오의 VIP룸 단골 고객이었다. 짝퉁 장사로 벌어들인 거액의 돈을 가방 공장에 투자했다면, 세계적인 OEM 공급업체가 되었을지도 모를 일이었다. 하지만 그는 카지노에 돈을 퍼부었고, 덕분에 한국의 법원에 내야 할 벌금도 내지 못하는 신세가 되어 있었다.

곽 사장에게 접근해 그의 핸드폰에 백도어 프로그램을 심는 역할은 이번엔 석훈의 몫이었다. 비자금을 옮기는 시점을 포착하는 일이 이번 계획의 성공 여부를 결정짓는 핵심이었다. 상해에 남겨진 상덕은 장 이사의 동향을 살피고 정보를 수집하는 역할을 맡았다. 그리고 미래는 한국으로 돌아가 장 이사의 뒤통수를 칠 준비를 해야 했다.

"미래야, 넌 한국 가면 움직일 만한 검사 한 명만 알아봐라."

"검사…, 검사는 왜?"

"장 이사를 확실히 엿먹이려면 비자금만 가지고는 약해?"

"검찰 수사가 시작되면 우리한테도… 문제가 되지 않을까?"

"아니! 오히려 비자금의 존재가 세상에 확실히 알려지는 게 우리가 안전할 수 있어."

석훈은 일반적 경우와는 다르게 생각했다. 장 이사처럼 겁이 많으면서 예민한 인물은 절대 위험한 일에는 손대려 하지 않으므로 최대한 겁을 집어 먹게 만들 작전이 필요했다.

"석훈 씨, 아마 석훈 씨에 대한 형사 고소 건은 경찰 쪽에서 취하될 거야. 다음에는 편하게 비행기로 들어와."

"그걸. 네가 어떻게…?"

"장 이사한테 BNT그룹을 떠나는 대신 석훈 씨 수사 멈춰달라고 딜을 했어."

"아… 정말, 이번 계획은 무조건 성공해야겠네."

미래는 석훈의 말에 짧게 미소를 지어 보이고 탑승 게이트를 향해 돌아섰다. 아직 여름의 절정에 있는 8월의 상해 홍차오 공항이었다.

* * *

석훈의 여권은 중국 본토를 빠져나가는 데도 문제 없었다. 석훈은 미래의 말이 틀리지 않았음을 다시 확인했다. 벨리지오 호텔 VIP룸에 들었다. 여기 입장하는 데만도 최소 천만 원이 필요했다. 금액을 모두 칩으로 요청했고, 호텔은 객실을 무료로 제공했다.

미리 상해에서 믿을 만하다고 확신해 일을 부탁해둔 흥신소에서 연락이 왔다. 곽 사장이 밤 아홉 시에 도착한다. 석훈이 알아본 곽 사장의 평소 패턴과 다르지 않았다. 곽 사장은 대개 밤늦게 입장해 다음 날 새벽까지 게임을 즐겼다.

"도박 빚에 쫓긴 곽 사장이 자신이 관리하던 비자금에 손을 댄다. 그럴 듯한 시나리오네."

곽 사장의 일거수 일투족을 확실하게 파악한 석훈이 일행에게 계획의 일단을 얘기했을 때, 다들 머리를 끄덕이며 감탄스레 공감했던 얘기였다. 그만큼 이번 설계에 대한 석훈의 준비는 치밀했다.

석훈이 객실의 커다란 침대 위에 벌러덩 누웠다. 얼마나 지났을까. 거칠게 울리는 진동 소리에 석훈은 잠에서 깼다. 장 이사를 해킹하고 있었던 상덕의 메시지였다.

**장 이사에게 보내라고 한 메시지를 보냈어. 네 말대로 난리가 났더라.
홍콩에 있는 직원을 그쪽으로 보낼 모양이더라.**

상덕의 메시지대로라면 장 이사는 석훈의 예상대로 움직이고 있었다. 장 이사는 자신을 떠받드는 사람들 속에 받들어져 세상물정 모르는 그 부류의 인물들이 늘 그렇듯, 아직은 메신저보다 메시지에 더 주목하고 있었다. 그리고 지금 그 메시지의 내용은 누구와도 공유할 수 없는 것이었다.

석훈이 일어나 기지개를 폈다. 기분이 가벼웠다.

"이제 일 좀 해볼까?"

창밖으로는 보인 사위는 석훈의 계획을 감추듯 적막한 어둠에 싸였고, 그중에 선명한 카지노 사인은 계획의 성공을 안내하듯 어둠 속에서 조용히 석훈을 비추고 있었다. 석훈은 가방에서 짝퉁 시계를 꺼내 왼 손목에 둘렀다. 그리고 뿔테안경을 귀에 걸고 티셔츠를 입은 후 칼라를 세웠다. 벽의 한 면을 장식한 거울에 비친 석훈은 완벽하게 달라져 있었다. 두 손으로 머리를 쓸어 올리며 석훈은 흰색 구두를 찾아 신었다.

벨리지오 호텔 VIP룸은 일반 카지노 룸과는 떨어진 지상 20층의 꼭대기 층에 있었다. 마카오의 야경을 그대로 내려다볼 수 있는 곳이었다. 영어나 중국어를 할 필요도 없었다. 이미 호텔에선 석훈을 전담하는 한국어 통역을 붙여주었다.

석훈이 한껏 여유를 부리며 들어선 방에 곽 사장이 이미 자리를 잡고 있었다. 석훈이 가볍게 고개를 꺾어 인사를 건넸다. 곽 사장이 동행한 한국어 통역과 한 차례 시선을 교환하더니 석훈을 더 반기는 듯 인사를 건넸다.

"어! 한국인이신가 봐요?"

단골인 곽 사장이 한국어 통역까지 알고 있는 눈치였다.

"네, 놀러 왔습니다. 두 분 다 한국인이신가요?"

"아 여기는 내 중국인 애인. 하하! 반갑네. 재밌게 놀아보자고요."

곽 사장이 호탕하게 껄껄대며 웃었다. 진짜로 도박을 즐기는 자의 모습이었다. 석훈은 등 뒤의 통역이 마음에 걸렸다. 통역은 석훈이 뭘 하는지, 뭘 원하는지 한눈파는 일 없이 지켜보고 있었다. 맡은 바 역할에 충실하는 자세였다.

'사진이라도 한 컷 찍어야 할 텐데…….'

석훈은 마음이 조급해졌다. 철저하게 보안이 유지될 이 자리. 석훈이 할 수 있는 건 별로 없어 보였다. 애초에 의도한, 곽 사장 핸드폰에 백도어 프로그램 심는 일이 쉬울 성싶지 않았다.

플레이는 바카라였다. 석훈은 일단 가장 오래 버틸 수 있는 배팅 방식을 선택했다. 어떤 상황에서든 플레이어에만 칩을 걸었다. 한 시간쯤 지나자, 그런 석훈의 배팅 방식에 곽 사장이 불만을 표시했다.

"게임, 재미로 하자고, 재미로! 돈 따려고 너무 심각하게 하지 말고 말이오!"

"아직 어떻게 해야 돈을 따는지 몰라서요. 솔직히 이 바카라라는 것도 알게 되면 엄청 깊이가 있는 거라는데…, 전 아직 잘 몰라서요."

"어허, 알고 보니 초짜였네. 처음 온 거요, 여기?"

"네, 마카오에 오면 카지노에 와야 한다고 해서요."

"뭐 하는 분이신데?"

"변호삽니다. 이것도 인연인데 인사드리죠. 이변입니다."

테이블 위로 석훈이 미리 준비한 명함을 내밀자 곽 사장이 황당하다는 듯 껄껄 웃었다.

"재밌는 친구네. 근데 변호사라면서 이렇게 해외 나와 도박하고 그래도 되는 건가? 난 그쪽 계통이라면 도통 질색이라서 말이지…."

곽 사장의 말은 진심이었다. 온갖 벌금과 수차례의 검찰 수사를 받은 경험이 있던 그였다.

"나중에 한국에 오시면 연락 주시죠. 제가 이래 봬도 승소율이 꽤 됩니다."

석훈의 말에 곽 사장이 씩 웃었다. 변호사 한 명 알아 둬 나쁠 건 없다고 생각했기 때문이었다. 석훈은 이제 곽 사장을 감을 수 있겠다는 확신을 가졌다.

#20
재설계(2)

"한국은 이제 불편해. 남들 시선 신경 쓰고 사는 거 그 거 딱 질색이라고!"

곽 사장이 게임 후 석훈을 자신의 스위트룸으로 초대 했다. 화려함이 곳곳에 묻어난 공간이 곽 사장에게는 썩 익숙한 것 같았다. 곽 사장이 익숙하게 진열장에서 양주 를 꺼내 석훈에게 따랐다.

"근데, 실례지만 사장님은 어떤 일을…?"

"나? 나야 뭐, 한때 사업이라고 끄적이며 돌아다녔었 지. 지금은 기업 자문해주며 용돈이나 벌고 있고! 하하!"

능숙하게 자신을 포장하는 곽 사장이었다. 그런 곽 사 장에게 호응하며 석훈은 슬며시 그의 핸드폰이 어디 있는지 살폈다. 테이블이나 보이는 어디에도 눈에 띄지 않는 것으로 짐작건대 그가 벗어놓은 자켓의 속주머니에 있는 게 분명해 보였다. 게다가 문제는 방 안에 곽 사장과 석훈, 둘만 있는 게 아니라는 점이었다. 아까 게임룸에서 곽 사장의 곁에 꼭 붙어 있던 애인 소소가 곽 사장의 지시 없이는 여전히 곁에서 떨어지지 않는 것이었다.

곽 사장을 어찌한다 하더라도 소소의 눈까지 피할 수는 없다는 생각이 들었다. 석훈이 허벅지를 자연스레 쓸며 바지 주머니를 확인했다. 바지 주머니 위로 손바닥에 미세하게 걸리는 물건은 상해 작전 시 장 이사를 잠재우려고 준비했던 수면제 캡슐이었다.

'둘 다 잠재울 방법이 있을까?'

석훈의 눈이 자연스럽게 곽 사장이 따라주는 양주잔에 머물렀다. 술잔에 수면제 캡슐을 넣을 수만 있다면 가능성이 있어 보였다. 석훈은 틈을 보아 양해를 구하고 화장실로 들어가 급하게 상덕에게 문자를 보냈다.

곽 사장한테 장 이사 사람이 마카오에 왔다는 메시지를 날려 줘요.

의심하지 않을 만큼의 시간에 메시지를 날리고 돌아와 곽 사장과 술잔을 부딪치는 순간, 소파에 걸쳐둔 곽 사장의 자켓이 진동으로 흔들렸다. 우우우웅! 우우우웅!

곽 사장이 석훈에게 눈짓으로 양해를 구하더니 자켓

에서 핸드폰을 꺼내 화면을 켰다. 무심하게 스마트폰을 연 곽 사장의 미간이 살짝 일그러지는 순간을 석훈은 놓치지 않았다.

"하여간 한국 사람들 서로 못 믿고 쪼는 거는 알아줘 야 한다니까!"

"왜, 무슨 일 있으세요?"

석훈이 술잔을 입에 대다 말고 어리숙한 표정을 지으며 곽 사장에게 물었다. 곽 사장은 표정을 구기며 고개를 절 레절레 흔들더니 소소를 향해 오늘은 망쳤다는 손짓을 보 냈다. 소소가 곽 사장의 손짓을 읽더니 짐을 챙기기 시작 했다. 석훈은 이때가 기회라 생각했다.

곽 사장이 생각에 잠겨 있다 짐을 챙기는 소소를 보느 라 석훈에게 시선을 뗀 순간이었다. 석훈이 캡슐을 열어 위스키에 수면제를 뿌렸다. 그리고 잔을 돌려 재빨리 분 말 가루를 녹였다.

"급한 일이신가 봐요?"

"오랜만에 기분 내서 왔는데 회사 일로 다시 들어가 봐 야겠네요."

"그렇군요. 여튼 짧은 시간이나마 만나서 반가웠습니 다. 그럼 이별의 한 잔은 괜찮겠죠?"

석훈이 잔을 들어 건배를 제안하며 곽 사장과 소소를 살폈다. 소소는 짐을 챙기느라 곽 사장 쪽을 못 보고 있었다.

"이거 미안하게 됐수다! 내가 다음에는 제대로 살 테니, 심천으로 한번 오슈!"

"물론이죠. 이것도 인연인데…기회 닿으면 당연히 그래야죠."

"변호사 양반이라고 하니 앞으로 부탁 좀 드리겠소. 사업이라는 게 워낙 이런저런 소송에 많이 휘말리고 그러니…."

"인연인데 제가 한 잔 드리죠. 어차피 심천에 돌아가신다 해도 해는 뜨고 가야 하지 않겠습니까?"

"하긴 뭐, 이리 가나 저리 가나 매한가지죠. 아이고 근데 오늘따라 이상하게 피곤하네."

곽 사장은 석훈이 따라준 위스키를 한 잔 더 마시고 고개를 뒤로 젖혔다. 수면제가 효과를 발휘하나 싶었다. 짐을 챙긴 소소가 다가오더니 곽 사장을 흔들어 깨우려 했다. 석훈이 돕는 척 일어나더니 소소에게 다가가 전기 충격기를 목 뒷덜미에 갖다 댔다.

가녀린 몸을 소파 위에 누인 석훈은 여유 있게 곽 사장의 핸드폰에 백도어 프로그램을 심었다. 그리고 메모지에 곽 사장에게 남기는 메시지를 눌러 썼다.

곽철호 사장님. 이런 호화로운 생활이 누구 덕분인지 한 번 생각해 보시죠.

장 이사와 곽 사장 간의 균열은 이미 만들어지고 있었다. 그들은 서로 너무 잘 알았으므로 서로에게 가장 위험한 상대였다. 석훈이 유유히 벨리지오 호텔을 빠져나갔다.

* * *

곽 사장이 다시 정신을 차리고 일어났을 때, 소소가 걱정스러운 눈초리로 그를 지켜보고 있었다. 깨질 듯한 두통에 관자 놀이를 누르며 표정을 구기는 곽 사장에게 소소가 어젯밤에 일어난 일을 얘기했다. 사장님이 술에 취한 듯 쓰러지고, 그런 사장님을 일으키려는 순간 온 몸에 충격이 전해지며 정신을 잃었다고. 그리고 한참 후에 깨었는데, 메모 한 장이 남겨져 있었다. 그러면서 석훈이 남기고 간 메시지를 곽 사장에게 전달했다. 메모를 읽는 곽 사장의 표정이 더 심하게 일그러졌다.

"지금 몇 시야?"

"오전 11시…요."

너무 많은 시간이 훌쩍 지나버린 상황이었다.

곽 사장이 갑자기 튕기듯 몸을 일으키더니 문에다 귀를 대고 무슨 소리라도 들리는지 확인했다. 장 이사 일당이 다시 위해를 가할지도 모른다는 생각 때문이었다. 그때, 곽 사장의 핸드폰에 메시지 도착 알림이 울렸다.

곽 사장이 들여다본 메시지에 장 이사와 상해의 투자

자 제임스가 주고받은 인챗 대화 내용이 캡처되어 들어와 있었다. 물론 메시지는 상덕이 정교하게 조작하여 만든 것이었다.

> 아무래도 이제 자금을 옮겨야 할 것 같습니다.
> └ 잘 생각하셨습니다. 제가 말씀드린 대로 자금 세탁은 홍콩보다는 케이만 군도를 활용하는 게 정석입니다.
> 그러니까요. 이 방법을 왜 지금까지 몰랐는지, 좋은 정보 감사합니다.
> └ 하하! 그래야 저 같은 전문가들이 밥 먹고 사는 거 아니겠습니까? 말씀하신 수수료는 일이 끝나면 드려도 괜찮겠죠?
> └ 그럼요, 전 입으로 신뢰를 외치는 인간들을 싫어합니다. 눈으로 직접 확인시켜 드리죠!

대화창으로 짐작하건대, 장 이사가 곽 사장을 배제하고 자금을 옮기려 한다는 것이었다. 입을 굳게 다문 곽 사장이 말없이 앉아 지난 밤의 일과 남겨진 메모, 앞으로의 계획 등을 생각해내려 애썼다. 그는 순간적 감정에 휩싸여 일을 망치는 하수는 아니었다. 적어도 짝퉁 장사로 20년이 넘는 시간을 그렇게 살아 남은 인물이었다. 멍하니 앉아 장 이사의 배신을 바라만 볼 그가 아니었다.

"소소야. 일단 심천으로 돌아가자!"

"알겠어요. 택시 부를까요?"

"잠깐만! 로비에 전화하지 마!"

곽 사장은 위기 상황에서 신중했다. 그는 짐을 꾸려 체크아웃 없이 방문을 열어둔 채 방을 조용히 빠져나왔다. 그리고는 호텔 주차장에서 택시를 잡아 타고 마카오를 빠져나갔다.

"장 이사 이 새끼…, 내가 그냥 당할 줄 알아?"

* * *

서울동부지검 앞 커피숍에서 검사를 만나기로 약속한 미래가 시간보다 일찍 도착하여 한쪽 벽에 붙은 2인용 원탁에 자리를 잡고 앉았다. 꽤나 넓은 공간인데도 커피숍은 주문하는 사람, 이미 자리를 잡고 이야기를 도란거리는 사람들로 북적였다. 미래는 습관적으로 매장을 둘러보며 점포 관리에 열심이던 시절의 테이블당 회전율과 원가율이 얼마나 될까 생각하다 피식 웃고는 커피잔을 들었다.

미래가 앉은 자리 왼쪽 옆으로 두 테이블 건너 길게 이어진 테이블은 혼자 업무를 보거나 공부를 하는 사람들을 위해 마련된 듯했다. 이미 대여섯 명의 젊은 남녀들이 혼자 책을 보거나 노트북에 시선을 고정한 채 열심히 업무를 보고 있었다. 그중 한 명의 젊은 여자가 미래의 자리를 정확히 볼 수 있는 자리에서 노트북에 얼굴을 반쯤 가리고 집중하고 있었다. 잠깐 고개를 든 사이 미래와 눈이 마주친 여자가 싱긋 웃어보였다. 아린이었다. 그리고 아린이 열어 놓은 노트북에는 내장 카메라가 켜져 있었다.

입구 쪽에서 두리번거리며 누군가를 찾는 남자가 있었다. 미래가 앉은 자리에서 반쯤 무릎을 세우고 과장되게 손을 흔들어 보였다. 미래의 손짓에 남자가 직진으로 미래를 향해 오더니 물었다.

"최미래⋯ 팀장님?"

미래가 가볍게 목례하며, 양 손바닥을 펴 공손히 자리를 권했다.

"제보 주신 BNT그룹의 최미래 팀장님 맞죠?"

"네, 맞아요."

일부러 크게 직함과 이름을 부르는 검사의 태도는 미래에게 썩 협조적이지 않아 보였다. 그건 마치 무언의 협박 같았다.

"장선호 이사 비자금 관련해 내부 고발하려 하신다고요? 내부자 고발이라⋯. 그거 쉽지 않은 거 아시죠?"

"네, 알고 있어요. 하지만 부딪혀 봐야죠."

"일단⋯, 어디 봅시다."

비교적 젊어 보이는 검사가 다리를 한쪽으로 꼬며 건성건성 서류를 들췄다.

"이 자료 어디에서 났어요?"

"그게⋯, 중요한가요?"

"그럼요, 불법으로 수집한 정보는 법정에서 증거 자료가 안 되거든요."

"그건 알려드릴 수 없네요."

"호오! 알려주실 수 없다…!"

검사가 건성으로 들춰보던 서류를 거칠게 접어 테이블 위로 툭 던지더니 미래의 시선을 빤히 응시했다. 잠시 주변을 쓱 둘러 살피는가 하더니 각진 얼굴을 미래의 얼굴 앞으로 들이밀며 나직하지만 위협적인 목소리로 말을 이었다.

"이봐요! 최미래 팀장님. 검찰 수사라는 게 그리 간단하지 않습니다. 웬만한 증거 가지고도 수사 착수가 쉽지 않다고요. 근데 이렇게 허술한 자료로 BNT그룹의 후계자를 수사하라고요? 안 그래도 경기가 안 좋은데 괜히 기업 압박한다는 질타만 듣는다고요!"

미래가 검사의 눈을 꼿꼿이 들여다보며 말을 받았다.

"그럼 검찰 수사는 힘들다는 얘긴가요?"

"험험! 뭐 꼭 그렇다는 건 아니지만…, 검토를 해봐야 한다는 거죠."

검사가 슬며시 한 발 빼며 테이블에 떨어뜨린 자료를 다시 집어 들었다.

"그 자료 가져가실 건가요?"

"왜요, 다시 가져가시게요? 검토하려면 자료가 있어야 할 거 아닙니까?"

검사는 도대체 어쩌자는 거냐는 표정으로 미래를 은

근히 압박했다.

"알겠어요. 그럼 박승훈 검사님이 이번 건은 알아서 잘 해주시는 거로 알고 돌아가죠."

"네네…, 일단 돌아가 계세요. 검토가 끝나면 전화 드리죠."

"그럼, 전 먼저 일어나겠습니다!"

"네? 뭐 그러시죠."

박승훈 검사는 이런 태도를 한 번도 경험한 적이 없는 듯 황당한 표정으로 미래를 올려다봤다. 그런 그를 향해 미래가 안타깝다는 시선을 담아 지그시 쳐다보다 자리를 떴다.

'뭐지? 이 애처롭다는 눈초리….'

박승훈 검사는 미래에게서 묘한 느낌을 받았지만, 그런 거에 일일이 신경 쓸 여유는 없었다. 박 검사는 검찰청으로 돌아가면서 전화를 걸었다. 수신자는 BNT그룹 장선호 이사였다.

"아이고, 박 검사님…."

"최미래 팀장, 방금 만났습니다. 이거 밖으로 새 나가면 곤란하겠는데요? 아시다시피 요즘 위에서도 국외 탈세다 뭐다…. 시끄러워요."

"이거 신경 쓰게 해드려 죄송합니다. 제가 뒤탈 없도록 미리 조처하겠습니다."

"저야 뭐…, 신경 쓸 게 있나요. 항상 장 이사님 응원하는 사람 아닙니까!"

"그럼요, 그럼요! 언제 자리 한번 마련하겠습니다."

전화를 끊은 장 이사가 벌레 씹은 듯 얼굴을 일그러뜨렸다. 그리고는 책상 앞에 놓인 명패를 집어 던졌다.

"이사님…, 제가 잘 알아듣게…."

"야! 추 이사 당신 도대체 뭐야? 엉? 일이 이 지경이 될 때까지 뭐했냐고!"

그룹 내에서는 좀체 보여주지 않던 장 이사의 본 모습이 조금씩 드러나고 있었다. 밀폐된 임원실에 장 이사가 부들부들 떨고 있었다.

"상해의 제임스 말대로 자금을 빨리 옮기시는 게 상책이지 않을까요?"

"뭐? 제임스! 내가 그 인간을 어떻게 믿어? 엉? 내가 뭘 믿고 케이만 군도인지 어디인지에 돈을 넣냐고!"

장 이사는 상덕이 만들어낸 가상 인물 제임스에 대해서도 신뢰하지 않았다. 다만, 지금 시점에서 확실한 건 만약의 검찰 조사에 대비해 비자금을 옮겨야 한다는 사실뿐이었다.

"좋아, 일단… 제임스를 만나러 간다! 지금 당장!"

"그럼 연락해서 미팅 잡겠습니다."

추 이사가 고개를 푹 숙이며 황급히 임원실을 빠져나왔다. 방문을 닫고 나오는데 낯익은 얼굴이 그를 응시한 채 꼿꼿이 서 있었다. 그룹을 떠나 있었던 임 상무였다. 추 이사가 차지하고 앉은 영업본부장의 자리는 임 상무가 그룹을 나가기 전에 앉았던 자리였다. 당황한 추 이사가 현실로 돌아오지 못하고 과거의 습관으로 임 상무에게 고개를 조아렸다.

"추 이사! 잘 지냈나? 어떻게 했길래 회장님이 나를 다 부르시나. 쯧쯧! 그 자리에 있으니 뭐라도 된 것 같지? 한순간이야, 한순간!"

임 상무가 장 이사의 방으로 들어갔다. 장 이사의 비자금 문제가 그의 아버지 장일호 회장의 귀에까지 들어간 것이었다. 그 얘기를 듣자마자 장 회장은 그룹을 떠나 있던 임 상무를 다시 불러들였다. 이러한 사실을 미처 모르고 있던 장 이사는 갑자기 찾아온 임 상무를 보고 얼음처럼 굳었다. 임 상무의 재등장은 곧 자신의 목에 위기가 닥쳤다는 사실을 방증하는 것이었기 때문이다.

"무슨 일로 여기 왔는지는 장 이사가 더 잘 알 거야. 그치?"

"글쎄요…, 그룹을 떠나신 분이 무슨 일로 다시 오신 건지…, 짐작되지 않는군요."

"검찰이 장 이사 편인 거 같지? 그렇지 않아? 근데 말이야…, 항상 긴장하고 확인했어야지. 검찰에서 이번 일로 BNT그룹을 시범 조치로 삼으려는 모양이야."

박승훈 검사! 장 이사의 앞길을 완전히 신뢰할 수 없었던 그는 미래가 가져온 정보를 윗선에 갖다 바쳤다. 만기가 확실치 않은 어음보다 확실하게 손에 쥐어야 하는 현금에 더 매일 수밖에 없는 게 그들 조직의 심리다. 더 강한 동아줄에 자신의 운명을 거는 건, 어찌 보면 박 검사의 입장에서는 지극히 합리적 의사 결정이었다. 그렇게 BNT그룹과 장 이사를 먹잇감으로 바친 것이었다.

장 이사는 BNT그룹 승계라는 자신의 원대한 포부가 무너지고 있음을 느꼈다. 그리고 이제는 도망쳐야 할 때라고 생각했다.

21
의심

삐리릭! 미래가 카드키를 갖다 대자 장 이사 사무실 문이 열렸다.

미래는 임 상무에게서 장 이사의 출장 소식을 듣자 마자 사내 보안과장을 찾았다. 그리고 장 이사의 긴급 지시가 찍힌 스마트폰 메시지를 들이밀며 장 이사 방의 카드키를 얻어냈다. 물론 메시지는 이제는 그 분야의 전문가가 된 상덕이 백도어 프로그램을 이용해 만들어 보낸 것이었다. 사내에 이미 미친개로 알려진 미래가 당당하게 요구하자 괜한 시비에 휘말리고 싶지 않은 보안과장은 수령자의 서명을 받는 선에서 타협하여 장 이사의 방키를 내주었다.

'이건가?'

그렇게 장 이사의 방에 들어가 장 이사의 컴퓨터를 켠 미래는 상덕이 준 백도어 프로그램이 든 USB를 꽂았다. 그리고 5분 뒤 상해의 상덕에게 전화를 걸었다.

"상덕 씨, 찾았어요?"

"문자를 보냈어요. 그 파일을 찾아 삭제하시면 됩니다."

"오케이!"

미래는 상덕이 메시지로 알려준 파일명을 검색했다. 예상 대로 아린의 동영상 파일이 있었다. shift키와 delete를 동시에 눌렀다. 팝업창에 메시지가 떴다. '파일을 완전히 삭제하시겠습니까?' 미래는 주저없이 enter키를 꽝 두드렸다.

미래는 파일이 완전히 삭제된 것을 확인하고 다시 상덕에게 전화를 걸었다.

"여긴 지웠어요. 그럼, 장 이사 핸드폰만 없애면 되는 거네요."

"그렇죠. 그건…, 제가 처리할게요."

"정말 할 수 있는 거죠?"

"그럼요… 해야죠."

상덕이 챙겨놓은 옷으로 갈아입었다. 대학 졸업식 이후 한 번도 입지 않았던 정장 슈트였다. 아린이 옆에서 옷 매무새를 보듬어 주었다.

"이렇게 입으니까 오빠도 때깔 나는데!"

"그…그런가?"

"그래, 이제 이렇게 좀 챙겨 입고 다녀. 남들 시선도 좀 신경 쓰고…."

아린이 상덕에게 얇은 금테안경을 씌워 차림새를 마무리해 주었다. 그렇게 차려입은 상덕의 모습은 금융가의 화이트칼라로 손색 없었다. 그 시간 석훈은 곽 사장을 감시하기 위해 심천에 발이 묶여 있었다. 상덕은 오로지 혼자의 힘으로 장 이사를 만나고 계획을 실행해야 했다.

상덕은 완벽한 제임스가 되기 위해 푸동 지역에 고급 사무실까지 임대했다. 사무실 입구 리셉션의 여직원 역시 그럴 듯한 아르바이트를 고용해 철저히 교육시켰다. 아린은 빌딩 옆 카페에서 혹시의 경우에 대비해 사무실 입구에 설치해놓은 CCTV를 통해 노트북으로 전송된 화면으로 장 이사의 신분을 확인해 연락하기로 했다.

"아린아, 우리 이거 끝내고 바로 심천으로 가는 거다. 알겠지?"

"정말, 석훈 오빠를 믿는 거야?"

"어…. 믿어야지."

아린은 자신의 빚을 갚아준 석훈이었지만, 아직도 그를 완전히 믿어야 할지 판단이 서지 않았다.

"차라리 장 이사를 잡아두고 오빠가 계좌에서 돈을 직

접 빼내는 게 낫지 않겠어? 그게 확실하잖아."

"그렇게 되면…, 증거가 남을 거야. 계좌 추적은 얼마든지 가능하다고."

"장 이사가 고소할 수 없어 검찰에서 정식 수사하지 않으면?"

"그야 그렇지만…."

상덕이 아린의 시선을 피하며 말을 얼버무렸다. 그때 상덕의 전화벨이 울렸다. 석훈이었다.

"곽 사장이 움직이고 있습니다. 예상대로 직접 인출을 시도하네요. 심천이나 홍콩 둘 중 한 곳일 텐데 그걸 모르겠어요."

"내가 잘 지켜보고 있을 게. 그리고…, 여기 일 끝내고 바로 내려갈 거야. 내일 아침이면 심천에 도착할 수 있을 거고…."

"네, 형님 그럼 내일 뵙죠!"

전화를 끊은 상덕이 사무실 문을 열어 젖혔다. 고급스런 사무 공간의 넓은 창 너머로 푸동의 화려한 빌딩 숲들이 들어왔다. 언제나 방 구석에서 컴퓨터와 씨름만 하고 지내던 상덕이었다. 그랬던 자신이 이제 누군가와 맞닥뜨려 거대한 비즈니스를 연기해야 하는 상황이다. 상덕이 깊은 심호흡으로 긴장을 털어냈다. 오로지 아린을 위해서 성공해내야 한다. 한 번도 느껴보지 못했던 전투력이 깊은 곳에서 올라왔다.

　장 이사가 추 이사를 대동하고 제임스가 있다는 푸동 사무실에 도착했다. 아린의 신호가 상덕의 핸드폰에 떴다.

　장 이사 맞아요. 옆에 추 이사가 붙어 있어요.

　리셉션의 아르바이트가 상덕이 있는 사무실의 문을 조심스레 노크하고 손님을 안내했다. 상덕이 짐짓 과장된 동작으로 환하게 웃으며 장 이사와 추 이사를 맞았다.
　"장선호 이사님?"
　"제임스 대표님?"
　"네. 제가 제임스입니다. 이렇게 먼길을 오시게 해드려 죄송합니다."
　상덕이 아르바이트 여직원에게 여유로운 목소리로 차를 부탁했다. 물론 미리 준비해둔 차에는 아르바이트도 모르게 수면제를 타 두었었다. 장 이사가 성급하게 물었다.
　"케이만 군도 얘기를 좀 구체적으로 들었으면 하는데요."
　"물론 그러시겠죠. 다른 고객분들도 처음에는 쉽게 신뢰하지 못하니까요…."
　추 이사가 장 이사의 옆에 바짝 붙어 의심 가득한 눈빛으로 상덕을 살폈다. 추 이사는 하나부터 열까지 상덕에 대한 의심의 눈초리를 거두지 않았다. 정중하게 차가 들어왔고, 상덕이 양손 바닥을 위로 하며 공손히 차를 권했다.

"드…드시죠…. 한국 분들은 보이차를 많이…."

일행과 보조를 맞춰 찻잔을 든 상덕의 손이 미세하게 떨렸고, 입에서 나온 말의 끝은 목구멍으로 삼켜들었다.

그런 상덕을 쳐다보는 추 이사의 표정이 살짝 굳는 듯했다. 장 이사와 추 이사가 상덕을 살피며 두어 번 차를 삼켰다. 상덕은 찻잔을 들었다 놨다 하며 마시지는 않은 채, 단도직입적으로 찔러 들어갔다.

"작업할 돈은… 얼마나…?"

장 이사와 조심스럽게 눈빛을 교환하며 추 이사가 의심에 찬 말투로 물었다.

"몇 백억 정도는 됩니다. 근데…, 정말 이 바닥에 정통하신 거 맞나요?"

상덕이 얼굴에 땀이 배어드는 걸 느꼈고, 그런 상덕의 떨림을 의심에 찬 추 이사가 느끼기 시작할 즈음이었다. 의심이 확신으로 변하기 전에 장 이사의 눈꺼풀이 먼저 내려 앉기 시작했다. 상덕은 석훈이 건넨 수면제가 잘 흡수되고 있음을 직접 확인하고 내심 안심했다. 장 이사가 먼저 고개를 떨구고 동시에 추 이사가 소파에 쓰러졌다.

둘이 소파에 쓰러지기 무섭게 문이 벌컥 열리더니 아린이 다급하게 들어왔다.

"아, 아린아!"

"오빠 뭐해! 얼른 챙겨!"

아린이 급하게 장 이사의 노트북과 스마트폰을 챙겼다. 소파 위에 쓰러진 장 이사를 잠시 응시하는가 하더니 느닷없이 그의 뺨을 세차게 후렸다.

"이 개새끼! 변태 쓰레기 새끼!"

그러고 나서 아린은 쓰러진 장 이사를 한 차례 더 차갑게 쏘아본 뒤 그들을 버려둔 채 사무실을 나왔다. 밖에서 영문 모르고 대기하던 아르바이트 여직원들에게 넉넉하게 돈을 나눠주고 돌려보냈다.

"오빠, 이제 정말 어떻게 할 거야?"

상덕이 말없이 장 이사의 노트북 뒷면을 열어 하드디스크를 분해했다. 그러더니 창문 밖으로 내던지려 했다.

"오빠 지금 뭐 하는 거야?"

"아린아, 이거 없애버려야 해!"

"왜…?"

"이걸로 돈 빼내면 우린 평생 쫓기며 살아야 할지도 몰라."

갑작스런 상덕의 단호한 표정에 아린도 당장 할 말이 떠오르지 않았다.

"그럼 일단 없애지는 말고 챙겨놔! 장 이사 스마트폰이랑. 만약에 석훈 오빠가 우릴 배신하면…, 그때 가서 우리도 우리 살 길을 찾자고."

결국 아린의 얘기에 상덕이 동작을 거두고 아린과 함께 미리 챙겨둔 캐리어를 끌며 유유히 현장을 빠져나왔다. 상덕이 빌린 화려한 사무실엔 장 이사와 추 이사가 널브러져 남아 있었다.

* * *

심천으로 가는 비행기에 오르기 전 상덕은 곽 사장에게 인챗으로 사진 한 장을 남겼다. 사진에는 조금 전 푸동의 사무실에서 장 이사와 추 이사가 상덕 자신과 만나는 장면이 들어 있었다. 아린이 CCTV의 장면을 캡쳐한 사진이었다. 얼굴이 자세히 보이진 않았지만, 장 이사를 잘 알고 있는 곽 사장으로선 장 이사를 확인하기에 충분했다.

인챗을 통해 전송된 사진을 본 곽 사장의 마음속 의심이 마침내 확신으로 바뀌었다. 잔뜩 구겨진 표정의 곽 사장이 거친 숨을 몰아쉬며 어디론가 전화를 걸었다.

"어, 박 실장! 나야 곽철호!"

"곽 사장님! 웬일이신가요? 이번 주에 저희 벨리지오에 오시려고요?"

"아니, 그게 아니라! 저번에 말했던 금고 말이야. 그거 보관료가 얼마라고?"

"그거 VIP 고객님들한테만 제공해 드리는 서비스인

데…."

"그러니까 얼마냐고!"

"한 달에 한화 백만 원입니다. 저희도 벨리지오에서 운영하는 금고 일부를 빌려 운영하는 거라서요."

"그거 내 이름으로 지금 당장 예약해줘!"

곽 사장은 급하게 전화를 끊고 소소를 불렀다. 소소는 한때 창구 근무 경험이 있는 은행원이었다.

"소소, 은행 계좌에서 얼마까지 현금 인출 가능해?"

"무슨… 계좌를 말씀하시는 거예요?"

"그러니까 금융 당국의 제지를 안 받고 얼마까지 현금으로 인출 가능하냐고?"

"BDC은행은 그런 금액 제한을 받지 않아요. 그래서 장 이사가 BDC은행에 돈을 넣어둔 것이었고요?"

"그런가…?"

자칭 자금 세탁 전문가라 말하고 다니는 곽 사장이었지만, 정작 은행 창구의 현금 인출 한도도 모르고 있었다. 다만 그가 알고 있는 건 BDC은행이 한국 금융 당국의 계좌 추적에서 자유롭다는 사실 하나였다.

"그럼 현금으로 800억을 빼는 게 문제 없다 이거지?"

"800억이요? 그 돈을 정말 다 빼려고요?"

"왜 안 되나? 어차피 내 이름으로 된 계좌잖아."

"잘못하다간 계좌가 동결될 수도 있어요."

"그걸 막을 방법은…?"

곽 사장이 핏발 선 눈으로 소소를 쳐다봤다. 소소는 어떻게든 곽 사장이 돈을 전부 인출하려 한다고 확신했다. 그렇다면 지금 당장 짜낼 수 있는 방법을 강구해야 했다.

"여기 심천에서 인출해요."

"심천? 홍콩이 아니고?"

"홍콩은 오히려 까다로워요. 국제 기준을 다 맞춰야 하니까요. 마카오와의 국경만 무사히 넘을 수 있다면 심천에서 돈을 빼내 나가는 게 더 안전해요. 실패하더라도 그만이고요."

"좋아! 그럼 어느 지점에서 인출할지 소소가 한번 알아줘 봐."

"네, 알겠어요."

상덕은 곽 사장의 핸드폰을 들여다보고 있었다. 그는 비행기를 타기 전 곽 사장의 핸드폰에서 흘러나오는 모든 정보를 석훈에게 넘겼다. 타이밍을 놓치면 모든 게 수포가 될 수도 있었다.

"석훈 오빠가 정말 잘해낼 수 있을까?"

"석훈 씨 혼자 하는 게 아니야. 우리도 같이하는 거지."

아린은 '같이하는 거'라는 상덕의 말에서 자신을 이렇게 밀어넣은 한 사람을 떠올렸다. 처음 자신을 스폰 업계로 밀어 넣었던 필두였다. 필두는 항상 '함께'라는 말을 붙이고 살았다. 하지만 결국 그는 자기 혼자 돈을 벌었고, 자기 혼자 고객들을 관리하고 있었다. 필두에게 그녀는 그저 이용할 수 있는 자원이었을 뿐이었다.

"일단 먹어. 배고플 텐데…."

상덕이 어디서 샀는지 아린에게 샌드위치를 내밀었다. 그런 상덕의 모습에 아린이 피식, 웃음을 터뜨렸다. 그때 게이트가 열리고 사람들이 줄을 서기 시작했다.

아린은 자신이 석훈을 의심한다고 달라질 상황은 없겠다고 생각했다. 차라리 그렇게 생각하고 나니 상덕과 함께 있는 지금의 상황이 오히려 편하게 느껴졌다.

"어디서 산 거야? 정말 맛있는데!"

샌드위치를 입에 문 아린이 상덕을 향해 환하게 웃었다.

#22
곽 사장

"개새끼가 나를 버리려고 해! 장 이사…, 네 맘대로는 안 될 거다!"

균열은 늘 사소한 곳에서 시작된다.

상덕이 흘린 역정보에는 장 이사가 새로운 비자금 관리자로 제임스 김을 선택하려 한다는 사실과 함께 곽 사장을 양아치라고 험담하는 내용이 포함되어 있었다. 인챗의 메시지 화면을 그대로 캡처한 듯한 이미지는 곽 사장이 조작된 정보라고 의심할 만한 조금의 여지도 없었다.

"소소! 뭐해. 얼른 일어나 짐 챙겨!"

"왜요, 어디로 가시게요?"

"마카오로 갈 거야. 같이 안 따라갈 거야?"

곽 사장은 가타부타 별다른 설명도 없이 마카오에 간다고 했다. 현금 인출 창구를 수소문하여 곽 사장에게 보고하고, 잠시 휴식을 위해 침대에서 휴식을 취하려던 소소가 곽 사장의 재촉에 다시 몸을 일으켰다. 미루어 짐작건대 마카오로 자금을 옮기려 하는 모양이라고 소소는 생각했다.

둘이 지내던 아파트는 로후역이 한눈에 내려다보이는 심천에서도 최고급 아파트였다. '화원'이라고 이름 붙여진 고급 아파트 단지는 아무나 드나들 수 없도록 모든 차량이 통제되고, 거주민들이 불편함이 없도록 마트와 몇 종류의 식당이 들어 앉은 상가와 실내 수영장 및 운동시설들이 고급스럽게 갖춰져 있었다.

이런 고급 아파트를 떠나는 일이 다른 사람들에게는 일생의 큰일이겠지만, 이미 곽 사장과의 몇 번의 경험을 통해 소소에겐 익숙한 일상이었다.

"쓸데없는 거 챙기지 말고 딱 중요한 것들만 챙겨. 뭐가 중요한 건지는 잘 알지?"

"알아요. 뭔지."

소소는 잡동사니들을 모아놓은 방으로 들어갔다. 그리고 방 한쪽에 떡 하니 자리한 금고를 열었다. 금고에는 각종 은행 서류들과 통장, 그리고 별스럽게 치장되지 않은 보석들이 있었다. 보석들은 겉으론 모르지만 실제 수십억에 이르는 다이아몬드였다.

"얼마나 있다 돌아올 계획이에요?"

"나도 몰라."

곽 사장이 퉁명스럽게 대꾸했다. 곽 사장은 자신이 어디 있는지 장 이사가 이미 알고 있으며, 은행 서류를 찾으러 올 것이 분명하다고 생각했다. 마음이 급했다. 장 이사가 돈을 옮기기 전에 자신이 먼저 그 돈을 빼내야 했다.

"소소, 차 좀 불러."

"어디로 가는데요?"

"BDC은행!"

"알겠어요."

곽 사장은 원래 유명한 짝퉁 업자였다. 광저우에 그가 모르는 피혁 공장이 없을 정도였으며, 그가 한 해 돌리던 물량만 해도 컨테이너 몇 개 분량이었다. 그런 그도 시련이 있었으니 중국 공안의 대규모 단속이었다. 몇 개월에 걸친 추적과 목표를 정해 놓은 수사 끝에 천하의 곽 사장이지만 그가 가진 모든 것을 잃었다.

"내가 그동안 얼마나 뒤치다꺼리를 잘 해줬는데…, 이제 필요 없다고 내팽개쳐?"

"오빠, 도대체 무슨 문제가 생긴 거예요?"

중얼거리는 곽 사장의 한국말을 이해하지 못한 소소가 걱정스런 얼굴로 조심스레 물었다.

"소소는 몰라도 돼. 별문제 아니니까 내가 하라는 대로만 하면 돼. 알겠지?"

곽 사장은 소소의 가냘픈 어깨를 붙잡으며 말했다. 그는 소소를 자신이 사랑하는 유일한 여자라고 생각했다. 물론 소소도 그런 곽 사장의 마음을 알고 있었기에 몇 년이나 그를 따라다니고 있는 것이다.

"소소가 얘기한 대로 내 계좌의 돈을 전부 인출할 거야. 유로로! 알겠지?"

"전부 다요?"

"그래, 800억! 중국 돈으로 4억 위안 정도 되겠네…."

"알겠어요."

곽 사장이 장 이사의 비자금 관리책이 된 이유는 간단했다. 짝퉁 장사를 하면서 쌓은 자금 세탁 기술 때문이었다. 곽 사장은 고객의 돈을 한국의 환전상들을 이용해 여러 개의 중국 은행 계좌에 이동시킨다. 그리고 그렇게 모은 거액의 돈을 홍콩으로 넘길 수 있는 BDC 계좌로 통합하는 것이었다. 하지만 곽 사장의 역할은 딱 거기까지였다.

그 대가로 장 이사에게 엄청난 수수료를 챙기고 있었고, 그렇게 챙긴 수수료로 소소와 함께 호화 생활을 이어왔던 것이었다. 그런데 이제 장 이사가 자신과 상의도 없이 자금을 뺀다는 얘기는 그런 생활을 지탱해주던 수입이 모두 없어진다는 얘기이다.

그런 현실적인 염려와 장 이사에 대한 배신감으로 곽 사장은 마침내 자신의 계획을 결심하여 실행하고자 하는 것이었다.

"차 왔어요."

"소소, 웬 짐이 그렇게 많아?"

"이거…, 다 필요한 건데…."

곽 사장이 우악스럽게 소소의 손에 들린 캐리어 하나를 뺏어 열었다. 안에는 소소의 화려한 옷가지가 들어 있었다. 곽 사장이 한숨을 푹 쉬며 소소에게 얼굴을 들이밀었다. 그러더니 목소리를 한껏 부드럽게 누르며 말했다.

"소소, 옷은 얼마든지 다시 살 수 있어. 이거 빼고 가자."

"네, 알겠어요."

소소는 가끔 곽 사장의 표현이 거칠게 느껴질 때도 있었지만, 그가 맞닥뜨린 상황이 그렇거니 짐작해 늘 이해해 주었었다. 모든 걸 다 알 수는 없었지만, 소소에게 확실한 건 곽 사장이 자신을 사랑한다는 것이고, 자신은 그런 그를 어떻게든 도와야 한다는 사실이었다.

* * *

BDC은행의 중산 광장 지점에 긴급 상황이 벌어졌다.

자그마치 4억 위안을 유로화 현금으로 찾겠다는 고객이 찾아온 것이었다. 소소는 은행 지점장실에서 지점장과 마주 앉아 상황을 열심히 설명했다. 곽철호는 그런 소소에게 통역을 맡겨둔 채, 상황을 주시했다.

"오빠, 오늘 돈 다 찾을 수 없대요. 그 만큼의 유료화가 은행에 없대요."

"그럼 언제 가능한지 물어봐."

한참을 다시 얘기하던 소소가 '하오더'를 연발하며 지점장에게 인사하더니 곽 사장을 바라보며 지점장의 말을 전했다.

"3일 후에 다시 오래요. 그때 계좌의 돈을 모두 유로화로 준비해 놓겠다고 했어요."

"3일? 어쩔 수 없지!"

인출 서류에 서명한 곽 사장은 가지고 왔던 캐리어를 다시 끌며 은행을 나왔다. 그리고 지나가던 택시를 잡았다.

"소소, 타!"

"어디로 가는데요?"

"호텔로!"

택시가 선 곳은 BDC은행 중산광장 지점이 내려다보이는 고급 비즈니스 호텔이었다.

호텔 15층에 객실을 잡은 곽 사장은 3일간 은행 지점 근방의 동향을 살폈다. 혹시 공안이 움직이지는 않는지. 현금 차량이 드나들고는 있는지…. 모든 상황이 곽 사장의 예민함을 자극했다.

그렇게 3일이 지나 곽 사장은 렌트카 회사에서 고급 승용차를 빌렸다. 심천에서 마카오까지 육로로 가는 가장 빠른 방법은 주하이를 거쳐 마카오 국경을 넘는 길이다.

"소소, 마카오 애들이 뭐래?"

"박 실장이 말한 대로 벨리지오가 보관료가 좀 비싸긴 한데 제일 안전해요. 분실 시 보상까지 해준다고 했거든요."

"신분증은 필요 없는 거지?"

"필요해요. 오빠는 여권이 있으니 가능하죠."

소소의 말에 곽 사장은 짜증 난다는 듯 미간을 일그러뜨렸다.

"내가 말하는 게 그런 의미가 아니잖아!"

"아, 신분 확인은 본인 짐을 확인하는 절차니 어쩔 수 없어요. 하지만 누가 보관을 하고 또 뭘 보관했는지는 철저히 비밀에 부친다고 했어요. 공안이 와도 알려주지 않는대요."

"정말이야? 정말 보안이 지켜지는 거냐고?"

소소는 곽 사장이 이럴 때면 늘 난감했다. 사실 벨리지오 금고가 얼마나 안전하고 또 외부에 정보가 철저히 지켜질 수 있는지 소소가 알 수는 없는 일이었다. 하지만 자신이 확실하게 대답해주지 않으면, 곽 사장이 확답을 줄 때까지 자신을 괴롭히리라는 건 알고 있었다.

"네, 지켜져요. 지금으로서는 거기가 제일 안전해요."

"알았어! 그쪽으로 결정하자고."

소소가 곽 사장의 말에 다소 안도했다.

"지점장한테는 연락 없어?"

"유로화가 준비되면 저에게 전화 주기로 했어요."

곽 사장은 소파에 앉아 밖을 내려다보며 담배에 불을 붙였다. 뿌연 담배 연기가 실내를 가득 채워갔다. 곽 사장이 조용히 눈을 감으며 고개를 뒤로 젖혔다. 긴장만큼 목이 뻣뻣해져 있었다.

소소가 곽 사장의 어깨를 흔들어 깨웠다.

"전화 왔어요. 지금 와도 된대요."

"그래? 짐 챙겨!"

주차장에 내려간 곽 사장은 랜터카의 시동을 걸고 거칠게 출발했다. 반대편에 있는 은행으로 가려면 한 블록 지나 P턴을 해야 했다. 곽 사장은 그 길이 퍽이나 멀게 느껴졌다. 차량이 우회전하려는데, 몇몇 사람이 곽 사장 차의 앞으로 쑥 들어왔다.

"뭐야! 시발!"

길을 건너려는 노인들이었다. 횡단보도를 미처 보지

못하고 지나치려던 참이었다. 곽 사장이 신경질적으로 경적을 울려댔다.

"젠장! 이렇게 느려 터져서야!"

"오빠, 천천히 가도 돼요."

소소가 곽 사장을 진정시키려고 했다. 하지만 곽 사장은 소소의 시선을 외면하며 거칠게 핸들을 틀었다. 그렇게 도착한 은행 입구에 차량을 세워두고, 곽 사장은 준비해둔 커다란 캐리어를 트렁크에서 꺼냈다. 은행 보안요원이 차량으로 입구를 막지 말 것을 요구했지만, 현금을 인출한다는 소소의 말에 고개를 끄덕이며 물러났다.

지점장이 곽 사장과 소소를 은행 금고로 안내했다. 곽 사장은 그곳에 자신을 잡으려는 장 이사 일당이 있을지도 모른다는 생각에 극도로 긴장하며 주변을 두리번거렸다. 금고 안에는 이미 800억에 해당하는 유로화가 준비되어 있었다. 500유로짜리 화폐로 생각보다 크지 않은 부피였다.

"여기에 담으실 건가요?"

지점장이 현금을 담는 걸 도와주려는 듯 나섰다. 하지만 곽 사장이 세차게 손을 내저으며 그에게 멀리 떨어져 있으라고 신호를 보냈다. 지점장이 지켜보는 가운데 장 이사의 800억 원이 곽 사장의 캐리어 가방에 옮겨지고 있었다. 몇 덩어리의 종이일 뿐이었다.

"어디로 가시나요? 저희 보안요원들을 붙여드릴 수 있습니다만…."

"필요 없어요. 미리 차를 가져왔거든요."

"정말 괜찮으신가요?"

"괜찮다니까요."

지점장과 보안을 책임지는 은행 관계자는 곽 사장과 그의 연인으로 보이는 젊은 소소의 조합이 무척 어울리지 않는다 생각했다. 하지만 그들은 자신들의 역할에 충실할 뿐이었다.

곽 사장은 800억이 든 캐리어를 트렁크에 조심스레 집어 넣고 운전석으로 돌아왔다. 그제야 좀 안심이 되는 듯 한숨을 돌렸다. 소소가 그런 그를 진정시키려 물었다.

"오빠 배고프지 않아요?"

"마카오까지 세 시간이면 갈 수 있어. 가서 먹자."

평소라면 소소가 먹고 싶다면 뭐든지 사줬을 곽 사장이었다. 하지만 거액의 돈을 옆에 둔 지금의 상황에서는 달랐다. 그는 그 순간 소소보다 돈이 먼저였다.

그는 차를 마카오 쪽으로 몰았다.

#23
발리

상덕으로부터 뜻밖의 일격을 당한 장 이사는 정신을 차렸지만, 정작 조치할 수 있는 일은 없었다. 미심쩍은 곽철호는 삼일 째 연락이 닿지 않고 있었다.

"추 이사! 우리 애들은 어떻게 된 거야?"

"심천에서 곽철호를 찾고 있답니다."

"만약 못 찾으면 알지? 그땐 추이사도 나도 다 끝장이라고!"

정신을 차린 장 이사가 제일 먼저 한 일은 비자금 계좌를 확인하는 일이었다. 하지만 자금 이체에 필요한 정보가 들어 있는 노트북과 핸드폰이 모두 없어진 상황에서 할 수 있는 일은 오직 하나. 추 이사의 노트북으로 계좌 잔고를 확인하는 일뿐이었다.

장 이사는 안절부절못하고 곽 사장을 수배하러 간 이들의 연락만 기다렸다. 그렇게 비자금 계좌만 들여다보던 사흘째 날. 뚫어지게 계좌의 잔고를 쳐다보던 장 이사가 온 몸을 부들부들 떨며 안색이 파랗게 질린 채 소리질렀다.

'balance 0 CNY'

"이런 개새끼가!"

어제까지 이상 없었던 계좌의 잔고가 하나도 없다는 사실을 확인한 장 이사가 미친 듯이 고함을 질렀다.

"추 이사, 전화기 이리 내!"

추 이사는 급박한 상황에 어찌 대처해야 할지 몰랐다. 장 이사의 분노에 쩔쩔맬 수밖에 없었던 추 이사가 얼른 자신의 핸드폰을 장 이사에게 건넸다.

"곽철호! 이 새끼…! 내 뒤통수를 쳐!"

"홍콩 직원들한테 연락해서 곽 사장을 잡으라고 하겠습니다."

추 이사의 말이 끝나기 무섭게 장 이사가 매서운 눈으로 추 이사를 노려보았다. 흠칫 놀란 추 이사가 얼른 시선을 피했다.

몇 번의 신호 끝에 마침내 상대가 전화를 받았다. 사

흘 만이었다. 장 이사는 곽 사장이 전화를 받자마자 욕부터 뱉어냈다.

"야! 이 개새끼야!"

"그러길래, 왜 쓸데없는 짓을 하셔서 이 지경을 만드세요? 내가 가만히 있을 줄 알았어요?"

"너 내가 누군 줄 알고 그 돈을 건드려?"

"나 한국 경찰도 못 잡는 사람이야…. 근데 겨우 돈 좀 있으시다고 날 잡겠다고?"

"너는 내가 반드시 잡는다! 지옥 끝까지라도 따라가서…."

"그러시던가…, 말던가."

곽 사장의 이죽거리는 차가운 반응에 장 이사의 얼굴이 벌겋게 달아올랐다. 완전히 당했다는 걸 확인하는 순간이었다.

"추 이사…, 당장 마카오로 간다."

"네, 알겠습니다."

장 이사는 자신에게 수면제를 먹였던 제임스를 곽 사장이 보낸 하수인으로 생각했다. 하지만 한편에서는 자신을 털어먹으려고 했었던 석훈과 미래 일당도 머릿속에 떠올랐다.

"최미래 팀장 지금 어딨어?"

"얼마 전부터 장기 휴가를 쓰고 있습니다. 사직서는 아직 못 받아냈고요…."

"최미래…, 그년이야. 그년이 뭔가를 꾸민 게 분명해! 전화 돌려!"

석훈과 미래는 장 이사가 800억 정도 규모의 비자금이 사라진다 하더라도, 그에게는 사실 큰 규모가 아니므로 매우 연연하지는 않을 거라고 짐작했었다. 하지만 정작 상황이 이렇게 진전되자 장 이사 역시 보통의 사람들과 다르지 않았다.

"내 돈…, 내 돈 어떻게 하냐고! 시발!"

추 이사가 미래에게 전화를 거는 동안 장 이사는 어린아이처럼 혼잣말을 중얼거렸다. 추 이사가 미래를 확인하고 전화기를 넘기자마자 장 이사가 소리를 질렀다.

"야! 최미래 또 너냐? 곽철호랑 내통한 게? 너 이러고도 괜찮을 줄 알아? 하긴 없는 것들이 꼴값 떠는 건 언제나 변하지 않지!"

"장 이사님…, 지금 이사님이 저 신경 쓸 때가 아닌 것 같은데요?

"뭐? 그게 무슨 소리야?"

"언론에서 지금 이사님 얘기 떠들고 있는데 비자금인지 뭔지 얼른 처리하셔야겠어요."

"뭔, 개소리야!"

전화가 일방적으로 끊겼다. 장 이사가 스마트폰 메인 화면을 한국 포털 뉴스 창으로 바꿨다. 포털의 메인에 실시간 검색어로 자신의 이름이 올라 있었다.

— BNT그룹 후계자
— 장선호 이사 비자금 의혹
— BNT그룹 역외 탈세…

장 이사는 마카오로 가려던 발걸음을 서울로 돌려야 했다. 그가 지금 만나야 할 사람은 곽 사장이 아니라 자신을 담당하는 로펌의 변호사들이었다.

* * *

곽 사장은 마음이 조급했다. 트렁크에는 800억 원 규모의 유로화가 실려 있고, 차는 곧 주하이와 마카오의 국경에 도착하기 직전이었다.

"소소, 마카오 번호판 빌려준다는 사람하고는 어디서 만나기로 했어?"

"조금 더 가다가 나오는 주유소에서 만나기로 했어요."

"얼마에 빌리기로 했는데?"

"600위안이요…. 그 이하로는 안 된대요."

곽 사장은 더 이상 소소에게 말을 잇지 않았다. 소소는 곽 사장의 애인이자 중국에서의 각종 일을 처리해주는 비서이기도 했다.

조금 더 가자 소소가 알려준 무인 주유소가 나왔다. 곽 사장은 차를 세우고 기름을 채우며 소소에게 연락을 취하게 했다. 그리고 잠시 뒤, 차량 한 대가 옆에 멈춰 서더니, 번호판과 드라이버를 가진 남자가 차에서 내려 소소와 손짓으로 인사를 건넸다. 그러더니 익숙하게 곽 사장의 차량 앞뒤로 마카오의 번호판을 붙였다. 소소가 남자에게 돈을 건네자 남자가 서둘러 자리를 떴다.

공안 차량이 급하게 주유소 안으로 들어온 건 남자의 차가 출발하는 것과 거의 동시였다. 공안 차량이 곽 사장의 차 옆에 서더니, 제복 입은 두 명의 사내가 내렸다. 그중 한 명이 중국말로 곽 사장과 소소에게 말을 걸었다.

말을 건 제복은 상덕이었고, 상덕의 뒤에 선 남자는 석훈이었다. 석훈은 일전에 한 번 마주쳤던 곽 사장 일행에게 들키지 않기 위해 모자를 푹 눌러쓰고 안경을 썼다.

"검문 좀 하겠습니다. 신분증 보여 주세요."

상덕이 다가가자 곽 사장이 긴장한 표정으로 소소를 바라봤다. 소소가 고개를 살짝 좌우로 흔들었다. 공안과 시비가 붙어서는 안 된다는 의미였다. 그리고 중국어로 살짝 미소를 띄우며 공안에게 말했다.

"전 심천에 집이 있어요. 이 사람은 한국 사람이고요."

그러면서 소소는 자신의 신분증과 곽 사장의 여권을

넘기며 그 속에 500위안을 접어 끼워 넣었다. 상덕이 소소를 빤히 쳐다보면 물었다.

"지금 저희들에게 뇌물을 주는 겁니까?"

"저희는… 지금, 시간이 없어서요."

소소가 긴장한 듯 말을 더듬거렸고, 상덕이 총을 꺼내 그들을 겨누었다.

"뭐야? 이거!"

곽 사장이 불만스러운 듯 말을 내뱉었다. 순간 석훈이 앞으로 튀어나오더니 전기충격기로 곽 사장의 목을 공격했다. 그 순간 석훈의 얼굴을 본 곽 사장의 눈이 놀라움에 동그라지는 듯했으나, 더 이상 어떤 움직임도 만들어 내지 못하고 땅바닥에 고꾸라졌다. 소소가 그 광경에 놀라 소리쳤다.

"뭐 하는 거예요! 지금! 당신들 누구야?"

"겁먹지 말아요. 우린 비자금만 회수하면 그만이거든요."

상덕의 말에 소소가 비로소 돌아가는 상황을 짐작했다. 그녀는 둘이 장 이사가 보낸 사람들로 판단했고, 여기서 싸워봐야 소용이 없다는 것도 알고 있었다. 오직 곽 사장과 자신의 안전을 담보하는 게 우선이었다.

"트렁크에 있어요."

"열어요!"

석훈이 소소에게 차키를 뺏어 들고 트렁크를 강제로 열었다. 캐리어 뚜껑을 조금 열고 내용물을 확인했다. 유료화 뭉치가 가득했다. 석훈은 캐리어를 그대로 차에 둔 채 트렁크를 닫았다.

"됐죠? 이제 보내주세요."

"우리가 차를 좀 빌려야겠는데요…."

석훈이 차 안의 소소의 핸드백을 밖으로 던져주고 상덕과 곽 사장의 렌터카에 올랐다.

"차는 마카오에 주차해 두죠. 금방 찾을 수 있을 겁니다."

"뭐예요! 이럴 필요까지 있어요?"

"곽 사장한테 안부 전해 주시죠. 언제 한 번 벨리지오 VIP룸에서 보자고요."

그제야 소소는 석훈을 기억해냈다. 눈앞의 남자, 벨리지오 스위트룸에서 자신에게 전기충격을 가했던 그 남자였다.

석훈이 마카오 방면으로 차를 몰았다. 제복을 벗어 던진 둘은 가벼운 티셔츠 차림의 본토 도박꾼으로 보일 뿐이었다. 국경을 통과해 도착한 곳은 곽 사장이 가려고 했던 벨리지오 호텔이었다.

입구에 박 실장이라고 부르는 한국인 남자가 석훈과 상덕을 맞이했다.

"제임스 대표님?"

"이쪽이 제임스입니다."

"아! 그렇군요. 말씀해주신 금고는 미리 마련해 뒀습니다."

"중국 정부로부터도 안전한 거 맞죠?"

"그럼요. 이곳에는 중국 고위 관료들의 금고도 태반이니까요. 아무도 못 건드릴 겁니다. 하하!"

박 실장이 둘을 금고로 안내했다. 금고는 카지노의 지하 4층, 비밀스런 공간에 있었다. 들어가는 입구에 두 개의 방화문이 있었으며, 방화문마다 벨리지오의 1급 경호원들이 무장한 채 서 있었다.

"근데…, 맡기실 물건에 대해서는 기록하시겠습니까?"

"아니요. 비밀로 하죠."

"상관없습니다. 어차피 분실 시 보상 문제 때문에 기록하는 것이지만…, 여기가 털릴 염려는 전혀 없으니까요."

박 실장이 목에 건 카드키로 금고의 입구를 열었다. 지하라고는 생각되지 않을 만큼 넓고 높은 공간이 드러났다. 마치 수많은 장서가 보관된 원형 도서관의 느낌을 주는 곳이었다.

석훈이 박 실장의 안내에 따라 금고 앞에 섰다. 간단한 서명 후 카드키를 받았다.

삐리릭! 잠금이 해제되면서 물건을 넣어 보관할 수 있

는 함이 슬라이드처럼 스르르 밀려 나왔다. 석훈이 그곳에 캐리어를 올려놨다.

"금고 열쇠는 총 세 개입니다. 하나는 저희가 보관하고 나머지는 고객님께 드립니다."

박 실장이 두 개의 카드키를 석훈에게 건넸다. 석훈이 박 실장과 함께 금고가 잠긴 것을 확인하고 밖으로 나오면서 상덕에게 한 개의 카드키를 건넸다.

"이건 형님 겁니다. 그리고 믿어줘서 고마워요."

"뭐얼…, 당연한 거지."

"장 이사 노트북을 들고 그대로 사라질 수도 있었잖아요."

"에이…, 우린 팀이잖아."

밖으로 나온 석훈이 담배를 빼어 물며 상덕을 바라봤다.

"이제 어디로 가실 겁니까? 아린이는 어디 있어요?"

"발리에 가 있어. 나도 발리로 갈 거고…."

"발리요? 거긴 왜요?"

"디지털노마드의 성지 같은 곳이거든. 전 세계 사람들이 모이는…. 내가 그곳으로 가자고 했어. 아린이도 해변이 있어서 좋다고 했고…."

둘 사이에 잠시의 침묵이 흘렀다.

"석훈 씨… 혹시 우리랑 같이 갈래?"

"제가요?"

"어! 같이 못 갈 것도 없잖아."

상덕의 말에 석훈이 씩 미소를 지어보이며 상덕을 쳐다봤다. 사실 석훈은 장 이사의 비자금을 턴 다음에는 딱히 생각해둔 계획이 없었다. 발리라면 당분간 숨어 있기에도 좋을 것 같았다.

"갑시다! 발리!"

* * *

발리 우붓(Ubud)은 상덕의 말대로 저렴한 물가와 자연 친화적 환경으로 세계 곳곳의 여행자들이 집결하는 장소였다. 마카오에서 넘어온 지 한 달이 지났다.

갑자기 생각난 듯 석훈이 상덕에게 물었다.

"디지털노마드가 뭐 하는 거예요?"

"그…그러니까, 노트북 한 대 가지고 세계 곳곳을 돌아다니며 일한다는 거지. 이제는 디지털 시대니까."

"세계 어디든 갈 수 있다…. 그거 정말 듣기 좋은 소리네요!"

석훈이 빌린 풀 빌라는 수영장과 네 개의 침실이 딸린 조식과 청소 서비스가 제공되는 곳이었다. 그런데도 한 달 렌트비는 겨우 백만 원에 지나지 않았다.

"왜 굳이 여기에 한데 모여 작업하는 코워킹 센터가 있는지 이제 알겠습니다. 이렇게 인터넷 속도가 느려터져서야 거기가 아니면 아무 일도 할 수가 없겠네요."

"어차피 일할 공간은 필요한 거잖아."

"아 모르겠습니다. 난 일하러 온 게 아니라, 쉬러 온 겁니다! 하하."

석훈은 상덕을 배신하지 않았다.

그는 마카오의 카지노 금고에 넣어둔 돈을 싱가포르 차명 계좌에 200억씩 옮겼다. 아린은 자신의 계획대로 유학 준비를 하고 있었다.

"어, 미래 언니! BNT그룹이 뉴스에 나오는데요?"

"뭐?"

아직 아린은 발리를 떠나지 않았고, 미래도 한국으로 돌아가지 않았다. 미래는 BNT그룹에 장기 휴직계를 내고 발리에 체류 중이었다. 한국 방송이 나오는 케이블 TV에 추 본부장과 장 이사의 구속 소식이 흘러나왔다.

오늘 검찰은 BNT그룹이 납품업체인 윤식품에 부당한 압력을 행사한 정황을 포착하고, BNT그룹 장일호 회장의 삼남 장선호 이사를 구속했습니다. 검찰은 이 과정에서 상당수의 비자금이 만들어졌을 것으로 보고 수사를 이어나가기로 했습니다.

뉴스는 계속해서 익숙한 얼굴을 비췄다. 새롭게 BNT그룹의 대표 이사로 취임한 임현동 상무의 모습이었다.

저희 BNT그룹은 이번 사태를 엄중하게 받아들이고 있으며 피해를 본 협력사에 깊은 사죄의 말씀을 전합니다. 이번 일을 계기로 저희 그룹은 협력사와 고객분들 모두와 상생하는 경영을 펼쳐나갈 것입니다.

말을 마친 임 상무가 허리를 깊이 숙여 인사했다.

"뭐야, 이거? 임 상무가 화려하게 복귀했네."

"다행이네요."

"미래 너도 이제 복귀해야 하는 거 아니야?"

"글쎄요. 이렇게 된 마당에…. 정말 BNT그룹으로 돌아가야 할 것 같은데요."

대화를 듣고 있던 아린이 끼어들었다.

"언니! 우린 이제 200억이나 있는 부자라고요. 굳이 그런 힘든 곳에 갈 이유는 없죠. 저랑 같이 해외나 돌아다녀요."

"그래도…, 내 청춘을 온전히 바친 곳인데…. 다시 돌아가고 싶어. 원래 하려고 마음먹었던 목표! 그걸 해봐야지."

"원래 이루려고 했던 목표가 뭔데요?"

"임원이 되는 거. 임 상무처럼!"

아린은 그런 미래가 이해되지 않는다는 듯 입을 삐쭉 내밀었다. 그때 석훈의 핸드폰에 진동이 울렸다. 어머니의 문자 메시지였다.

어디에서 지내고 있니? 어딜 가든 건강 조심하고…. 먹는 거 조심하고!

석훈이 메시지를 보더니 빙긋 웃었다.

"미래야 이제 나도 돌아가야겠다."

"한국으로요?"

"어, 이제 다 끝났잖아."

"의외네요. 석훈 씨는 다시는 한국에 들어올 것 같지 않았는데…."

그간 석훈은 늘 합리적인 판단과 냉정한 선택을 해왔었다. 그런 모습을 곁에서 지켜본 상덕이었다. 그런 판단과 선택 뒤에는 이익을 극대화하려는 석훈의 행동 논리가 깔려 있었다. 하지만 돈으로부터 자유로워진 순간, 그리고 남들과의 경쟁이나 세상 무리 속에서의 관계에서 해방된 순간. 석훈이 그간 보여줬던 행동 논리는 깨졌다.

상덕이 석훈에게 어렵게 말을 꺼냈다.

"석훈 씨 정말 한국에서 이제 뭘 할 거야?"

"글쎄요. 선생 노릇도 못 하는데…. 뭘 해야 할까요."

"나랑…, 계속 일해보는 거 어때…?"

한 번도 누군가에게 제안 같은 걸 해보지 않았던 상덕이었다.

"하하! 누군가한테 돈 뜯어내고 그런 건 이제 질렸습니다."

"아니 그런 게 아니라…해커 잡는 해커! 그걸 화이트 해커라고 하는데…."

상덕의 긴 설명이 이어질 듯했다. 석훈이 그의 말을 막았다.

"그러니까 몸캠 피싱처럼 협박받는 사람이 있으면 도와주자 이 말이죠?"

"예를 들면, 그…그렇지!"

"좋아요! 합시다! 화이트 해커 그거 같이 해보자고요!"

석훈이 말을 마치고 거실 밖 풀장으로 뛰어들었다. 풍덩! 석훈이 일으킨 물보라를 보며 상덕이 망고 주스를 들고 시원하게 미소지었다. 발리의 햇빛이 찬란했다.

작품 후기

원래 이 작품의 제목은 〈나는 너의 댓글을 알고 있다〉였다. 현대인들이 행하는 일상이 온라인 공간에서 어떻게 악으로 확대되는지를 생각하며 석훈의 캐릭터를 떠올렸다. 밑바닥의 악을 가진 것으로 보이는 석훈이라는 인물이 자신과 비슷한 인간과 마주하는 상상으로 미래의 캐릭터를 만들었다.

결코 선한 인간이라 할 수 없는 두 인물의 삶을 통해 우리의 일상을 가만히 들여다보노라면 현실의 악플러들이 상상만큼 악한이거나 파렴치한은 아니었다. 법적으로는 무죄일 수 있지만 윤리적 문제를 간과할 수 없는 사람들, 하지만 현대 문명이 가져다준 오프라인과 온라인상에서의 복잡한 관계망 속에서 개인 윤리에 대한 판단 기준이 과거와 같은 방식으로 단순화시킬 수 없다는 데서 오늘날 관계의 문제가 발생한다. 그러한 관계의 경계선상에서 외줄타기하는 인간 군상들이 바로 악플러들이다. 그렇게 최종 출간작의 제목을 『악플러』로 바꿔 선보이게 되었다.

따지고 들여다보면 현대를 살아가는 모든 개인들의 삶이 각각의 사연을 품고 있을 터, 두 주인공 석훈과 미래 역시 결코 옳다고 인정할 수는 없는 삶의 방식이지만 그러한 현실을 만들어온 나름의 사연을 품고 있다. 현실에서 두 인물은 오로지 자신을 위한 이기적 삶의 방식을 고집해왔지만, 비슷한 방식으로 극단의 이기적 삶을 살아가는 상대를 만나 투쟁하고 갈등한다. 그 과정에서 자신들의 삶의 방식과 더불어, 단순한 듯 보이지만 복잡하게 얽힌 관계들 속에서 선악이 어떻게 왜곡되어 투영되는지 드러내 보여주고자 했다.

완고하게 이어가던 자신의 삶이 완전한 나락으로 떨어졌을 때 두 주인공 석훈과 미래는 비로소 자신이 처한 상황을 인식하게 된다. 그러한 인식의 변화가 각자의 완고한 삶을 버티게 했던 이기심의 껍질을 깨고 상대에게 손을 내밀고, 그 내민 손을 잡게 한다. 타인들보다 우위에 있다고 여기며 영위해왔던 알량한 존재 가치가 실은 타인의 희생을 바탕으로 이루어졌다는 사실을 통해 현대인들이 떠받드는 가치의 허구성을 드러내고자 했다.

반면, 상덕은 석진과는 대비되는 순수함과 전형성으로 무장시키고 싶었다. 그렇기에 그가 협박범이지만 동정을 받을 수 있도록 말이다. 의도한 바와 같이 캐릭터가 만들어졌다고는 말하지 못하겠다. 크게 세 번에 걸쳐 플롯을 뜯어고치는 작업이 있었다.

첫 번째는 폭로와 스릴러물에서 케이퍼 필름(Caper Film) 장르의 플롯으로 수정하는 작업이었다. 두 번째는 아린이라는 인물의 쓰임과 배치를 수정했고, 마지막으로 장 이사를 향한 반격의 디테일을 보다 현실감 있게 보강했다.

욕심이지만 부디 이 글을 읽으며 독자분들이 지루함을 느끼지 않았으면 하는 바람이다.

마지막으로 출간까지 애써주신 교보문고와 출판사 아마존의 나비, 그리고 원고를 봐주신 배상민 작가님께 감사의 마음을 전한다.